休闲座椅平面透视效果图 ▼

U0148596

休闲座椅三维效果图 ▼

MP3平面效果图

MP3效果图

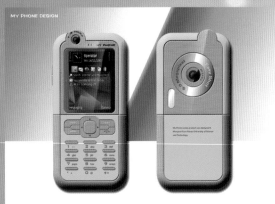

手机平面效果图

手机三维效果图

PIG FAN

This serie of fans are designed for children.Cute shape,bright light and easy user interface are required in the design.

电风扇
平面效果图

电风扇
三维效果图

CONCEPT CAR

Design

▶ 汽车平面效果图

▶ 汽车三维效果图

21 世纪高等院校精品规划教材

产品创新设计与表现

裴学胜　王伟　编著

中国水利水电出版社
www.waterpub.com.cn

内 容 提 要

作者通过对教学和设计实践中的实例进行总结，以产品专题设计为该书的切入点，通过 MP3、手机、休闲座椅、儿童电扇、概念汽车 5 个具体的设计实例，从产品设计的调研开始，探讨有关专题产品的设计思路、创新设计以及设计表现三个方面。本书内容充实、实例特点鲜明、步骤详细。通过本书的学习，可使读者当接触设计任务时，在掌握相对固定的设计方法和思路的基础上，能够准确把握不同设计任务的核心和个性特色，迅速进入设计状态，并能够将自己的设计创意通过手绘和软件清晰准确地表达出来。

本书可作为各大专院校工业设计专业产品设计、表现技法、计算机平面设计、计算机三维设计等课程的教材，也可作为从事工业产品设计、影视广告设计、游戏动画设计人员的参考手册，以及各类社会培训班的教材。

本书免费提供电子教案和相关素材，读者可到中国水利水电出版社网站（http://www.waterpub.com.cn/Softdown/）下载。

图书在版编目（CIP）数据

产品创新设计与表现 / 裴学胜，王伟编著. —北京：中国水利水电出版社，2009

21 世纪高等院校精品规划教材

ISBN 978-7-5084-6384-1

I. 产… II. ①裴… ②王… III. 工业产品-设计-高等学校-教材 IV. TB472

中国版本图书馆 CIP 数据核字（2009）第 044655 号

书　　名	21世纪高等院校精品规划教材 **产品创新设计与表现**
作　　者	裴学胜　王伟　编著
出版发行	中国水利水电出版社 （北京市海淀区玉渊潭南路 1 号 D 座　100038） 网址：www.waterpub.com.cn E-mail：sales@waterpub.com.cn 电话：（010）68367658（营销中心）
经　　售	北京科水图书销售中心（零售） 电话：（010）88383994、63202643 全国各地新华书店和相关出版物销售网点
排　　版	北京英宇世纪信息技术有限责任公司
印　　刷	北京市兴怀印刷厂
规　　格	184mm×260mm　16 开本　19.75 印张　493 千字　2 插页
版　　次	2009 年 5 月第 1 版　2009 年 5 月第 1 次印刷
印　　数	0001—4000 册
定　　价	32.00 元

前　言

工业设计学科自 20 世纪 70 年代被引入我国以来，始终紧扣时代的脉搏，其本着把技术转化为与人们生活紧密相关的用品、提高商品品质、改善人们的生活方式等目的，其价值已得到广泛的认可。尤其在进入 21 世纪之后，我国成功加入 WTO，工业设计将在创造我国的知名品牌、树立中国产品的形象和地位、发展有中国特色的设计风格、增强我国产品在国际国内市场的竞争力等方面起到更加重要的作用。

作为一名工业设计专业的教师，被问到的最多的问题就是"老师，如何才能设计出一款好的产品？"我经常回答他们，热心地观察生活，发现其中令人不满意的地方，积极地想办法以改进这些不足并将这些设计记录下来，最终养成热爱设计、乐于设计的习惯，使设计的过程成为放松和享受的过程。可是，虽然有许多同学实际上是喜欢设计的，也非常善于思考，但就是无法完成一个像样的设计。那么是什么阻碍了他们呢？

在教学过程中我发现，同学们在完成产品设计表现技法和软件等课程后，很少自觉地应用所学的知识进行设计。他们放弃了用手绘和软件建模的方法进行形态的探索，造成了在学习上和形态探索上的中断，没有养成精确绘制设计方案的习惯，降低了对专业的自信。

糟糕的手绘和软件表现，使同学们不敢表达出自己的创意和设计；使同学们的设计都成为脑中的美妙创意和嘴巴说出来的新产品；也使得原本轻松愉快的设计课程，变得紧张和乏味。

为了解决这个问题，作者对教学和设计实践中的实例进行总结，完成了本书的创作。本书前三章分别介绍工业设计的基本概念、通用的设计方法和常用的设计表现技法。第 4～8 章通过 MP3、手机、休闲座椅、儿童电扇、概念汽车 5 个具体的设计实例，介绍产品设计从调研开始，到手绘设计草图、平面软件表现和三维软件表现的全过程。本书内容充实、实例特点鲜明、步骤详细。通过本书的学习，可使读者具有更为准确的分析问题和敏锐的把握设计的能力，在接触到设计任务时，在掌握相对固定的设计方法和思路的基础上，能够准确把握不同设计任务的核心和个性特色，迅速进入设计状态，并能够将自己的设计创意通过手绘和软件清晰准确地表达出来。设计没有一成不变的法则，它因人而异、因设计项目的不同又有其特殊性。因此本书不可能面面俱到，希望读者能够由此及彼、举一反三，通过在具体的设计项目中灵活应用所学知识，达到熟练掌握的目的。

本书可作为各大专院校工业设计专业产品设计、表现技法、计算机平面设计、计算机三维设计等课程的教材，也可作为从事工业产品设计、影视广告设计、游戏动画设计人员的参考书，以及各类社会培训班的教材。

本书由河南科技大学裴学胜、王伟编著，其中第 1、2、3、5 章由裴学胜编写，第 4、6、7、8 章由王伟编写。参加编写的其他人还有王智、许占民、何文波、李华杰、李豪东、黄华锦、畅鹏飞、潘云、张益、刘世平。同时感谢教研室同事、学院领导的帮助和支持。

由于时间仓促，加之水平有限，书中疏漏和不足之处在所难免，敬请读者批评指正。

作　者

2009 年 1 月

目 录

第二篇　设计实战篇

第一篇 基础知识篇

第1章 工业设计概论

设计是伴随着人类的出现而产生的一种特殊的创造性活动。有意识的创造和使用工具是人们改变客观世界的手段，是人和动物最根本的区别。人类为了追求更好的生活，与恶劣的自然环境做斗争，不断地通过自身的努力来改变自己能够控制的客观世界，以此达到更好生活的目的。自古至今，人类生活在大自然和人类自身所"设计"的世界中，设计存在我们生活中的每个角落[1]。

随着时代的发展，设计的内涵也在不断地深化和发展。根据人与自然、社会的关系可将设计分为三个领域，即视觉传达设计、产品设计和空间设计，如图1-1所示[2]。

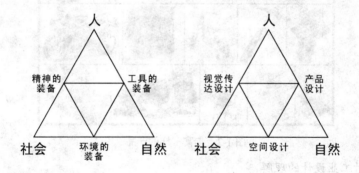

图 1-1　设计的世界

现代的产品设计已经不能用原始人磨制的石器或手工艺人制作的艺术品来概括了，伴随着工业化进程和大批量生产的出现，"工业设计"逐渐取代"产品设计"成为国际通用语，其指的是人类为了生存和发展，以立体工业产品为主要对象的造型活动，是人类改变自然环境的媒介。本书要讨论的就是人与自然间的媒介——产品设计，即工业设计。但是本书并不是一本完全的理论书籍，而是一本通过设计理论的指导，告诉大家如何思考，如何表达自己创意的实践书籍。

---

[1] 简召全. 工业设计方法学. 北京：北京理工大学出版社，2000.3.

[2] 程能林. 工业设计概论. 北京：机械工业出版社，1999.12.

1.1　工业设计的定义

1. 通用的定义

目前人们广泛采用的工业设计定义是国际工业设计协会联合会（ICSID）在 1980 年的巴黎年会上为工业设计下的修正定义："就批量生产的工业产品而言，凭借训练、技术知识、经验及视觉感受而赋予材料、结构、形态、色彩、表面加工及装饰以新的品质和资格，称作工业设计。"总的来说，工业设计是美学与科学结合的技术，其根本目的是为了使产品更好地为人类服务。而具有优秀设计的产品就像日常生活中一个不可缺少的部分，存在于生活的各个角落，潜移默化地改变着人们的生活，让人们生活得更加舒适、开心和方便。很难想象，如果没有手机、电脑、汽车等产品，我们今天的生活会是什么样子，如图 1-2 所示。

图 1-2　丰富多样的产品

2. 设计师对工业设计的理解

和其他的学科专业相比，工业设计的历史并不长，而且由于其本身所具有的不确定性和自由性，因此很难对它下一个明确的定义。除了刚才讲到的设计的通用定义之外，设计师还经常根据自身的经验，总结出自己对设计的理解。下面看看设计师们是如何理解工业设计这个概念的。

英国设计师 Michael Marriot 是这样理解工业设计的，"我认为设计的产品应该是趋于完美的，他们应该能漂亮地完成自己的使命，与使用者进行良好的交流，容易制造并且具有很长的使用寿命"❶。看起来 Michael 是一个要求很严格的完美主义者，他更多的是从功能和实用性角度对设计进行思考的，他的理解似乎也可以用来当作工业设计的定义。

在众多女设计师中，意大利女设计师 Kristina Lassus 的观点有一定的代表性，"设计已经由坚硬、物质、静态的男性设计风格向柔软的、非物质的、动态的女性设计风格转变"。在她的理解中，设计似乎有了性别之分。

---

❶ 设计师观点的原文请参看 Charlotte，Petter Fiell.Desiging the 21st century.

英国 EU Utimo Grito 设计组的成员这样总结他们对设计的理解，"最小的最大化——我们设计的灵感来源于面包、奶酪、咖啡、喜剧、歌曲、色彩、各种声音甚至是噪音，我们的灵感来源世上的万物。"他们认为生活中每样事物都可以成为设计的元素，这是多么美妙的想法。

通过以上的一些观点可以看出，每个设计师对设计的理解都不尽相同。在作学生时，人们所能讲出的设计的定义都趋于教条，随着工作经验和生活阅历的增加，人们才更敢于在设计中增加一些属于自己的东西。那么，亲爱的读者，你对设计的理解又是怎样的呢？

1.2　工业设计的价值

虽然工业设计的出现为人类的生活带来了巨大的变化，但是在每个国家的工业化进程中，几乎都是先意识到技术的重要性，然后才逐步认识到设计的重要性。一个国家或地区的工业越是从初级向高级发展，就越会感到工业设计的重要。在全世界范围内，从工业革命开始，经过一个多世纪，到 1930 年左右才在德国确立工业设计专业的地位。二次世界大战后的 20 世纪 50 年代，是世界经济全球性发展时期，工业设计才在工业发达国家首先得到普遍重视。

在科学技术水平不断提高的今天，各种新技术层出不穷，但是并非每一种新的技术对每一个用户都是有意义的，而工业设计则不然，一个好的设计往往可以拯救一个企业，苹果公司就是一个最好的例子，如图 1-3 所示为苹果公司的产品。

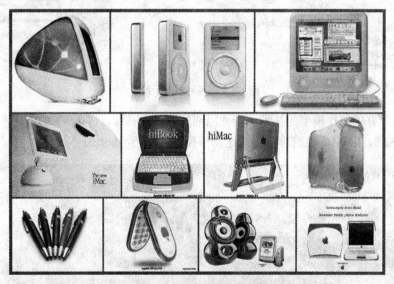

图 1-3　Apple 公司产品图集

据美国工业设计协会测算，在工业品外观设计上每投入 1 美元，可带来 1500 美元的收益。日本日立公司每增加 1000 亿日元的销售收入，工业设计的作用占到 51%，而设备改造所占的比例为 12%。好的工业设计可以降低成本，提高用户的接受概率，提高产品附加值，并且不断促进产品的成长，企业也将获得更高的战略价值。

当前，工业设计已经进入市场竞争的最前端。好的设计必将会为企业带来丰厚的利润，并将使品牌形象得到提升。索尼、松下、东芝、LG 等知名产品生产企业，都把工业设计作为自己的"第二核心技术"，将其视为摆脱同质化竞争，实施差异化品牌竞争策略的重要手段。

1.3　工业设计师应具备的基本能力

工业设计是一门覆盖领域很广的交叉学科，是工程技术、人类工程学、人文社会科学与艺术等的有机结合，所以对工业设计师也就提出了很高的要求：具备对人、物关系的根本理解能力，具有工程专业知识与技能，有丰富的人文、科学素养，宽阔的视野，科学的思维能力以及对造型的高度敏感性。只有站在这一综合的思考立场上，才能把握工业设计的方法，成为一名合格的工业设计师。

1998 年 9 月澳大利亚工业设计顾问委员会就堪培拉大学工业设计系进行的一项调查，指出了工业设计专业毕业生应具备 10 条技能。

（1）应有优秀的草图和徒手作画的能力。作为设计者，下笔应快速而流畅，而不是缓慢迟滞。这里并不要求精细地描画，但是迅速地勾出轮廓并稍做渲染是必要的，关键是要快而不拘谨，如图 1-4 所示。

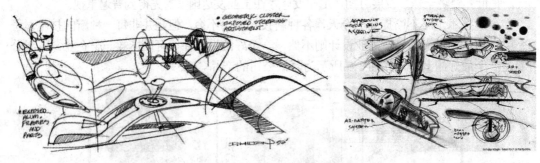

图 1-4　流畅舒展的手绘

（2）有很好的制作模型的技术。能使用泡沫塑料、石膏、树脂、MDF 板等塑型，并了解用 SLA、SLS、LOM、硅胶等材料快速制作模型的技巧，如图 1-5 所示。

图 1-5　制作模型

（3）必须掌握一种矢量绘图软件（比如 Freehand、Illustrator）和一种像素绘图软件（如 Photoshop、Photostyler），如图 1-6 所示。

图 1-6　用平面软件进行表现

（4）至少能够使用一种三维造型软件，高级一些的如 Pro/E、Alias，层次较低些的如 RHINO、3ds max 等，如图 1-7 所示。

图 1-7　用三维软件进行表现

二维绘图方面，能使用 AutoCAD 等软件绘制产品的尺寸图，如图 1-8 所示。

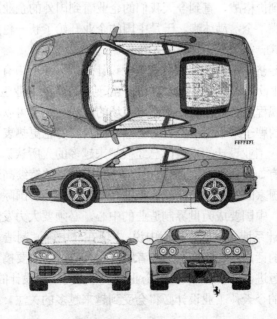

图 1-8　二维绘图

　　（6）能够独当一面，具有优秀的表达能力及与人交往的技巧（能站在客户的角度看待问题和理解概念），具备写作设计报告的能力（在设计细节上进行探讨并记录设计方案的决策过程），如果有制造业方面的工作经验则更好。

　　（7）在形态方面具有很好的鉴赏力，对正负空间的架构有敏锐的感受能力。

　　（8）拿出的设计图样从流畅的草图到细致的刻画到三维渲染一应俱全。至少应有细节完备、公差尺寸精细的图稿和制作精良的模型照片，仅仅几张轮廓图是不够的！

　　（9）对产品从设计制造到走向市场的全过程应有足够的了解。如果能在工业制造技术方面懂得更多则更好。

　　（10）在设计流程的时间安排上要十分精确。三维渲染、制模、精细图样的绘制等应规定明确的时段。要知道，雇主聘用专业设计人员是为了尽快地赚到钱！

　　以上 10 条对工业设计师的要求是非常全面的，尤其是产品是面向批量生产的，所以第 6 条、第 9 条中又强调了制造业知识对设计人员的重要性。如果想成为一名优秀的工业设计师，在掌握好各种专业知识的基础上，还要努力加强制造知识的学习。

1.4　国内工业设计的现状

　　工业设计在中国发展的历史并不长，中国企业和社会对工业设计的理解，正是随着改革开放、科学技术进步、社会经济发展，人们的物质生活得到满足后，逐渐普及开的。从某种意义上说，工业设计在一定程度上反映了一个国家的繁荣和物质文明水平，也反映了一个国家的文化艺术成就及工业技术水平。

　　我国工业现在虽已有一定的基础，但长期以来主要侧重解决的是"有"和"无"的问题，而对工业设计的重要性没有认识，也很难认识到，因此工业设计水平较差。我国企业从打数量战，到质量战，再到价格战，直到今天我们的企业看到国外的企业用同样质量但是设计优秀的产品在中国市场赚了个盆满钵满，于是中国的企业开始了新一轮的竞赛——设计竞赛，工业设计正是为适应这一需要而迅速发展起来的。

　　近十多年来我国经济的持续高速发展给工业设计带来了前所未有的发展机会。从 10 多年前，每年毕业的工业设计本科生不足 1000 人，到现在每年的毕业生达到几万人之多，可见国家对工业设计的重视程度。现在我们逛家电市场的时候，经常可以看到各大品牌的家电产品纷纷打着工业设计的牌子来吸引消费者的注意，而消费者也更热衷于购买在国际设计大赛中获奖的产品。可见，工业设计的重要性已经被越来越多的人所认识。

　　工业设计之所以有如此快的发展规模，是由于我国经济的持续高速增长和加入世贸组织的大环境。根据发达国家的经验，工业设计在提高工业制成品的国际市场价值和制造业水平中发挥着巨大的作用，中国要成为世界制造业的中心，必须要大力发展工业设计。

　　清华大学工业设计系博士生导师柳冠中说："现在（中国）制造业已经形成一个完整的链条，如果只是制造的话，我们只能引进或者跟着别人走，我们要搞工业设计、产业链才能完整，向制造强国去迈进。"所以，政府、企业和教育界对工业设计的发展是有战略眼光的。在市场经济快速发展的今天，工业设计必将会受到越来越多的关注。

1.5　小结

本章简要介绍了工业设计的定义、工业设计的价值，并在此基础上介绍了工业设计师应该具备的基本能力，最后介绍了国内工业设计的现状。要想学好工业设计专业不仅要有扎实的理论知识，掌握好手绘、软件表现等必要能力，更要勤于思考把握好产品设计的发展趋势和方向，并在设计实践过程中不断积累经验，才能真正成为一名优秀的设计师。

第2章 工业设计的流程

工业设计是伴随着现代社会中技术和艺术的变革而产生的,只有将艺术和技术结合起来,才能创造出符合人们要求的产品。因此要做出好的设计,必须要遵循科学的设计流程和方法,虽然每个公司和设计师流程多有不同,但总体来说可以概括为以下几个方面。

2.1 调查分析

2.1.1 调查的重要性

在开始一款新产品的设计之前,首先要对即将设计的产品的信息进行全方位的了解,通过市场调查和收集信息的方法了解市场上同类产品的特点、销售状况以及消费者的使用情形(包括消费者为什么喜欢该产品或对该产品有什么抱怨,以及对新产品有什么期望),根据以上调查分析结果再结合公司的发展策略,得出公司要开发的新产品的形象。

这样的一种产品形象通常是以文字的形式叙述出来的,可以通过简短的语句对拟开发产品的市场定位、目标人群、产品特色、性能参数与售价定位等特征给出定义式的描述。

2.1.2 调查的内容和方法

作出定义式描述的过程是需要信息、经验与转换的能力,就是如何将调查所得的信息转换为有意义的创意设计方向。通常会举行座谈会,针对现有的竞争产品与设计概念提案,与顾客直接面谈,进一步明确消费者的需求,并根据座谈会的结果对设计方案进行修改。

这个阶段的工作不应该由设计部门单独负责与执行,而应该由多部门沟通来完成。因为从创意管理的观点来看,不同部门之间的相互触动有可能会产生新的火花,转化成突破性的机会。

在根据设计概念进行深入设计之前,应有如下一些基本分析资料,例如:

- 产品企划书(含产品策略与规范,Innovation Strategy)。
- 产品技术发展趋势与产品的功能特性(Technology Forecasting & Sales Point)。
- 竞争分析(Competitive Analysis)。
- 流行趋势的分析(Fashion Trend)。
- 使用者接口的探讨与人机考量(Human Factor & Ergonomics)。
- 头脑风暴与创意发想(Brainstorming & Concept Generation Activities)。
- 定性分析与归纳(Marketing Research)市场调研与信息的收集分析。

2.2 产品概念设计

提出草案,画出设计草图,分析推敲方案;在设计的初始阶段,设计师的思维异常活跃,灵感稍纵即逝，这时最需要快速地形象地将灵感记录下来。此时的图形只是一种感觉，不求十分准确，忽略细节，画幅不易过大，可小到邮票大小，这样设计师可以更加快速地记录方案，同时也方便设计师的整体控制。概略图具有灵活多变的特点，如图 2-5 所示。表现的工具主要选择运笔流畅的钢笔、针管笔等。

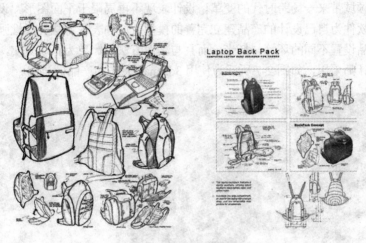

图 2-5　产品设计草图

2.3　征询意见，完善方案

征询意见，完善方案，画出较为完善的方案效果图（单色图或彩色图）。方案图是优化后的概略图，从大量的概略草图中筛选出几个方案，对这些方案进行整理、细化、完善。在这一步中要求对产品的结构、透视、尺度、比例、色彩等进行更为准确的表现。在表现时可借助马克笔、尺、圆规进行表现。也有设计师采用 Photoshop 等平面软件来绘制效果图，这种方法在表现均匀的颜色过渡时非常有效，如图 2-6 所示为产品效果图。

图 2-6　完善的产品效果图

2.4　建模渲染

随着计算机图形学在最近 20 年中突飞猛进的发展，以及计算机硬件产品的不断升级，也给设计表现领域带来一场跨时代的变革。设计表现不再局限于平面图形，设计师可以利用各种三维建模软件为自己设计的产品建立完善的模型。这种表现方法灵活性强，可以根据表现的需要为产品设置不同的环境与灯光，而且与其他方法相比更为直观真实，所以很快就被越来越多的设计师采用，如图 2-7 所示为使用 3ds max 制作的产品效果图。

图 2-7　3ds max 制作的产品效果图

2.5　创建真实模型

真实模型的制作是设计完成的产品在投入生产前的必经阶段。尽管三维软件中制作的产品看起来非常地真实，可是展现在人们面前时依然只是一个平面的效果。当产品制作为真实的模型之后，展现在人们眼前的也许是一种完全不同的视觉体验。

在模型制作完成之后，可以从不同的角度更加直观地观察产品的效果，也更方便设计师与客户之间的交流，如图 2-8 所示。

图 2-8　模型效果

2.6　小结

本章简要介绍了工业设计的流程，作为一门不断发展的学科，工业设计的流程也在不断地发展和完善。本书主要针对产品的创新设计和表现，包括产品设计流程中的调查分析、概念设计、完善方案和建模渲染四个阶段。

第3章 工业设计常用的表现技法

本章将介绍工业设计中常用的表现方法，主要包括手绘表现和软件表现两大类。手绘表现是学习工业设计的基础，手绘表现主要包括线条表现、马克笔表现、色粉表现和淡彩表现四种常用的表现方法。

软件表现主要包括二维软件表现和三维软件表现两大类，二维软件表现主要指使用CorelDRAW、Photoshop 等软件绘制产品的平面效果图，三维软件表现主要指使用 3ds max、Rhinoceros 等软件制作出产品的三维模型，并渲染出产品的三维效果图。

3.1 手绘表现方法

在设计的初始阶段，设计师的思维异常活跃，灵感稍纵即逝。这时最需要快速地将创意形象化地记录下来，此时的图形只是一种创意，不求十分准确。在这个过程中，应该忽略细节，以较小的画幅记录下灵感。

在设计的深入阶段，是不是就不需要手绘了？答案是否定的，虽然现在计算机辅助设计软件得到了飞速的发展，但是手绘效果图自然、真实的特点仍然是设计师希望获得的。而且良好的手绘能力是掌握各种设计软件的基本功，很难想象一个手绘不好的人，能够使用计算机软件制作出充满艺术效果的作品。

因此，学好工业设计离不开手绘的学习，好的手绘能力是学好工业设计的基本功。

3.1.1 线条表现技法

线条表现主要指的是用铅笔、针管笔、钢笔等线形表现工具来进行产品表现。线条表现具有快速、便捷、效果丰富的特点。线条具有丰富的表现力，线的粗细、曲直都体现着产品的神韵。在绘制产品表现图的时候，不同的部位应使用不同的笔触，轮廓和需强调的部分要用粗线。在绘制阴影和暗部的时候，应使用整齐的排线。总之，应根据产品形态、材质选择合适的笔触进行表现，如图 3-1 所示。

图 3-1　线条草图

3.1.2　马克笔表现技法

马克笔快速表现技法是一种清洁、快速、有效的表现手段。说它清洁是因为它在使用时快干，颜色纯和不腻。由于其笔号多而全，在使用时不必频繁地调色，因而非常快速。马克笔用得是否出色，很大程度上取决于速写的功底。力度和潇洒是马克笔效果图的魅力所在，在使用时需要有很强的自信，才会有到位的笔触。

马克笔一般分油性和水性两种。油性马克笔的特点是有较强的渗透性，色彩柔和，笔触优雅自然，加之淡化笔触的处理，效果很到位，如图 3-2 所示。

图 3-2　油性马克笔效果图

水性马克笔的颜料可溶于水，水性的特点是色彩鲜亮且笔触界线明晰，但是笔触重叠会造成画面的脏乱，纸张也会出现褶皱，如图 3-3 所示。

图 3-3　水性马克笔效果图

3.1.3　色粉表现技法

色粉一般为条块状，色粉粉质细腻，与之配套的工具有爽身粉、橡皮、棉花和固定液等。色粉适用范围较广，可以在白纸、有色纸、硫酸纸上进行表现。用色粉进行产品表现，具有层次丰富、过渡柔和的特点，最适合表现具有曲面造型的产品及具有强烈反光的材质，如不锈钢、车身烤漆以及玻璃等。日本设计师清水吉智使用色粉绘制的效果图将色粉的特点表现得淋漓尽致，如图 3-4 所示。

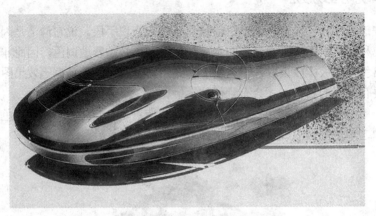

图 3-4　色粉效果图

3.1.4　淡彩表现技法

在使用淡彩画法的时候要先使用铅笔起稿，再使用钢笔和针管笔描绘出轮廓，最后使用水彩或水粉添加颜色。在使用淡彩画法时，起稿要准确清晰，尽量少使用橡皮，以避免纸面起毛。在添加颜色的过程中，要由浅入深、层层深入。这种表现方法较复杂，但能够刻画出更加深入的细节，如图 3-5 所示。

图 3-5　淡彩表现技法

3.2　计算机图形学的发展对工业设计的影响

3.2.1　计算机图形学概述

计算机图形学（Computer Graphics）是随着计算机及其外围设备的发展而产生和发展起

来的，是近代计算机科学与雷达、电视及图像处理技术的发展汇合而成的硕果，是近 30 年来发展迅速、应用广泛的新兴科学。

计算机图形学主要是研究用计算机及其图形设备来输入、表示、变换、运算和输出图形的原理、算法及系统。计算机中的图形通常由点、线、面、体等几何元素和灰度、色彩、线形、线宽度等非几何属性组成。

在传统工业设计流程中除非生产出最后的产品，否则很难全面地表达产品上所有的信息点，设计师的设计思维也就无法得到充分的展示。但是三维软件的出现为设计界带来了一场革命！在制作产品效果图方面，三维软件有着无可比拟的优势。设计师可以通过三维建模比较产品的外观，也可以通过编辑不同的材质和色彩来决定最后的设计方案。能够熟练地使用三维软件制作产品效果图已经成为工业设计师必备的素质之一，使用三维软件制作出具有真实感的效果图也成为设计师与客户之间交流的主要手段。

3.2.2　图形学的发展对工业设计的影响

计算机结构上的特点可以使设计过程视觉化，图像的生成过程能得到有效的控制，并直接反馈出效果。在设计中只要随时存储变化的结果，就能回到作品创造过程中的任何一个步骤，这使设计过程不再是单向的、不可逆的，而成为多向反复的。

从作品的素材来看，任何能够以数字形式输入的客观对象，都能够通过计算机来处理。而扫描设备及数字相机的出现，使设计时的素材来源更为广泛，并能够直接输入真实图像进行设计变换，通过二维或三维技术的辅助，就能够模拟出逼真的虚幻世界。

计算机的三维建模及渲染技术给设计带来了新的表达语言，成为工业设计领域内最主要的表现手段。如图 3-6 所示为使用三维软件制作的效果图。

图 3-6　产品效果图

3.2.3　二维软件在工业设计中的应用

计算机图形方面的软件有很多，目前尚没有统一的分类方法。从表现形式上，基本可以分为二维软件和三维软件两大阵营。常见的二维设计软件有 Photoshop、CorelDRAW、Illustrator 等，本书中主要使用 Photoshop 软件来绘制产品的平面效果图。

1．Photoshop 在工业设计中的应用

Photoshop 是 Adobe Systems 公司开发的典型的位图处理软件，它具有强大的位图处理功能。如图 3-7 所示为 Photoshop CS，也就是 Photoshop 8 的启动画面，CS 是 Create Studio（创新设计工作室）的缩写。

图 3-7　Photoshop CS 的启动画面

Photoshop 中不仅带有各种颜色，而且可以通过渐变和其他一些特殊工具（如笔刷、滤镜）的使用刻画出产品真实的色彩和材料质感，因此在产品设计过程中常用来制作产品的二维效果图，如图 3-8 所示为使用 Photoshop 绘制的效果图。

图 3-8　使用 Photoshop 绘制的效果图

2．CorelDRAW 在工业设计中的应用

CorelDRAW 是加拿大 Corel 公司发布的具有精确绘图和文字处理功能的平面绘图软件，是目前市场上最优秀的矢量绘图与文档排版软件之一，曾在国际上获得 300 多项大奖。它融合了绘画与插图、文本操作、绘图编辑、版面设计等应用程序，为用户提供了一个非常广阔的设计空间，如图 3-9 所示是 CorelDRAW 的启动画面。

图 3-9 CorelDRAW 的启动画面

如图 3-10 所示为使用 CorelDRAW 软件绘制的产品效果图。

图 3-10 使用 CorelDRAW 绘制的效果图

3. 使用平面软件进行产品表现的一般步骤和方法

（1）绘制轮廓。利用平面软件绘制产品的各个视图应该非常严谨，保证产品结构正确。这里介绍三种绘制草图轮廓的基本方法。

第一，使用 Photoshop、CorelDRAW 软件的绘图功能绘制轮廓。使用这种方式绘图时，需要设计人员具有非常熟练的操作技能，才能刻画出精细、复杂的产品轮廓。

第二，使用手绘工具徒手绘制，将得到的线稿输入电脑。如果电脑操作不是十分熟练的话，可以先在纸上绘制好轮廓后，将线稿扫描保存到电脑上，再利用软件进行编辑。

第三，使用三维软件建模。利用 AutoCAD、Rhinoceros（犀牛）、Pro/E 等三维软件建出产品的大致模型，渲染出各个视图，然后导入到平面软件中，再在此基础上绘制轮廓线。

绘制轮廓是以后进行渲染的基础，在绘制产品轮廓的过程中要严格地依据产品之间的尺寸关系和比例。

（2）填充颜色。绘制好草图轮廓后，就可以开始对产品进行上色了。上色时应该时刻把握产品的形态和光线的关系，先对产品铺上大的色调，然后刻画细节部分。这样做的好处是产品上面的光线变化比较清晰，看起来整体感较强。在上色的过程中值得注意的是同一个面上的颜色也有深浅明暗的变化，应根据实际情况合理应用魔棒及多边形套索等工具对部分区域进行选取。

这步需要读者对光线及产品色彩有比较好的感觉及认知，初学者可以对照真实的产品进行绘制，在练习中逐渐领悟光线和色彩的变化。

（3）表现质感。质感对于产品的表现是非常重要的，使用 Photoshop 可以很方便地对产品进行材质的表达。总的来说，Photoshop 对材质的表现主要有两种方法：一是通过改变图层样式直接把收集来的材质素材赋予到产品上，例如橡胶、木材和一些金属的材质的绘制；二是通过 Photoshop 带的渐变、画笔、图层样式等工具，调节产品的明暗变化，增强产品的立体效果。

在 CorelDRAW 中可以应用曲线工具、交互式填充工具、交互式透明工具、位图处理、精确裁剪和交互式调和工具进行材质的表现。

3.2.4 优秀平面效果图赏析

由于平面设计软件在设计表现上具有方便、快速的优势，因此在创意设计的深化阶段往往使用 Photoshop 或 CorelDRAW 来完成。由于平面软件的特性，因此在使用平面软件绘制效果图时往往绘制的都是正视的效果图，以下是一些非常优秀的平面效果图，如图 3-11 至图 3-12 所示，它们的作者是美国著名设计师 Harad blker。

图 3-11   使用 Photoshop 绘制的效果图 1

图 3-12　使用 Photoshop 绘制的效果图 2

3.2.5　三维建模软件

随着 3D 技术的发展，越来越多的设计师开始采用三维软件来制作产品的效果图。用三维软件制作出的效果图的真实感和灵活性是其他表现方法无法比拟的。同时使用高级的工业设计软件还可以制作出产品的内部结构，最后可以制作出工程图直接进行加工。

常见的三维软件有 3ds max、Rhino、Maya、Alias、Pro/E、UG 等。

3.2.6　Rhino 在工业设计中的应用

Rhinoceros（犀牛）是专业的 NURBS 工业产品建模软件。它提供了丰富的 NURBS 命令，令建模更加轻松和准确，而且它对系统的要求较低，在一般的 PC 机上就可以很顺畅地运行。虽然其建模功能强大，但是在渲染方面却不能令人满意。只有借助 Flamingo、Penguin 等渲染插件渲染才能达到较为完善的渲染效果，如图 3-13 所示为 Rhino 的启动画面。

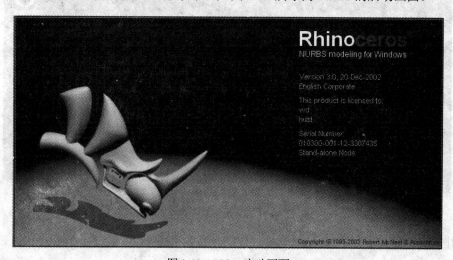

图 3-13　Rhino 启动画面

在使用 Rhino 软件建模的过程中，主要使用 NURBS 建模功能，其建模快速、流畅，如图 3-14 所示为使用 Rhino 软件制作的模型。本书中将采用 Rhino 来完成书中模型的制作。

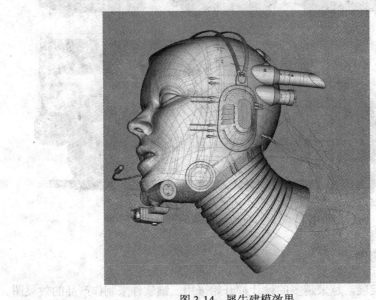

图 3-14　犀牛建模效果

3.2.7　3ds max 在工业设计中的应用

3ds max 是目前国内乃至世界上使用最为广泛的三维建模、渲染及动画制作软件，全面强大的功能以及简洁流畅的工作界面使其成为无数 CG 爱好者的最爱。如图 3-15 所示为 3ds max 8 的启动画面，本书将使用 3ds max 结合 VRay 插件来完成书中模型的渲染。

图 3-15　3ds max 8 启动画面

如图 3-16 所示为使用 3ds max 软件制作的产品效果图。

图 3-16　3ds max 制作的效果图

3.2.8　优秀三维效果图赏析

1. 建模技术的应用

任何完善的工业产品效果图的制作都是从基础模型的建立开始的。使用三维软件建模的技术是一名工业设计师的基本功，只有有了熟练的建模技术，才可以制作出精确的模型，将自己的设计思想准确地表达出来。

将模型制造出来之后，可以进一步发现存在的不足，进行修改。如图 3-17 所示为使用 3ds max 制作的产品模型。

图 3-17　3ds max 制作的产品模型

2. 材质编辑技术的应用

对一个优秀的产品效果表现图来说，材质的表现是一个相当重要的环节。过去设计师只能通过手绘效果图和照片来表现。这些方法的操作复杂，表现的局限性大，往往限制了设计师，使他们不能随心所欲地表现自己的想法。

现在有了 3D 技术，给产品表现提供了更大的空间。设计师可以根据产品所要表达的思想和含义，灵活地为模型选择不同的材质进行对比，以帮助确定最终的方案。如图 3-18 所示为使用 3ds max 创建的金属效果。

图 3-18　金属效果

3. 灯光与摄影机技术的应用

大家都知道灯光与摄影机是摄影行业的灵魂。通过光和影的变换可以营造出各种奇妙的艺术效果。在三维软件的应用中经常利用自带的灯光模拟各种真实环境下的照明效果，使产品效果图的真实感得到增强；也经常用来营造和烘托气氛，达到一种艺术的表达效果，使产品给人留下深刻的印象。

通过摄像机可以灵活地控制观察的角度，通过不同的平面划分，展现出不同的艺术效果。同时摄像机中的透视变化以及虚化效果，在效果图的制作中都是非常有效的表现工具。如图 3-19 所示的奔驰汽车的效果图，利用摄影机选择了一个特殊俯视的观察角度，我们一般情况下是不可能在这个角度观察汽车的，再加上车灯的效果，很好地展现出一种疾驰的感觉，展现出奔驰车的气度和王者风范。

图 3-19　灯光与摄影机技术的应用

4. 渲染技术的应用

渲染是制作效果图的最后一环，也是较为重要的一环。对渲染进行巧妙的适当设置不仅可以模拟出各种真实的效果，而且可以达到各种艺术效果。丰富产品的表现力。

虽然 3ds max 这个软件在国内的应用范围较广，但是目前很多人认为其自带的渲染器的效果较差，难以实现理想的效果。现在有很多专为 3ds max 设计的渲染器，如 Brazil、Finalrender

等。同时为了弥补自身渲染器的不足，从 3ds max 6 开始还集成了 Metal Ray 这个应用较多的渲染软件。

　　如图 3-20 所示为使用 3ds max 制作的效果图，作者很好地将制作完成的模型与背景图结合在一起，效果真实自然。

图 3-20　真实渲染效果

3.3　小结

　　本章着重介绍了工业设计的常用表现技法，同时还欣赏了一些非常优秀的产品效果图，分析了它们的创作思路和使用的主要技术，丰富了大家的设计和创作思路。通过本章的学习，相信大家已经对手绘技法和软件表现在工业设计领域的应用有了初步的了解：首先是快速地手绘创意设计，其次是平面软件的深入刻画和表现，最后要依据实际产品的机械构造在三维软件中准确地再现。

第二篇 设计实战篇

第 4 章 MP3 设计

4.1 MP3 市场调查分析

当今像 MP3 一类的消费电子产品可以说是工业设计研究的一个热门领域，尤其是在这类消费品日渐普及的今天，其消费人群的覆盖面相当广泛，10~50 岁的人群中都有 MP3 的使用者。

4.1.1 MP3 市场份额分析

与手机市场关注度始终由国外品牌独占鳌头的情况不同，在 MP3 市场上，消费者对品牌的关注度较为分散，国内的 MP3 厂家凭借着质量和价格的优势也占领了较大的市场份额。可以说 MP3 市场是风起云涌，百家争鸣，如图 4-1 所示。

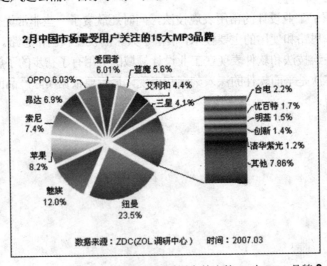

图 4-1　2007 年 2 月中国市场最受用户关注的 15 大 MP3 品牌 ❶

---

❶ 引用自中关村在线网站 www.zol.com.cn

4.1.2　MP3 产品分类

在现在的 MP3 市场中，大存储量、大显示屏、多功能（集合照相、图像浏览、视频播放等）的 MP3，显然将会是未来市场的主流产品，例如魅族 M6 等产品，如图 4-2 所示。

但是在现在的市场上仍然存在主攻音质和存储量，以音乐播放为主的单一功能的 MP3 产品。这类产品的共同特点是功能简单，显示屏较小。这类产品由于显示屏对外形的限制较小，所以在造型上的自由度也比较大，例如 IRIVER 公司的 T10 产品，如图 4-3 所示。

图 4-2　魅族 M6[①]

图 4-3　IRIVER 公司的 T10 MP3[②]

同时市场上还存在以外形为独特卖点吸引消费者的产品，这类产品往往由于外形和尺寸的限制无法配置显示屏，例如创新公司的"石头"、苹果公司的 IPOD SHVFFLE 等。其中 IRIVER 的 Mplayer 是一款非常具有特点的机型，从它怪异的名称中也许能猜出一些端倪。这款 Mplayer 采用了 Disney 经典的米老鼠造型，再配以多彩的颜色、可爱的外观令不少女性用户爱不释手，如图 4-4 所示。

[①] 引用自魅族公司网站 www.meizu.com.cn

[②] 引用自 IRIVER 公司网站 www.iriver.com

图 4-4　IRIVER 的 Mplayer

外形上的创新也带来了使用方式上的新体验，使用它享受音乐的时候，只需要轻轻地转动它俏皮的耳朵即可点唱每一首音乐，如图 4-5 和图 4-6 所示。

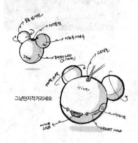 

图 4-5　Mplayer 设计草图　　　　　图 4-6　Mplayer 播放器

4.1.3　目标人群定位

在 MP3 的使用人群中，广大中小学生以及大学生毫无疑问的是使用人群中的绝对主力。本次设计就以学生群体为设计的目标对象。

学生这一消费群体具有其他群体不具备的优点和潜力：

（1）在读的中小学生的数量大约有 2 亿人，而在校大学生的数量也超过 2000 万人。如此庞大的一个客户群体，相信是任何一个厂家都不愿放弃的。

（2）这类人群的更新速度较快。他们年龄小，乐于追求新生事物，如果能够让他们的第一款产品就选择某个品牌的商品，并使其对这一品牌的商品产生好感，那么在更新换代时他们仍然有可能选择这一品牌的产品。

（3）爱攀比，易受同龄人的影响。由于中小学生的心智还没有发育完全，对于市面上的产品无法完全给出自己的判断，看到自己的同学选择了一款产品，就很有可能仿效。这一点通过各大 MP3 厂家所请的形象代言人，也可以发现这一点。所以 MP3 厂家每争取到一个学生用户，就意味着可能给自己带来新的客户。

（4）学生以集体生活为主，每天都有固定的活动范围、生活习惯和生活圈子。这样就方便厂家进行集中式的促销活动，相比市场上的促销活动将起到事半功倍的效果。

抓住学生这块市场，对于广大厂商来说大有裨益。

针对学生市场进行的 MP3 设计，首先要保证 MP3 能够完成自身的使命，让学生能够方便、快捷地享受音乐的乐趣。其次，也是非常重要的一条，就是 MP3 的外观一定要符合学生群体的审美观，能够吸引学生群体的注意。再就是产品的价格不能太贵，能够被学生群体接受。同时要保证使用的材料无毒、无害，符合环保的要求，不会伤害到学生的健康。综上所述，对于 MP3 生产商来说，争夺学生市场是势在必行的。这就需要在 MP3 的设计上更加关注学生的心理，设计更加符合青年学生的喜好的产品。

4.2　绘制设计草图

之前提到的第一类 MP3 产品，由于功能和屏幕尺寸的限制，大多数采用的是大显示屏幕、少操作键的简约主义设计，不适合进行创新设计的练习。因此本章选择 4.1.3 节提到的三类 MP3 产品中的第二类和第三类作为设计的主题，设计一款针对学生市场的 MP3 产品，这样可以在满足 MP3 使用要求的基础上对形态进行尽可能的创新。

先看一下绘制出的创意设计方案，设计方案分为以下几类：几何形态类、仿生类、操作方式创新类、使用方式创新类。

4.2.1　几何形态类设计

该设计形态简洁、洗练，简约中富含变化，如图 4-7 所示。显示屏和主要的操作键采用不对称的方式放置，并由亮丽的彩色线条将 MP3 的表面分割成适当的比例，从而使整个 MP3 活泼了起来，给人以愉悦的感受。色彩鲜亮、对比强烈的表面装饰条，并非简单的等宽排列，而是以具有韵律的方式排列，显示出设计者对设计潮流的理解和把握。设计时把常用的快捷键、功能键放置在机身的侧面，不仅操作更加方便，而且节约了表面空间，从而使机身正面看起来更加清新、明快。

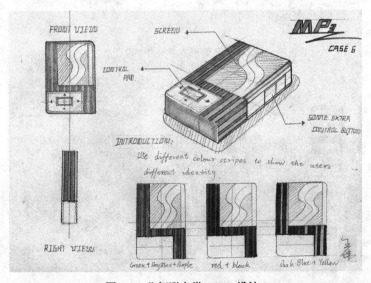

图 4-7　几何形态类 MP3 设计 1

利用圆形的组合、不对称的切割以及对比强烈的色彩创作出了一款简洁、具有美感的产品形态，如图 4-8 所示。内部的圆形部分为 MP3 的显示器等主体部分，外部的圆形结构采用柔软有弹性的材料，可以有效地防止因意外而产生的挤压和撞击对 MP3 造成的损坏，同时也给使用者舒适的触感。外部的圆环可以围绕屏幕部分旋转，以控制音量的变化或者曲目的播放等，同时将控制键放置在外部圆环上，既节省了 MP3 表面的空间，又形式新颖、保持了形态的统一，从而使整个设计有一种整体的几何美感。

　　如图 4-9 所示的设计较为大胆，将流行的摄像头功能引入到产品的设计中，并创造性地将产品分解为三大模块，即操作模块、照相机模块以及显示屏模块，各个功能模块既相互分离又可结合成一个整体，各功能模块通过中部的轴连接在一起，并能自由地旋转，用户可以根据自己的需要和习惯调整各个功能模块的位置和角度，同时用户可以根据需求引入其他功能模块以扩展产品的功能。整体的线条简洁、外形美观，并且由橙色和白色的颜色搭配使整个设计活泼、明快，充满现代感和设计感。多变的形式和组合更适合当今社会中人们对个性和变化的追求。

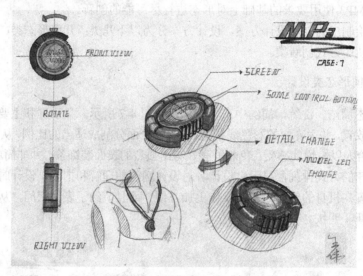

图 4-8　几何形态类 MP3 设计 2

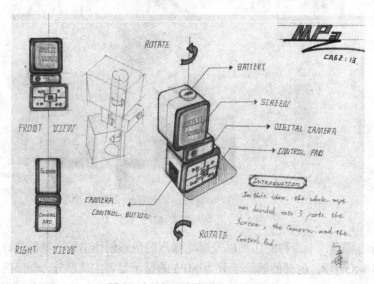

图 4-9　几何形态类 MP3 设计 3

4.2.2　仿生类设计

有设计师认为人的灵感都来自于自然界的提示,如图 4-10 所示的设计正是从自然中吸取营养,将 MP3 播放器设计得犹如花朵一般迷人,一定会吸引广大 MM 的眼球。该设计巧妙地借用了花朵的形态,将花蕊的部分设计为显示屏,将花瓣等部分设计为 MP3 的操作装置。通过对花瓣的按压来实现对音乐播放和音量等的控制,同时在色彩上采用花朵般鲜艳的色彩,使整个设计更加醒目。最为巧妙的是充电器的设计,设计者将 MP3 的充电器设计为一个蓝色的花瓶形状,MP3 充电时的状态就像插在蓝色花瓶中的一朵小花,非常具有想象力。

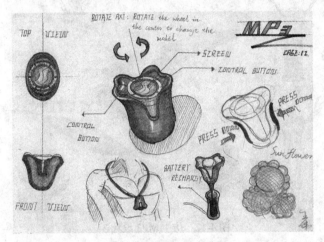

图 4-10　仿生 MP3 设计 1

和上一个设计类似,如图 4-11 所示的设计同样是从大自然中汲取营养,将花朵和绿叶的形态进行了一个巧妙的组合,在花朵的中心位置设计了显示屏,然后在周围的花瓣上设置了各种操作按键,在使用时方便、直观。不对称的树叶除了起到很好的装饰作用,设计师还有效地利用了绿叶的形态,巧妙地安置了挂绳的接口、数码摄像头和 USB 接口等部件。同时优美的弧线设计使人们手握时更加舒适。在色彩搭配上,用清新自然的黄色和绿色表达出这个由绿叶与花朵的组合而成的 MP3 给人带来清新的感觉。

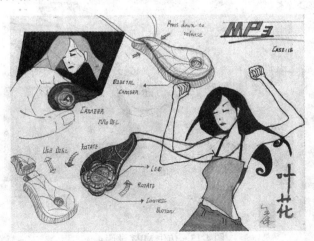

图 4-11　仿生 MP3 设计 2

如图 4-12 所示的设计是非常具有中国味道的一个设计，将在中国传统文化中被誉为君子的竹的形态作为 MP3 的主体部分。MP3 的主体部分为竹子的一节，下端以竹节为底座，中间部分用来放置显示屏，顶部的操纵装置既保留了竹节的形态又融合了中国古代日晷的形态。MP3 的顶部为操作装置，可以旋转，以控制歌曲的播放和音量的大小等。挂绳通过操作装置的上翘端，这样的组合使整个 MP3 侧面的形态看上去就像一个昂首挺胸的中国古代文人，既满足人们享受音乐的需求又具有一定的文化内涵和寓意，同时将 MP3 的线控设计成类似竹叶的形态，使整个设计和谐统一，非常具有韵味。

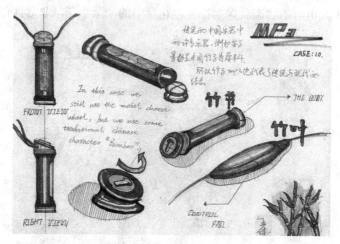

图 4-12　仿生 MP3 设计 3

如图 4-13 所示的 MP3 的设计巧妙地借鉴了复活节岛上巨石雕像的形态，将身体的下部设计为 MP3 的操作装置，按键的放置符合人们的习惯。并将 MP3 的显示屏隐藏在面罩的下部，需要观看显示屏时，向上推动面罩即可看到显示屏，这样的设计也起到了保护显示屏的作用。将面罩上的眼睛和嘴巴设计为指示灯，通过闪烁显示出目前 MP3 的工作状态。同时色彩的使用选择了与石雕相似的颜色，凸显了设计的整体感，整个设计精巧、奇特、细致。同时设计者也起了一个富有含义的名字"音乐守望者"，赋予了该产品更多的精神价值。

图 4-13　仿生 MP3 设计 4

复活节岛石雕都是用整块石头雕刻而成，高 4~5 米，重约 20 吨，最高的高 9.8 米，重达 90 吨，约建于公元 600~1680 年，它的来源和作用至今还是个迷。复活节岛是南太平洋上一个孤立的小岛，因为考古学家是在 1722 年的复活节发现的它，故而得名，如图 4-14 所示。

图 4-14　复活节岛石雕

4.2.3　操作方式创新类设计

这组设计的创新点在于"反流行"的操作方式，目前一些 MP3 设计都采用轻触式的操作方式，例如 IPOD 的 Nano 以及魅族的 M6，只需要将手指在按键上轻轻划过，就可以改变播放器的状态。但是这种操作方式由于缺乏触感反馈，所以经常导致使用者的误操作，尤其是那些初次使用这些播放器的用户，经常会被这种新奇的操作方法搞得摸不清头脑。

在这组创新设计中，设计者提出了一种名为"模式转轮"的创新设计，将 MP3 具备的各项功能放置在转轮的边缘。需要使用哪种功能，只需要旋转转轮，将对应的模式旋转到指定的位置，就可以进入到该功能状态，并进行下一步的状态调整。

如图 4-15 所示这款 MP3 的设计就是以"模式转轮"的概念为基础设计的，它将所有的操作都由类似齿轮的可旋转的控制部分操控。这样就节省了 MP3 主体的空间，可以放置较大的显示屏，并使其他部分可以设计成为完整而光滑的曲面，同时鲜亮的色彩搭配也使整个设计活泼、明快。

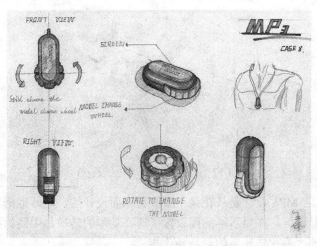

图 4-15　"模式转轮" MP3 设计 1

如图 4-16 所示 MP3 的设计就是典型的操作创新类设计，外型没有刻意地追求新奇特殊。但是通过这种全新的操作模式，并用鲜亮而对比强烈的色彩的运用，同样能给消费者带来一定的冲击。

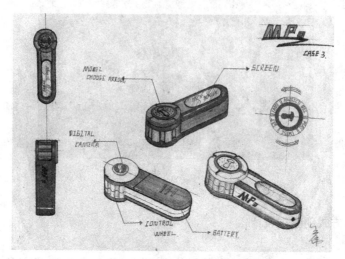

图 4-16   "模式转轮" MP3 设计 2

如图 4-17 所示 MP3 的设计，采用不对称的设计方法，将一个球体切去一部分，然后将切面作为显示屏，并将球体的上半部分作为"模式转轮"的操作装置，旋转顶部的转轮可以控制不同的功能状态，旋转球面的下半部分可以进行状态微调，底部为挂绳和 USB 接口。以球体为基本形体的设计很好地诠释了此 MP3 独特的操作模式，同时对比强烈的色彩搭配也凸显出设计的时尚感。

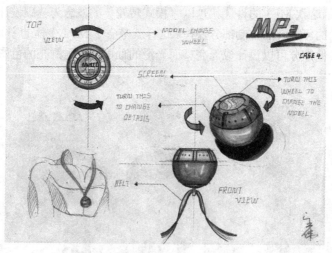

图 4-17   "模式转轮" MP3 设计 3

如图 4-18 所示的 MP3 设计是从花朵中吸取灵感而设计的，巧妙地借鉴了花蕾的形态。顶部中心位置设置显示屏，在显示屏周围设置了选择功能的转轮，中间为微调转轮，很好地配合了设计者提出的"模式转轮"的独特操作模式。

如图 4-19 所示的 MP3 设计由两部分组成，控制部分设计为类似齿轮的"模式转轮"，并在其表面进行分割，设置显示屏。在使用过程中，通过将所需功能旋转到 MP3 正面的可视区域部分来开启控制功能，然后再由侧面的控制键进行微调。同时 MP3 主体部分的正面为显示屏，背面为数码摄像头，整体设计时尚、美观，黄色和灰色的搭配更显阳刚之气，比较适合男性使用。

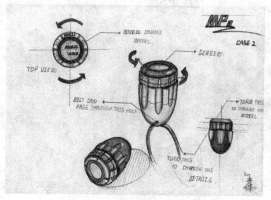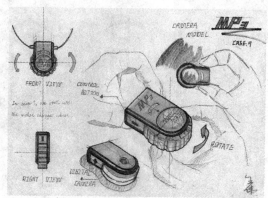

图 4-18　"模式转轮" MP3 设计 4　　　　　　图 4-19　"模式转轮" MP3 设计 5

4.2.4　使用方式创新类设计

现代的年轻人总是渴望与众不同，他们希望自己的物品是新颖的、独一无二的、能吸引别人眼球的。以下是一组针对 MP3 产品使用方式所进行的创新设计，以满足年轻人追求个性的要求。

如图 4-20 所示是一个可以被放置在手指上使用的 MP3 播放器，外形虽然小巧，但十分细致。我们暂不考虑能否实现，它对功能的思考还是非常全面的。功能齐全的操作键盘，小巧、精致的显示屏，时尚的配色，以及两侧的橡胶防滑条，可以看到设计者细致的思考。同时放置在手指上使用的创意，对于追求与众不同的青年人来说是相当具有吸引力的。

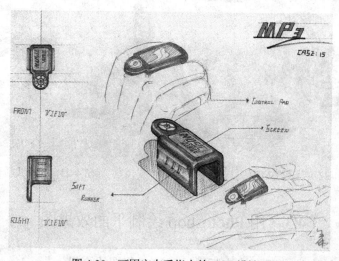

图 4-20　可固定在手指上的 MP3 设计 1

与上一个设计类似，如图 4-21 所示同样是一款可以固定在手指上使用的 MP3 播放器，同样也将 MP3 的控制键盘和显示屏的位置进行了区分。由于在 MP3 的中部设计了转轴，使得它可以随着手指的弯曲而弯曲，不会影响到手指的活动。但是现在中部转轴的形态还显得有些不太合理，需要进一步思考。

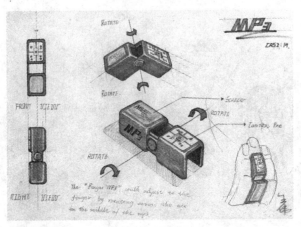

图 4-21　可固定在手指上的 MP3 设计 2

如图 4-22 所示是一款类似于手表的设计，可以将 MP3 播放器固定在手臂上使用。用表盘的位置充当显示屏，在表带上设计 MP3 的控制按键，通过对比强烈的色彩以及表面图案的变化来显示使用者的独特个性，很好地体现了使用者对个性的追求。

如图 4-23 所示的 MP3 为一款佩戴在手腕上的类似手表的设计，将 MP3 的主体分割为两个部分，一半放置 MP3 的显示屏，一半为操作装置。操作部分同样由两部分组成，中间为控制功能部分，通过箭头的指向来确定控制的功能，而外部为微调控制。同时该设计也考虑到人们手臂的宽度，对尺寸进行了优化选择，同时橙色和灰色的搭配也显得较为时尚。

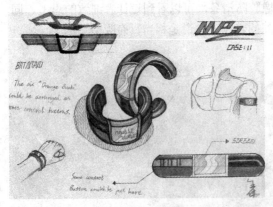

图 4-22　手表式 MP3

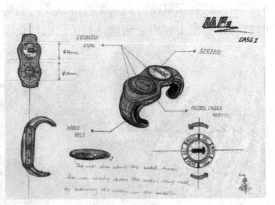

图 4-23　"模式转轮" MP3

4.3　用 Photoshop 绘制平面效果图

本书将使用 Photoshop CS 的中文版进行 MP3 效果图的绘制。

4.3.1　导入参考草图

在打开 Photoshop 软件之后，在主菜单栏中单击"文件"→"新建"命令（快捷键 Ctrl+N），创建一个新的文件，在"名称"栏中将新文件的名字改为"MP3 平面图"，在"预设"栏中将画面的大小设置为 A4 纸的大小，"颜色模式"选择默认的 RGB 颜色，"背景内容"选择默认的白色，如图 4-24 所示。在设置完成之后，单击"好"按钮，创建一个新的空白文件。

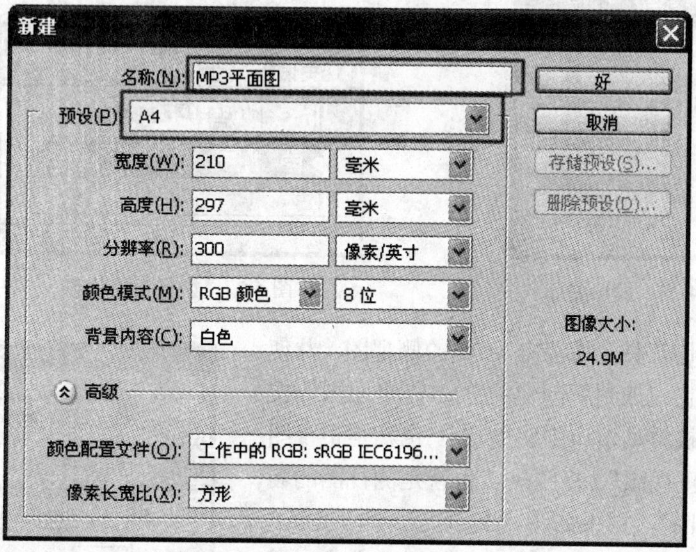

图 4-24　创建新文件

单击主菜单栏中的"图像"→"旋转画布"命令，在子菜单中选择将画布旋转 90°。

在主菜单栏中单击"文件"→"打开"命令，从附赠资料中选择已绘制好的 MP3 草图，将它打开，如图 4-25 所示。

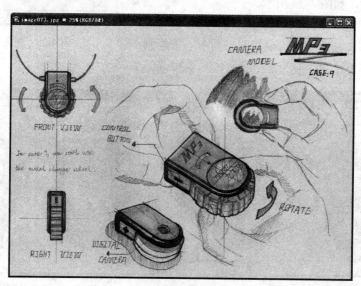

图 4-25　打开草图

　　在工具栏中单击 裁切工具，将 MP3 的草图裁切到只剩下 MP3 的正视图，如图 4-26 所示。在工具栏中单击 移动工具，将通过裁切得到的 MP3 的正视图拖拽到新创建的"MP3 平面图"文件上。

　　激活经过裁切操作的 MP3 的草图，在"历史记录"面板浮动窗口中将文件恢复到打开时的状态，如图 4-27 所示。

图 4-26　裁切图片

图 4-27　恢复初始状态

　　再次使用裁切工具，裁切出 MP3 的侧视图。并使用移动工具，将它拖拽到新创建的"MP3 平面图"文件上，在图层面板浮动窗口中将图层 1 也就是正视图的名称修改为"正视图"，将图层 2 也就是侧视图的名称修改为"侧视图"，结果如图 4-28 所示。

　　在主菜单栏中单击"视图"→"标尺"命令（或者使用快捷键 Ctrl+R），打开标尺。在工具栏中单击 移动工具，从标尺上拖拽出两条辅助线，在辅助线的帮助下调整正视图和侧视图的大小，使它们成为绘制平面图形的参考，如图 4-29 所示。

　　原来的图形是草图，并不完全正确。为了使正视图和侧视图能够良好地对齐，要在圆形的中心再绘制一条辅助线，作为绘制图形的参考线，如图 4-30 所示。

图 4-28　命名图层

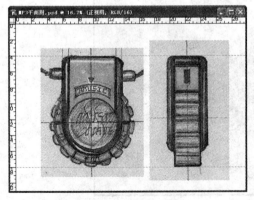

图 4-29　创建辅助线 1

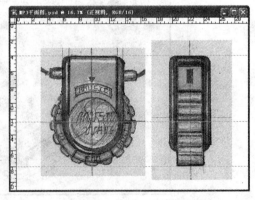

图 4-30　创建辅助线 2

4.3.2　绘制模式转轮

在 Photoshop 中绘制产品时，应该从视图中最底部的图层开始画起，一层一层地向上画。先来绘制底部的模式转轮，在 Photoshop 的工具栏中选择矢量工具栏中的"多边形工具"，如图 4-31 所示。

图 4-31　选择"多边形工具"

在矢量图形编辑工具栏中，将多边形的边数设置为 60，如图 4-32 所示。

图 4-32　设置边数

在导航器中，将作为参照的草图放大一些，这样更方便观察。

将鼠标移动到底部功能转轮的中心位置，也就是垂直辅助线和中间那条水平辅助线的交点。拖动鼠标，将鼠标拖动到水平方向上最下方的水平线上释放，由于之前手绘的图形并不是十分准确，创建一个略大于之前绘制的模式转轮的多边形，如图 4-33 所示。

在工具栏中，选择"直接选择工具"，如图 4-34 所示。

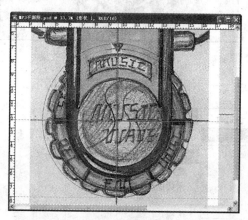

图 4-33　创建多边形

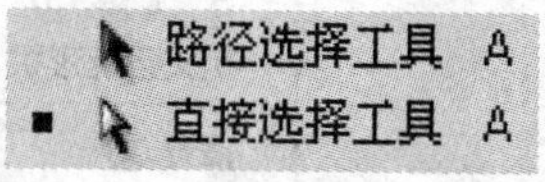

图 4-34　选择"直接选择工具"

使用直接选择工具在画布上单击刚才创建的 60 边形，这时图形上会显示出图形的控制点，如图 4-35 所示。

使用直接选择工具，在显示出的节点中每隔 3 个点选择一个节点，如图 4-36 所示，在此过程中一定要按住 Shift 键，否则无法同时选中多个节点。

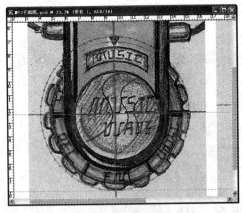
图 4-35　显示控制点

图 4-36　选择节点

现在背景图片的颜色比较深，多边形线框的颜色和底部的颜色区分不开。可以在图层面板中单击"正视图"图层，在图层面板的"不透明度"栏中将不透明度设置为 50％，如图 4-37所示，现在的显示效果如图 4-38 所示。

图 4-37　调整不透明度

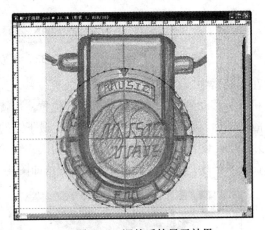
图 4-38　调整后的显示效果

在主菜单栏中单击"编辑"→"变换点"→"缩放"命令，如图 4-39 所示。

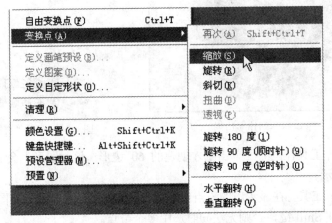
图 4-39　选择"缩放"命令

　　按 Alt+Shift 键，使多边形能够围绕中心进行缩放，将选择的节点缩小到如图 4-40 所示的位置。按回车键，完成对节点的缩放操作。

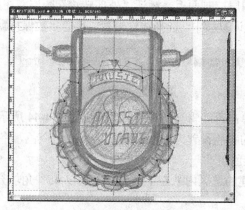

图 4-40　缩放节点

　　在图层面板上，将"侧视图"图层拖拽到图层面板的最上层。然后激活"正视图"图层，在图层面板的右下方单击 ⊡（创建新图层）按钮，在"正视图"图层之上创建一个新图层，并将它命名为"外部转轮"，现在的图层面板如图 4-41 所示。

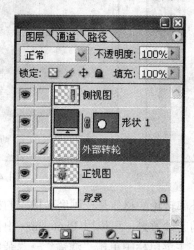

图 4-41　创建新图层

　　在图层面板上单击形状 1 右侧的矢量蒙板缩览图，如图 4-42 所示。

图 4-42　单击蒙板缩览图

下面将开始填充颜色的操作，首先假设光线从 MP3 播放器的左上方照射过来。单击图层面板右侧的"路径"按钮，激活路径控制面板。单击路径控制面板下方的"将路径作为选区载入"按钮，再进入图层控制面板，激活"外部转轮"图层。在主工具栏中单击 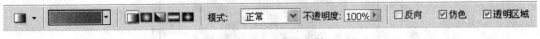（渐变工具）按钮，在渐变参数调整栏中，选择线性渐变，其他参数保持默认设置，如图 4-43 所示。

图 4-43　设置渐变参数

在渐变参数栏中，单击可编辑渐变按钮，将弹出如图 4-44 所示的渐变编辑器，调整渐变的颜色。将渐变起始点的颜色设置为 R/G/B 值均为 150 的灰色，将渐变结束点的颜色也设置为 R/G/B 值均为 90 的灰色。

按住 Shift 键，在创建的选区内从左上角到右下角以 45°角填充选区，填充效果如图 4-45 所示。

图 4-44　设置渐变颜色

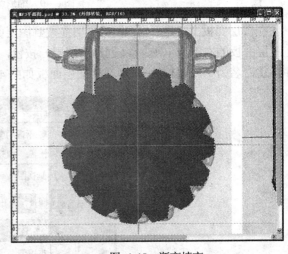

图 4-45　渐变填充

在这个 MP3 设计中，外部转轮的材质是一种磨砂橡胶的材质，但是现在的材质效果太光滑，我们要为它添加一定的磨砂效果，可以用 Photoshop 中自带的滤镜添加磨砂效果。按 Ctrl+D 组合键，取消选区。在主菜单栏中单击"滤镜"→"杂色"→"添加杂色"命令，如图 4-46 所示。

图 4-46　"添加杂色"滤镜

在弹出的"添加杂色"对话框中，将"数量"值设置为 10%，在"分布"栏中选择"平均分布"，同时勾选"单色"选项，如图 4-47 所示。单击"好"按钮，完成添加杂色的操作，完成后的效果如图 4-48 所示。

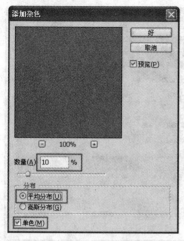

图 4-47　设置滤镜参数

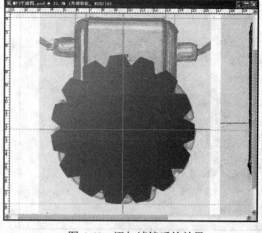

图 4-48　添加滤镜后的效果

在图层面板中，用鼠标双击外部转轮右侧的空白区域，在弹出的"图层样式"对话框中，选择"斜面和浮雕"选项，如图 4-49 所示进行参数设置，将"深度"值设置为 80%，将"大小"设置为 25 像素，将"软化"值设置为 5 像素，将"角度"设置为 135 度，单击"好"按钮完成设置，完成后的效果如图 4-50 所示。

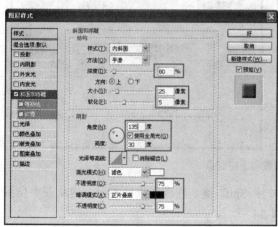

图 4-49　设置图层样式

图 4-50　添加图层样式后的效果

在图层面板中，在形状 1 的上方创建一个新图层，并将它命名为"金属环"。在图层面板中，激活刚创建的"金属环"图层，在工具栏中选择选框工具栏中的椭圆选框工具，这时鼠标的图形将会变为一个十字，将十字图标移动到外部转轮中心两条辅助线交汇的位置上，当十字图标的两条边都变为红色时，按 Alt+Shift 键在画布中创建一个小于外部转轮的圆形选区，如图 4-51 所示。

下面来模仿金属的反射效果。在工具栏中单击渐变按钮，再单击可编辑渐变按钮进入渐变的调节，先单击新建按钮创建一个新的渐变。如图 4-52 所示，调节渐变效果。第一个灰色为 R/G/B 值均为 150 的灰色，在渐变编辑条 18% 的位置设置第二个渐变点，颜色设置为白色，在 40% 的位置设置第三个渐变点，颜色为 R/G/B 值均为 90 的灰色，在 75% 的位置设置一个白色的渐变点，最后一个点为 R/G/B 值均为 90 的灰色。单击"好"按钮完成渐变色的编辑。

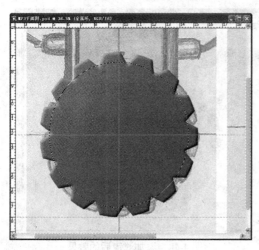

图 4-51　创建圆形选区　　　　　　　　　　　图 4-52　调节渐变效果

提示： 在编辑金属渐变的白色部分时可以通过编辑每一个渐变点两侧的控制点，将白色的范围控制得小一些，因为金属表面的反射往往较强，高光和亮色的范围往往较小，如图 4-53 所示。

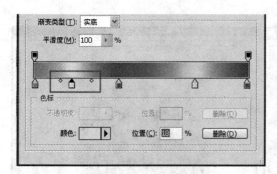
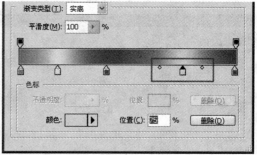

图 4-53　调整渐变控制点

保持刚才创建的圆形选区为激活状态，按住 Shift 键，在圆形选区的范围内从左上角到右下角创建一个渐变填充，完成的效果如图 4-54 所示。

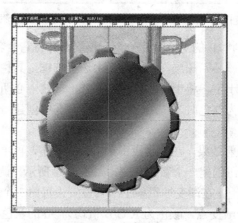

图 4-54　渐变填充

现在我们会发现"外部转轮"图层好像被压在"金属环"图层的下方，实际上在设计中两个图层应该是平行的，橡胶材质的外部转轮正好包裹在金属环的周围。按住 Ctrl 键，单击图层面板中的"金属环"图层，将图层的范围以选区方式载入。在菜单栏中单击"选择"→"修改"→"收缩"命令，如图 4-55 所示。

在弹出的"收缩选区"对话框中，将收缩量设置为 10 像素，如图 4-56 所示，单击"好"按钮收缩选区。

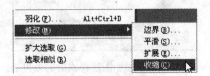

图 4-55 "收缩"命令　　　　　　　　图 4-56 设置收缩量

在图层面板中单击"金属环"图层前面的眼睛图标 （图层可视性图标），取消"金属环"图层的显示。然后单击"外部转轮"图层，将其激活，按 Delete 键，将选区内的图像删除掉，完成后的效果如图 4-57 所示。

按 Ctrl+D 键，将当前的选区删除掉。在图层面板中，将"金属环"图层恢复为可视状态。按住 Ctrl 键，再单击"金属环"图层，重新将它作为选区载入。使用选区修改中的收缩功能，将选区收缩 15 个像素，按 Delete 键将选区删除掉，完成后的效果如图 4-58 所示。

图 4-57 删除选区　　　　　　　　图 4-58 删除选区

双击"金属环"图层右侧的空白区域，在弹出的"图层样式"对话框中，勾选"斜面和浮雕"选项，并进行如下设置：将"深度"设置为 80%，将"大小"设置为 8 像素，将"软化"设置为 2 像素，"角度"设置为 135 度，"高度"设置为 30 度，如图 4-59 所示，完成后的效果如图 4-60 所示。

在"金属环"图层的上方创建出一个新图层，将图层名称设置为"功能转盘"。在工具栏中选择椭圆选区工具，在画布上以"金属环"图层的圆心为中心再画出一个半径与"金属环"图层内径相当的圆形选区。

在工具栏上单击渐变工具，创建一个黄色的渐变，如图 4-61 所示，调整渐变的颜色。将第一个颜色的 R/G/B 值设置为 255、235、140，将渐变结束点的颜色设置为 250、200、0，单击"好"按钮，完成渐变的编辑。

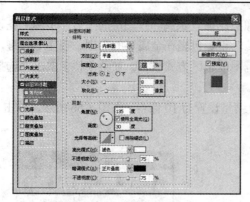

图 4-59   添加图层样式

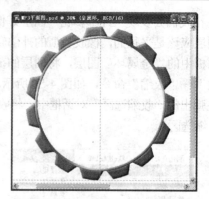

图 4-60   添加图层样式后的效果

按住 Shift 键，在选区中从左上角到右下角创建一个渐变，填充的效果如图 4-62 所示。

图 4-61   编辑渐变色

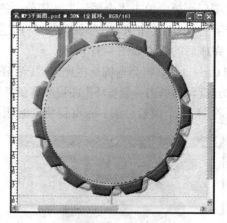

图 4-62   渐变填充

双击"功能转盘"图层右侧的空白区域，在弹出的"图层样式"对话框中，勾选"斜面和浮雕"选项，并进行如下设置：将"深度"设置为 100%，将"大小"设置为 15 像素，将"软化"设置为 5 像素，"角度"设置为 135 度，"高度"设置为 30 度，如图 4-63 所示，完成后的效果如图 4-64 所示。

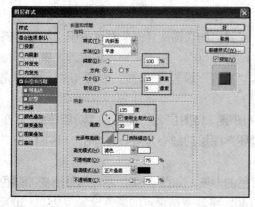

图 4-63   添加图层样式

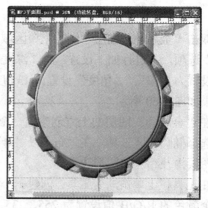

图 4-64   添加图层样式后的效果

　　在工具栏中选择矢量图形栏中的矩形工具，以垂直的辅助线为轴心创建一个狭长的长方形，如图 4-65 所示。

　　在图层面板中，将"填充"值设置为 0%，如图 4-66 所示。

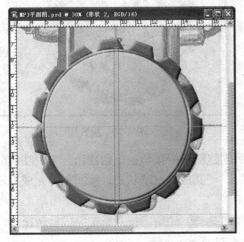

图 4-65　创建长方形

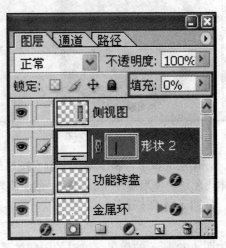

图 4-66　修改填充值

　　在"形状 2"图层的下方，创建一个新图层，并将它命名为"功能分割"。在图层面板上单击"形状 2"右侧的矢量蒙板缩览图，再进入路径控制面板，单击路径控制面板下方的将路径作为选区载入按钮，将绘制的长方形区域作为选区载入。然后在图层面板上单击刚创建的"功能分割"图层，将它作为当前的工作图层。

　　按快捷键 Shift+F5，为选区填充颜色，弹出如图 4-67 所示的"填充"对话框，在"使用"栏的下拉菜单中选择"颜色"项，在弹出的颜色编辑器中将颜色设置为 R/G/B 值均为 90 的深灰色，如图 4-68 所示。

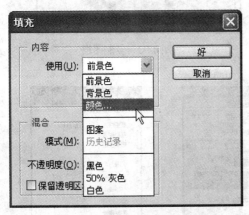

图 4-67　选择"颜色"选项

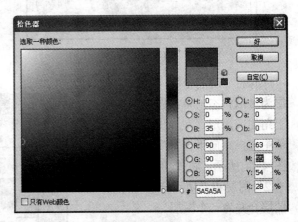

图 4-68　调整颜色

　　完成填充后的效果如图 4-69 所示。

　　在填充颜色之后，保持"功能分割"图层为激活状态，按快捷键 Ctrl+T，对图形进行变换操作，将鼠标移动到矩形的右上角，这时鼠标的形状会变为一段带箭头的弧线，按住 Shift 键，将图形旋转 30°，按回车键完成旋转操作，如图 4-70 所示。

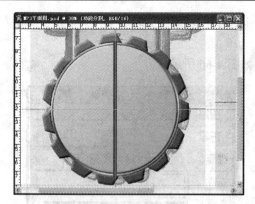

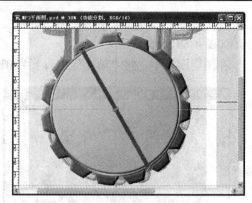

图 4-69　填充选区　　　　　　　　　　　　图 4-70　旋转图形

在图层面板上，将"功能分割"图层拖拽到创建新图层按钮上，创建出一个"功能分割副本"图层，使用旋转工具将这个图层旋转 60°，使其成为水平状态，按回车键完成旋转操作，如图 4-71 所示。

再创建一个"功能分割 副本 2"图层，并将它旋转 60°，按回车键完成旋转操作，得到如图 4-72 所示的效果，这时的图层关系如图 4-73 所示。

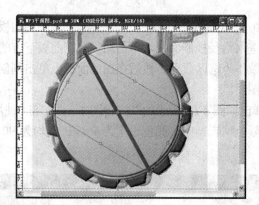

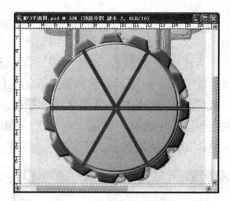

图 4-71　复制图层　　　　　　　　　　　　图 4-72　复制图层

保持"功能分割 副本 2"图层为激活状态，单击图层面板右上角的三角形，在弹出的下拉菜单中选择"向下合并"命令，如图 4-74 所示。将"功能分割 副本 2"图层和"功能分割 副本"图层合并为一个图层。

再次使用"向下合并"命令，将"功能分割 副本"图层和"功能分割"图层合并为一个图层。

在图层面板中，保持"功能分割"图层为选中状态。按住 Ctrl

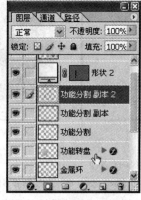

图 4-73　图层关系　　　　　　　　　图 4-74　"向下合并"命令

键，再单击"功能转盘"图层，将"功能转盘"图层所在的范围以选区的方式载入，如图 4-75 所示。

在菜单栏中单击"选择"→"反选"命令，按 Delete 键，将"功能分割"图层上超出功能转盘的部分删除掉，按 Ctrl+D 键将选区删除，完成后的效果如图 4-76 所示。

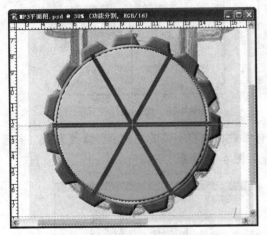

图 4-75　载入选区

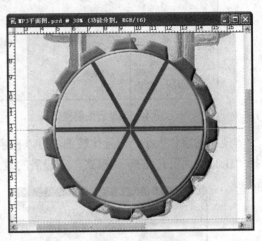

图 4-76　删除选区

按住 Ctrl 键，在图层面板中单击"功能分割"图层，将该图层的范围以选区的方式载入。再单击"功能转盘"图层，使其处于激活状态，按 Delete 键将选区内的部分删除掉。在完成删除操作之后，形状发生变化的部分自动继承了图层属性的效果，显示出浮雕的效果，如图 4-77 所示。

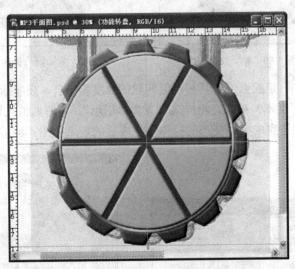

图 4-77　添加浮雕效果

使"功能分割"图层处于激活状态，双击"功能分割"图层右侧的空白区域，在弹出的"图层样式"对话框中进行如图 4-78 所示的参数设置，完成后的效果如图 4-79 所示。

下面创建功能转盘上方的文字。在工具栏中单击 T.（文字工具）按钮，按 CapsLock 键，输入大写的"MUSIC"字样，并使用移动工具将它放置在视图的中心位置，如图 4-80 所示。

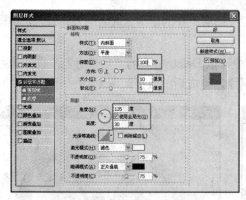

图 4-78　设置图层样式

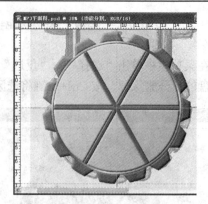

图 4-79　添加图层样式的效果

现在的字体太小，而且比较细。可以在字体参数栏中将字体的"大小"修改为 26，并选择"Bold（加粗）"的字体模式，完成后的效果如图 4-81 所示。

图 4-80　输入文字

图 4-81　调整字体

下面对字体添加一定的弧度使其与功能转轮的弧度相吻合。在显示屏上方的字体参数栏中单击 ⊥（创建变形文本）按钮，将样式设置为"扇形"，将弯曲值设置为 28%，如图 4-82 所示。单击"好"按钮完成字体变形的操作，完成后的效果如图 4-83 所示。

图 4-82　设置文字变形

图 4-83　变形后的文字效果

　　按快捷键 Ctrl+T，进入变形操作状态。在工具栏上单击 ⯈⊕（移动工具）按钮，将字体的中心移动到转盘的正中心，也就是两条辅助线相交的位置，如图 4-84 所示。

　　将鼠标移动到变形框的右上角，当鼠标变为带箭头的弧形时，按住 Shift 键，将 MUSIC 字体旋转 60°，完成后的效果如图 4-85 所示。

图 4-84　移动中心

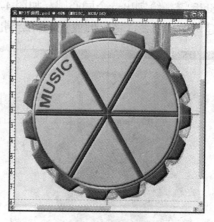
图 4-85　旋转字体

　　使用字体工具，在功能转盘上依次输入 "FM"，"SET"，"RECHA"，"REC"，"UDISC" 等词语，完成后的效果如图 4-86 所示。

　　在输入字体之后，我们会发现图层面板中的内容越来越多了，这样就为进一步的编辑带来了不便。这里先在图层面板中进行一定的整理，在图层面板的左下角单击 ▢（创建新组）按钮，在字体图层的上方创建出一个组，并将这个组命名为 "功能转盘字体"，如图 4-87 所示。完成之后，将刚创建的 6 个文字图层都移动到这个文件组中，完成之后会发现图层面板清爽多了。

图 4-86　输入文字

图 4-87　创建图层组

4.3.3　绘制 MP3 的正面

在完成模式转轮的绘制之后，下面绘制 MP3 播放器的正面部分。

在工具栏中选择矢量图形栏中的"椭圆"工具，以"功能转盘"图层的中心为原点，按住 Alt+Shift 键，绘制出一个同心圆，如图 4-88 所示。

创建两条辅助线，将它们放置在新绘制出的圆形的两侧，如图 4-89 所示。

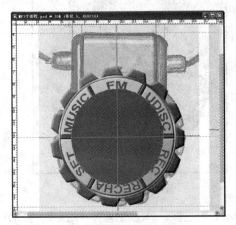
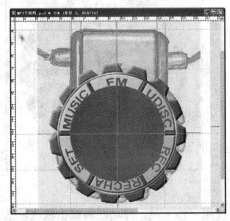

图 4-88　创建同心圆　　　　　　　　　图 4-89　创建辅助线

在工具栏中选择矢量图形栏中的"倒角矩形"工具，将"倒角值"设置为 80，在画布中创建出如图 4-90 所示的圆角矩形。

在工具栏中选择"直接选择"工具，单击绘制出来的倒角矩形，进入节点编辑状态。选择倒角矩形下部的四个顶点，并将它们垂直向下移动到如图 4-91 所示的位置。

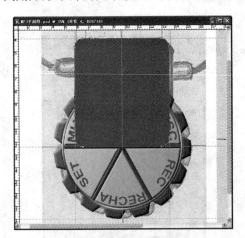
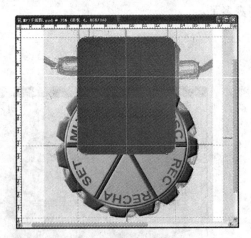

图 4-90　创建倒角矩形　　　　　　　　　图 4-91　移动节点位置

在"功能转盘字体"图层组的上方创建出一个新的图层，命名为"外部防擦条"。单击倒角矩形图层后的矢量蒙板缩略图，再单击路径面板下方的 ○ （将路径作为选区载入）按钮。在工具栏上单击设置前景色按钮，在弹出的颜色对话框中，将颜色设置为 R/G/B 值均为 90 的深灰色。在图层面板上激活刚创建的"外部防擦条"图层，按组合键 Shift+F5，为选区填充颜色，在弹出的"填充"对话框中，将填充颜色设置为前景色，如图 4-92 所示。在完成填充操作之后，按 Ctrl+D 键，将选区删除。

　　单击圆形图层后的矢量蒙板缩略图，再单击路径面板下方的"将路径作为选区载入"按钮。在图层面板上激活刚创建的"外部防擦条"图层，按组合键 Shift+F5，同样为选区填充 R/G/B 值均为 90 的深灰色。在完成填充操作之后，按 Ctrl+D 键，将选区删除，完成后的效果如图 4-93 所示。

图 4-92　设置填充颜色

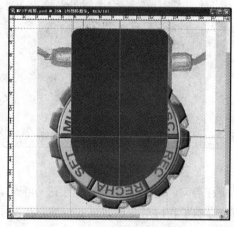

图 4-93　填充选区

　　再在画布上创建出两条辅助线，它们的位置在处于倒角矩形中间的两个节点上，如图 4-94 所示。

　　在图层面板中取消圆角矩形和圆形的显示。在工具栏中选择矢量图形栏中的"椭圆"工具，以"功能转盘"图层的中心为原点，按住 Alt+Shift 键，在新创建的辅助线的帮助下，绘制出一个较小的同心圆，如图 4-95 所示。

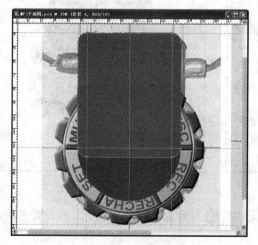

图 4-94　创建辅助线

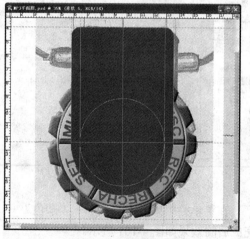

图 4-95　绘制同心圆

　　使用矩形工具在辅助线的帮助之下，在画布中创建如图 4-96 所示的矩形。

　　在"外部摩擦条"图层之上，创建出一个新的图层，命名为"前面板"。利用刚创建出的圆形和长方形的矢量线框将"前面板"图层填充为一种较浅的灰色,如图 4-97 所示。

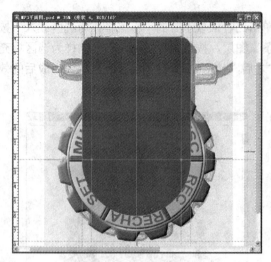

图 4-96　创建矩形

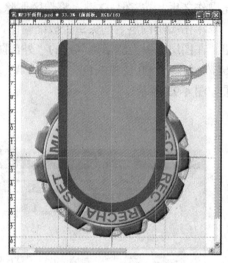

图 4-97　填充图层

现在要对"外部摩擦条"图层进行编辑,而"前面板"图层位于"外部摩擦条"图层的前方,影响了我们对图层效果的观察。在图层面板中,单击"前面板"图层前的👁眼睛图标,取消"前面板"的显示。

双击"外部摩擦条"图层右侧的空白区域,如图 4-98 所示,在弹出的"图层样式"对话框中进行参数设置。单击"好"按钮完成设置,完成后的效果如图 4-99 所示。

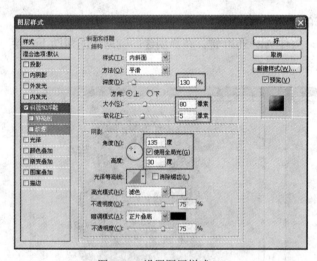

图 4-98　设置图层样式

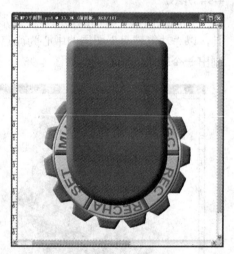

图 4-99　完成后的效果

在菜单栏中单击"滤镜"→"杂色"→"添加杂色"命令,如图 4-100 所示设置参数,完成后的效果如图 4-101 所示。

在图层面板上将"外部摩擦条"图层拖拽到▣(创建新图层)按钮上,创建一个"外部摩擦条副本"图层。将鼠标移动到"外部摩擦条 副本"图层右侧的■(指示图层属性)按钮上右击,在弹出的菜单中选择"清除图层样式"选项,如图 4-102 所示。

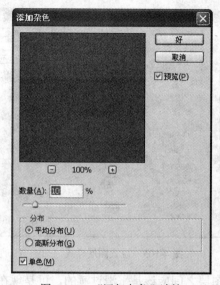

图 4-100　"添加杂色"滤镜

图 4-101　添加滤镜后的效果

激活"外部摩擦条 副本"图层，按住 Ctrl 键，在图层面板中单击"前面板"图层，将"前面板"图层的范围作为选区载入。在菜单栏中单击"选择"→"修改"→"扩展"命令，在弹出的"扩展选区"对话框中将扩展量设置为 10 像素，单击"好"按钮完成设置，如图4-103 所示。

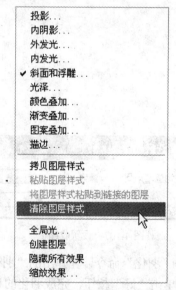

图 4-102　"清除图层样式"命令

图 4-103　扩展选区

按组合键 Ctrl+Shift+I，使用反选选区命令，按 Delete 键，将选区内的图像删除掉，完成后的效果如图 4-104 所示。按 Ctrl+D 键删除选区。

在图层面板上双击"外部摩擦条 副本"图层右侧的空白区域，在弹出的"图层样式"对话框中勾选"斜面和浮雕"选项，如图 4-105 所示设置参数，记住一定要在"方向"栏中将方向设置为"向下"。单击"好"按钮完成图层样式的设置，完成后的效果如图 4-106 所示。

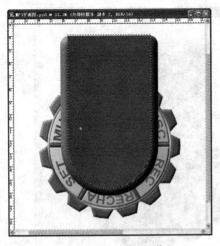

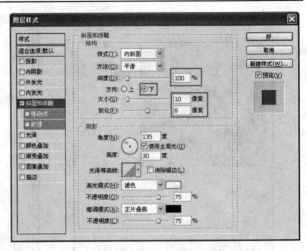

图 4-104　删除图像　　　　　　　　　　　　　　图 4-105　设置图层样式

　　"外部摩擦条"图层和"外部摩擦条 副本"图层之间应该是平滑过渡的，可是现在两个图层之间的过渡非常锐利，下面就来解决这个问题。激活"外部摩擦条 副本"图层，按住 Ctrl 键，在图层面板中单击"外部摩擦条 副本"图层，将其作为选区载入。在菜单栏中单击"选择"→"修改"→"收缩"命令，在弹出的"收缩选区"对话框中将收缩量设置为 5 像素，如图 4-107 所示。

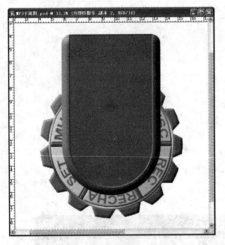

图 4-106　添加图层样式的效果　　　　　　　　　　图 4-107　设置收缩值

　　完成收缩选区之后，在菜单栏中单击"选择"→"羽化"命令，在弹出的"羽化选区"对话框中将羽化值设置为 5 像素，如图 4-108 所示。单击"好"按钮，完成羽化的设置。

图 4-108　设置羽化值

　　按组合键 Ctrl+Shift+I，使用反选选区命令，按 Delete 键，将选区内的图像删除掉，完成后的效果如图 4-109 所示，此时会发现图层之间的过渡平滑多了。

　　按住 Ctrl 键，在图层面板上单击"前面板"图层，将该图层的范围以选区的方式载入。在工具栏中单击 （渐变工具）按钮，如图 4-110 所示设置渐变，将起点颜色的 R/G/B 值设置为 255/250/140，将终点的颜色设置为 255/190/50，单击"好"按钮确认渐变的编辑效果。

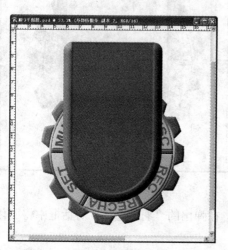

图 4-109　删除选区

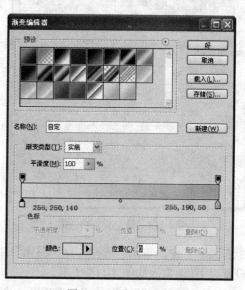

图 4-110　设置渐变颜色

　　按住 Shift 键，以 45°角填充选择区域，完成后的效果如图 4-111 所示。

　　按 Ctrl+D 键取消选区，再按 Ctrl+；键显示辅助线。

　　在图层面板的"前面板"图层的上方再创建一个新的图层并将其命名为"圆角过渡"。在工具栏中选择矩形选区工具，创建如图 4-112 所示的矩形选区。

图 4-111　添加渐变填充

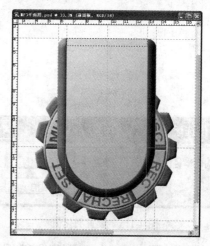

图 4-112　创建矩形选区

　　在工具栏中单击 （渐变工具）按钮，如图 4-113 所示设置渐变，将起点颜色的 R/G/B 值设置为 255/250/140，将终点的颜色设置为白色，单击"好"按钮确认渐变的编辑效果。

在创建的选区内，创建一个从选区顶部到选区底部的渐变，如图4-114所示。

图4-113　设置渐变颜色图

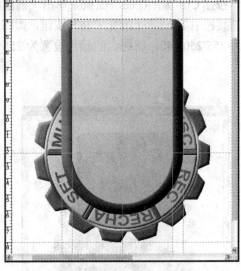

图4-114　渐变填充

在菜单栏中，单击"选择"→"羽化"命令，在弹出的"羽化选区"对话框中将羽化半径设置为10像素，如图4-115所示。

按Ctrl+Shift+I组合键使用反选选区命令，再按Delete键将选区删除，可以多按几次，直到平滑过渡为止。完成之后会发现渐变部分与"前面板"图层的过渡更加顺畅。

按Ctrl+T键使用变换命令，再按住Alt键，使用中心缩放将其向两端放大，如图4-116所示。

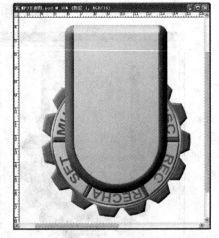

图4-115　设置羽化值

图4-116　放大图层

使用矩形选区工具，在"圆角过渡"图层上创建出如图4-117所示的选区。

按Ctrl+Shift+I组合键使用反选选区命令，再按Delete键将选区删除，完成后的效果如图4-118所示。

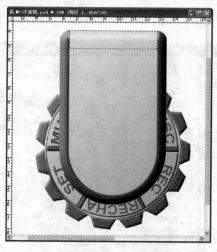

图 4-117 创建选区

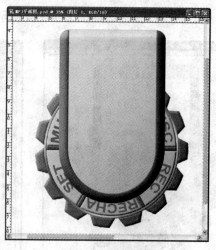

图 4-118 删除选区

按 Ctrl+E 键,将"渐变"图层向下合并,使其与"前面板"图层成为一个图层。

在图层面板中单击用来创建"前面板"图层的圆形,再在路径面板中单击  (将路径转化为选区)按钮,按 Delete 键,将选区内的图形删除掉,如图 4-119 所示。

不要删除选区,在"前面板"图层的上方创建一个新的图层,命名为"显示屏"。在工具栏中单击 (渐变工具)按钮,如图 4-120 所示编辑渐变效果。

图 4-119 删除选区

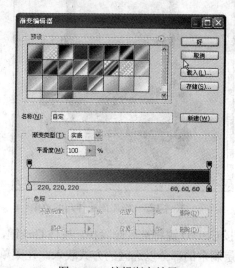

图 4-120 编辑渐变效果

按住 Shift 键,在圆形选区内创建一个由左上角到右下角的渐变,如图 4-121 所示。

在图层面板上单击"显示屏"图层右侧的空白区域,在弹出的"图层样式"对话框中,如图 4-122 所示进行设置,得到如图 4-123 所示的效果。

在图层面板中单击 (创建新图层)按钮,在"显示屏"图层的上方再创建出一个新图层,命名为"显示屏反光"。按住 Ctrl 键,在图层面板上单击"显示屏"图层,将该图层的范围作为选区载入。按快捷键 Shift+F5 使用填充工具,将"显示屏反光"图层填充为白色。

在画布中，将选区移动到如图 4-124 所示的位置，并按 Delete 键将选区内的内容删除掉。

图 4-121　渐变填充

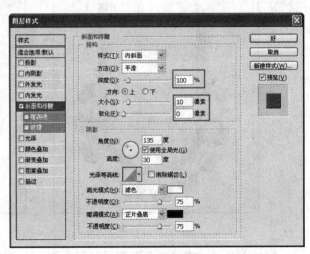

图 4-122　设置图层样式

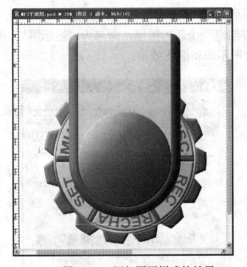

图 4-123　添加图层样式的效果

图 4-124　删除选区

按 Ctrl+D 键将选区删除掉。按住 Ctrl 键，再在图层面板上单击"显示屏反光"图层，将该图层剩余的部分以选区的方式载入。在菜单栏中单击"选择"→"羽化"命令，在弹出的对话框中将"羽化半径"设置为 15 像素，单击"好"按钮，完成羽化操作，如图 4-125 所示。

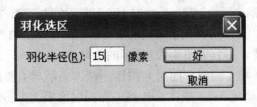

图 4-125　设置羽化值

按 Ctrl+Shift+I 组合键，使用反选选区命令，再按 Delete 键删除选区，按 3 次 Delete 键将图层的效果修改为如图 4-126 所示。

图 4-126　删除选区

按 Ctrl+D 键取消选区，在图层面板上将"显示屏反光"图层的不透明度修改为 25%，如图 4-127 所示，完成后的效果如图 4-128 所示。

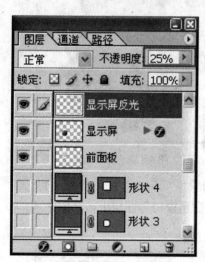

图 4-127　修改不透明度

图 4-128　调整后的效果

下面绘制图层显示窗口。在图层面板中，从"功能转盘字体"图层组中将 FM 图层移出图层组，并将其移动到图层面板的上方，使其能够在前面板上显示出来。

按 Ctrl+;键将辅助线显示出来，从工具栏中选择"椭圆选区"工具，绘制如图所示的"显示屏"图层的同心圆选区。在"显示屏反光"图层的上方创建一个新图层，命名为"显示窗口"。按 Shift+F5 键，使用填充命令，将选区填充为 R/G/B 值均为 90 的灰色，完成后的效果如图 4-129 所示。

再次使用"椭圆选区"工具，在画布中创建出一个较小的同心圆选区，按 Delete 键，将选区内的图像删除，如图 4-130 所示。

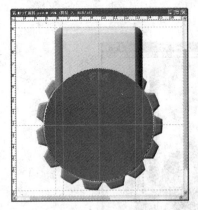

图 4-129　填充选区

图 4-130　删除选区

　　按 Ctrl+D 键取消选区。用之前讲过的方法，绘制如图 4-131 所示的矩形矢量线框。

　　在路径面板的底部单击 ○（将路径转化为选区）按钮，再在图层面板中激活"显示窗口"图层，按 Delete 键，将选区内的图像删除，如图 4-132 所示。

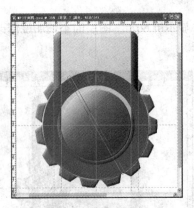

图 4-131　绘制矩形线框

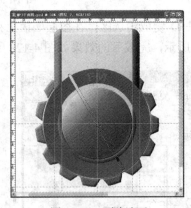

图 4-132　删除选区

　　使用同样的方法，将如图 4-133 所示的区域删除。

　　在工具栏上单击 ＼（魔术棒）按钮，选择"显示窗口"图层上多余的区域，按 Delete 键将其删除掉，仅剩下如图 4-134 所示的区域。

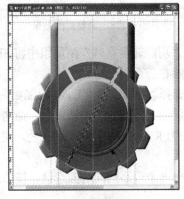

图 4-133　删除选区

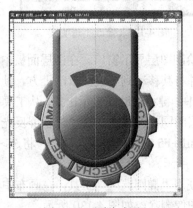

图 4-134　删除选区

在图层面板中单击"显示窗口"图层右侧的空白区域，在弹出的"图层样式"对话框中如图 4-135 所示设置参数，完成后的效果如图 4-136 所示。

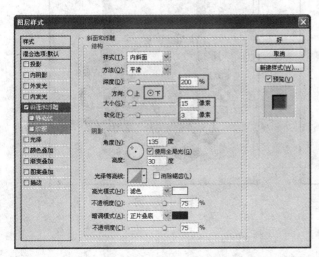 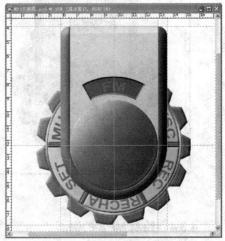

图 4-135　设置图层参数　　　　　　　图 4-136　添加图层样式后的效果

按住 Ctrl 键，单击"显示窗口"图层，将图层的范围作为选区载入。在菜单栏上单击"选择"→"修改"→"收缩"命令，在弹出的"收缩选区"对话框中将收缩量设置为 15 个像素，如图 4-137 所示。单击"好"按钮，完成收缩选区。

按快捷键 Shift+F5 使用填充命令，在弹出的"填充选区"对话框中选择使用"颜色"，将填充的颜色设置为 R/G/B 值分别为 250/200/5 的黄色，填充效果如图 4-138 所示。

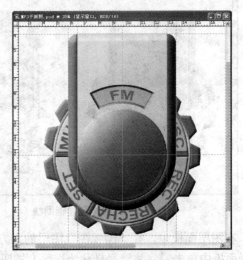

图 4-137　收缩选区　　　　　　　　　图 4-138　填充选区

在工具栏中将前景色设置为 R/G/B 值均为 90 的灰色，然后在工具栏中选择 T.（横排文字）工具，在画布中输入 MP3 PLAYER 字样，并选择一种合适的字体，完成的效果如图 4-139 所示。

再次使用横排文字工具，在显示屏区域中输入"FM"和"106.7"字样，并在图层面板中将图层的"混合模式"设置为"柔光"模式，完成的效果如图 4-140 所示。

图 4-139　输入文字

图 4-140　输入文字

4.3.4　绘制 MP3 的侧面

下面来绘制 MP3 播放器的侧视图。首先在原侧视草图的帮助下绘制出如图 4-141 所示的辅助线。

在矢量工具栏中选择"圆角矩形"工具，将圆角矩形的半径设置为 80，根据辅助线在画布中绘制出如图 4-142 所示的圆角矩形线框。

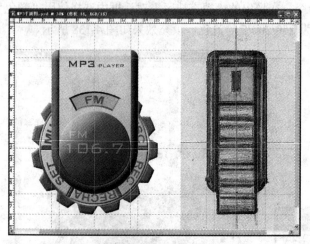

图 4-141　创建辅助线

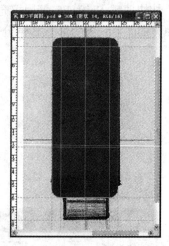

图 4-142　绘制圆角矩形线框

在图层面板中，在"侧视图"图层的上方创建一个新图层，命名为"防擦条侧面"。在路径面板中单击 ○ （将路径转化为选区）按钮，将圆角矩形线框转化为选区，使用填充工具将选区填充为 R/G/B 值均为 90 的灰色。双击"防擦条侧面"图层右侧的空白区域，如图 4-143 所示设置斜面和浮雕效果，得到如图 4-144 所示的效果。

在图层面板中将"防擦条侧面"图层拖拽到创建新图层按钮上，创建出一个"防擦条侧面 副本"图层。将鼠标移动到图层样式按钮上右击，在弹出的菜单中选择"删除图层样式"命令。

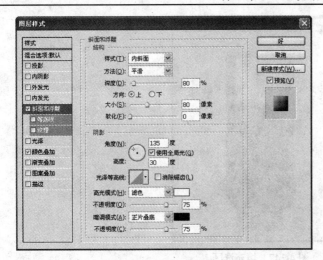

图 4-143　添加图层样式

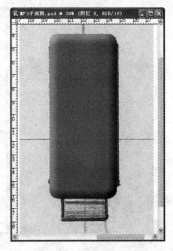

图 4-144　完成后的效果

按住 Ctrl 键，单击"防擦条侧面 副本"图层，将其作为选区载入。在工具栏中选择"渐变"工具，编辑出如图 4-145 所示的渐变。

按住 Shift 键，从上到下使用渐变填充，并将图层的混合模式设置为"叠加"，完成后的效果如图 4-146 所示。

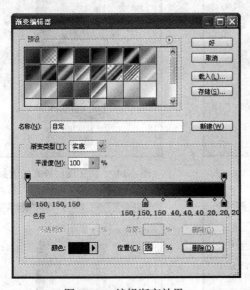

图 4-145　编辑渐变效果

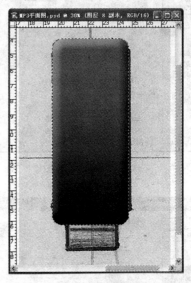

图 4-146　渐变填充

创建一个新的图层，命名为"侧面板"。在工具栏中选择"矩形选框"工具，在辅助线的帮助下绘制出如图 4-147 所示的矩形选框，并将它填充为 R/G/B 值为 250/230/90 的黄色。

在图层面板中双击"侧面板"图层右侧的空白区域，如图 4-148 所示设置斜面和浮雕效果，完成后的效果如图 4-149 所示。

在图层面板中，将"侧面板"图层拖拽到创建新图层按钮上，创建一个"侧面板 副本"图层，并将它移动到"侧面板"图层的下方。如图 4-150 所示修改斜面和浮雕效果的参数，完成后的效果如图 4-151 所示。

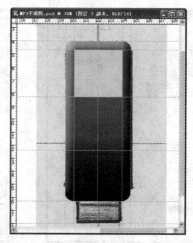

图 4-147　填充选区

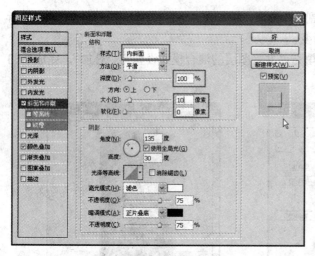

图 4-148　设置图层样式

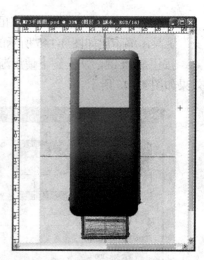

图 4-149　添加图层样式的效果

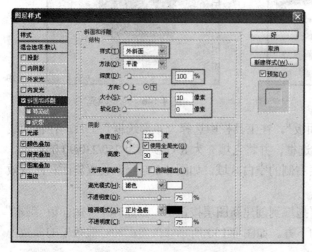

图 4-150　设置图层样式

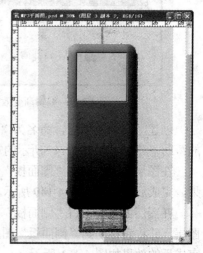

图 4-151　添加图层样式的效果

使用同样的方法，再创建出如图 4-152 所示的指示灯。

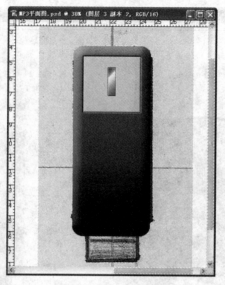

图 4-152　创建指示灯

4.3.5　绘制模式转轮的侧面

在工具栏中选择 █（渐变）工具，编辑出如图 4-153 所示的渐变效果。

在图层面板中创建一个新图层，命名为"模式转轮 侧面"。在辅助线的帮助下，在画布中创建出如图 4-154 所示的选区，按住 Shift 键创建一个从上到下的渐变。

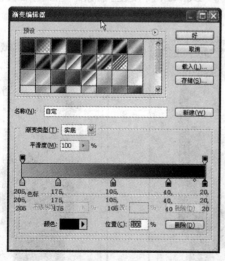

图 4-153　编辑渐变效果

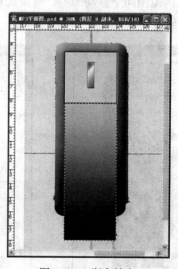

图 4-154　渐变填充

在画布中根据"外部转轮"的形状，绘制出如图 4-155 所示的参考线。

在图层面板中，将"功能转轮 侧面"图层拖拽到创建新图层按钮上，创建一个"功能转轮 侧面 副本"图层。在辅助线的帮助下，使用 □（矩形选框）工具，创建出如图 4-156 所示的选区。使用"反选选区"命令，在反选之后将选区内的内容删除，按 Ctrl+D 键将选区删除。

在工具栏中选择 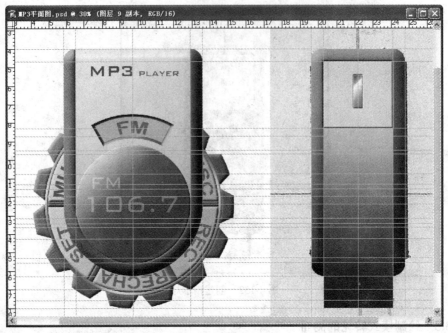（加深）工具，对选区内的图像进行加深操作，如图 4-157 所示。

图 4-155　创建参考线

按 Ctrl 键，在图层面板中单击"功能转轮 侧面 副本"图层，将其范围作为选区载入。在菜单栏中单击"选择"→"羽化"命令，将羽化值设置为 10 像素。

将选区范围向下移动一些，再反选选区，按 Delete 键将选区删除，完成之后会发现边缘过渡得比较光滑，如图 4-158 所示。

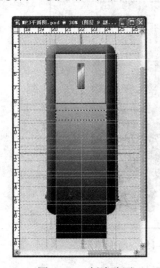　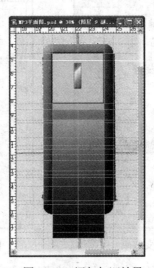　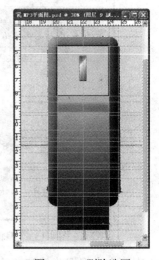

图 4-156　创建选区　　　　　图 4-157　添加加深效果　　　　　图 4-158　删除选区

使用同样的方法，耐心地对转轮的形态进行修改，最后为"功能转轮 侧面"图层添加一个浮雕效果，完成的效果如图 4-159 所示。

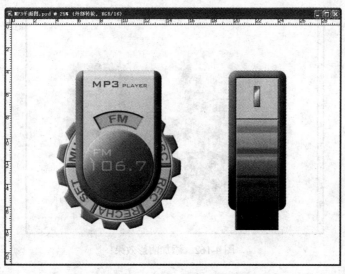

图 4-159　完成的 MP3 侧面效果

4.3.6　添加阴影和背景

现在再来为 MP3 的平面效果图添加阴影。在图层面板中将用来绘制"外部转轮"图层的矢量图形移动到"正视图"图层的上方，用鼠标双击矢量图形右侧的空白区域，如图 4-160 所示设置图层属性，完成后的效果如图 4-161 所示。

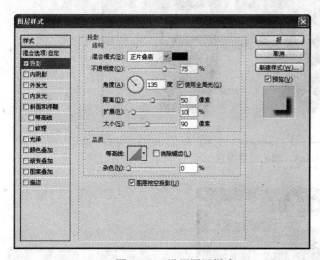
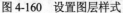

图 4-160　设置图层样式

图 4-161　添加图层样式后的效果

使用同样的方法为 MP3 平面效果图的其他部分添加阴影，完成后的效果如图 4-162 所示。

最后，再使用渐变工具为效果图添加如图 4-163 所示的背景，到这里效果图的绘制就完成了。

在绘制完效果图之后，应该养成一个良好的习惯，就是在图层面板中对图层进行归纳整理，方便日后的修改，如图 4-164 所示。

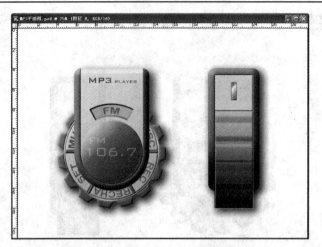

图 4-162　添加阴影效果

图 4-163　添加图层背景

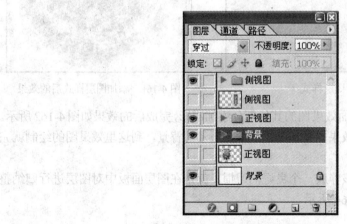

图 4-164　整理图层

4.4　用 RHINO 制作三维模型

下面开始使用 Rhino 3.0 软件来制作 MP3 的三维模型。

4.4.1　导入建模参考

打开 Rhino 3.0 软件，将鼠标移动到 Top 视图中右上角的视图名称上右击，在弹出的菜单中选择 Background Bitmap 栏中的 Place 命令，如图 4-165 所示，从附赠资料的素材中选择 MP3 的正视图，将它放置在视图中。

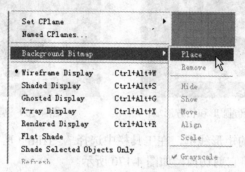

图 4-165　导入背景图

将 MP3 的正视图放置在视图中之后，在 Background Bitmap 栏中呈现为灰色的几个选项现在都可以使用了。它们的功能分别为 Remove（移除）、Hide（隐藏）、Show（显示）、Move（移动）、Align（对齐）、Scale（缩放）、Grayscale（灰度模式）。使用移动工具和缩放工具将 MP3 的正视图放置到 Top 视图中的合适位置，如图 4-166 所示。

图 4-166　放置背景图

4.4.2　制作机身主体部分

在软件操作界面的下方勾选 Snap 选项，打开网格捕捉功能，如图 4-167 所示。

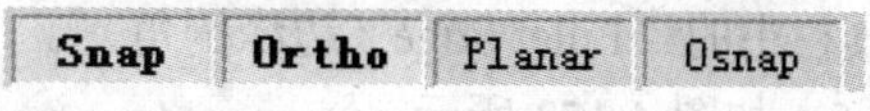

Snap　Ortho　Planar　Osnap

图 4-167　打开捕捉选项

在工具栏中分别选择▭（矩形）工具和◎（圆形）工具，在视图中以绿色的轴线为中心，绘制如图 4-168 所示的圆形和长方形。

在视图中单击选择圆形线框，在工具栏中选择⤙Trim（剪切）工具，再在顶视图中单击矩形线框最下面的边，将它剪切掉，如图 4-169 所示。

图 4-168　绘制圆形和长方形

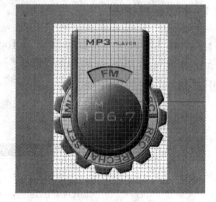

图 4-169　剪切图形

在视图中选择剩下的矩形线框，在工具栏中选择⤙ Trim（剪切）工具，再在顶视图中单击圆形的上半部分，将它剪切掉，如图 4-170 所示。

在工具栏中选择▣Join（结合）工具，再在视图中分别选择剩下的矩形线框和圆形线框，将它们结合在一起。

选择结合在一起的线框，在工具栏中选择 Surface（曲面）工具栏中的▦（挤压）工具，在命令栏中输入 B，开启双面挤压，在侧视图中将曲面挤压出 5 个网格的高度，如图 4-171 所示。

图 4-170　剪切图形

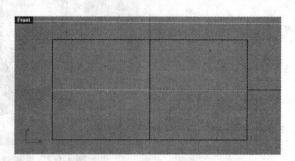

图 4-171　挤压生成曲面

切换到透视图中，在菜单栏中单击◉按钮，将显示模式切换为 Shaded Viewport 模式。选择 Solid（实体）工具栏中的⬢Cap Planar Holes（补洞）工具，再选择挤压出来的曲面右击，完成的效果如图 4-172 所示。

选择 Solid（实体）工具栏中的▱Fillet Edge（边缘倒角）工具，在命令栏中输入 1.5，按回车键，将倒角值设置为 1.5，如图 4-173 所示。

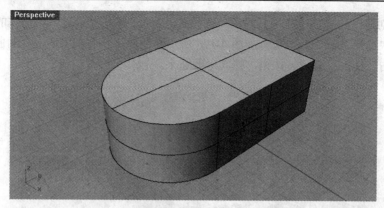

图 4-172 生成补洞平面

Select edges to fillet (Radius=1):1
Select edges to fillet (Radius=*1*): 1.5

图 4-173 设置倒角值

在修改倒角值之后，选择完成补洞操作曲面的边缘部分，如图 4-174 所示。

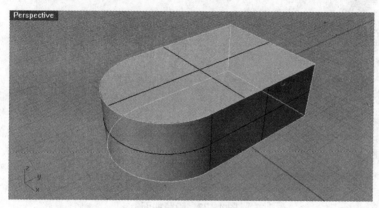

图 4-174 选择曲面边缘

选择完成之后右击，在物体的边缘将会产生平滑的倒角，如图 4-175 所示。

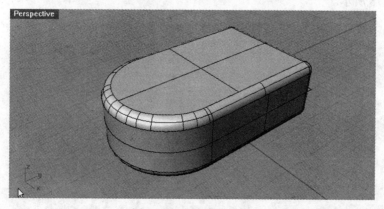

图 4-175 添加倒角修改

选择刚创建出的物体，在工具栏中单击 Explode（炸开）工具，将物体的表面炸开。再在工具栏中选择 Join 工具，选择如图 4-176 所示的曲面，再右击将所选择的曲面结合为一个整体，单击 Hide（隐藏）按钮，将其隐藏起来。

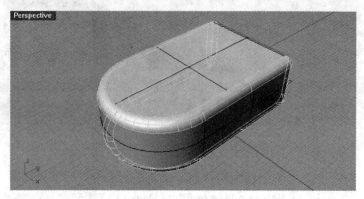

图 4-176　结合曲面

在视图中选择如图 4-177 所示的曲面，然后在工具栏中选择 Join 工具，将它们结合在一起，单击 Hide（隐藏）按钮，将其隐藏起来。

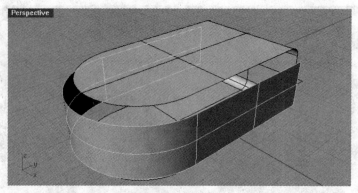

图 4-177　隐藏曲面

在工具栏中选择 Join（结合）工具，在视图中选择剩下的曲面，将它们结合为一个整体，如图 4-178 所示。

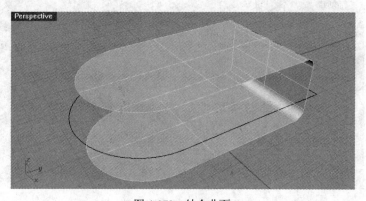

图 4-178　结合曲面

在工具栏中选择 ◎（圆形）工具，在命令栏中将圆形的半径值设置为 8.5，按回车键输入命令，如图 4-179 所示。

Center of circle (Deformable Vertical Diameter 3Point Tangent AroundCurve):
Radius <10.000> (Diameter): 8.5

图 4-179　设置圆形半径

切换到顶视图中，绘制第一个圆形的同心圆，如图 4-180 所示。

在工具栏中选择 □（矩形）工具，在顶视图中绘制出一个宽度为 17，高度从圆形的中心开始略高出 MP3 的矩形线框，如图 4-181 所示。

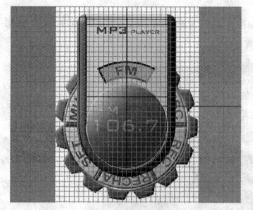

图 4-180　绘制同心圆

图 4-181　创建矩形

在工具栏中选择 ✣（移动）工具，在命令栏中输入 0.5，按回车键输入命令，将矩形线框向右移动 0.5 个网格的距离，使其正好与圆形线框对齐，如图 4-182 所示。

使用之前讲过的方法，利用刚绘制出的方形和圆形生成如图 4-183 所示的线框。

图 4-182　移动矩形框

图 4-183　生成线框

选择刚绘制出来的线框，在工具栏中选择 Surface（曲面）工具栏中的 Extrude（挤压）工具，在命令栏中输入 B，开启双面挤压，在侧视图中将曲面挤压出 6 个网格的高度，如图 4-184 所示。

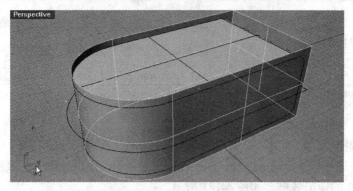

图 4-184　生成挤压曲面

在透视图中选择内部的曲面，在工具栏中单击 Trim（剪切）工具，再单击刚刚挤压出的那个曲面，将多余的部分删除掉，如图 4-185 所示。

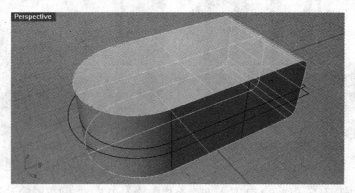

图 4-185　删除曲面

选择剪切出来的面，在工具栏中选择 Copy（复制）工具，在原位置上将其复制出一个，并单击 Hide（隐藏）按钮，隐藏一个。在工具栏中选择 Join 工具，将视图中剩下的曲面结合为一个整体。

切换到顶视图，在 Solid（实体）工具栏中选择 Cylinder（圆柱体）工具，在如图 4-186 所示的位置绘制出一个半径为 8.5，高为 2 的圆柱体。

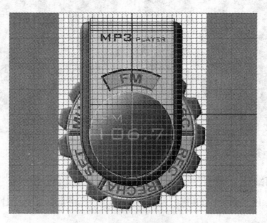

图 4-186　创建圆柱体

切换到侧视图中,将圆柱体向上移动到超出 MP3 主体一个单位的位置,如图 4-187 所示。

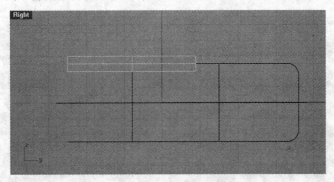

图 4-187　移动圆柱体

选择 MP3 的主体部分,在 Solid(实体)工具栏中选择 Boolean Difference(布尔剪切)工具,再在视图中单击刚创建出的圆柱体,完成后的效果如图 4-188 所示。

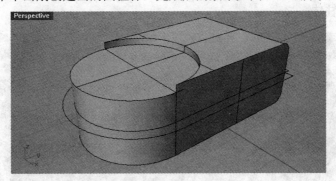

图 4-188　使用布尔运算

在 Solid(实体)工具栏中选择 Fillet Edge(边缘倒角)工具,在视图中选择如图 4-189 所示的完成了布尔运算物体的边缘。

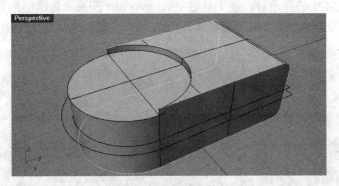

图 4-189　选择边缘倒角

在命令栏中将倒角值修改为 0.2,如图 4-190 所示,按回车键完成修改。

```
Command: _FilletEdge
Select edges to fillet ( Radius=1 ): 0.2
```

图 4-190　设置倒角值

在视图中右击，完成倒角操作，完成后的效果如图4-191所示。

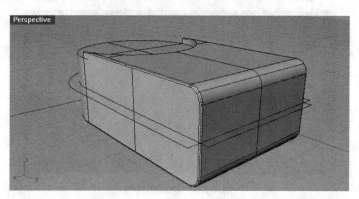

图4-191　添加倒角修改

在工具栏中选择 ◳ Cylinder（圆柱体）工具，在如图4-192所示的位置绘制出一个半径为8.5，高为1的圆柱体。

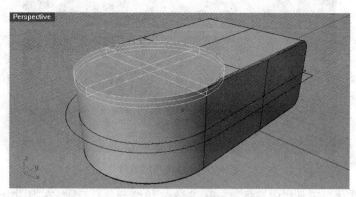

图4-192　创建圆柱体

下面来制作MP3的显示屏。在工具栏中选择 ◳ Fillet Edge（边缘倒角）工具，在视图中选择圆柱体顶部的边缘，并将倒角值设置为0.2，右击完成倒角操作，如图4-193所示。

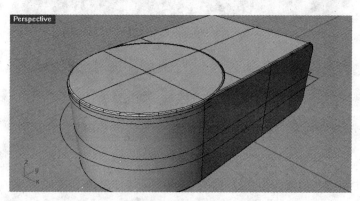

图4-193　添加倒角修改

在工具栏中右击 ^{HIDE} Hide（隐藏）按钮，将所有被隐藏的物体显示出来，再将所有的物体都隐藏起来，仅剩下如图4-194所示的曲面。

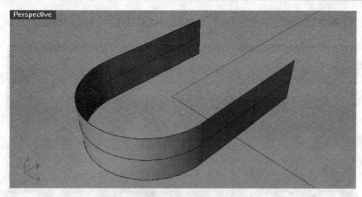

图 4-194　隐藏物体

在工具栏中选择 Surface from 2，3 or 4 Edge Curves（使用 2，3 或 4 条边界生成曲面）工具，再选择曲面边缘的两条边，生成如图 4-195 所示的曲面。再在工具栏中选择结合工具，将刚生成的曲面与原曲面结合起来。

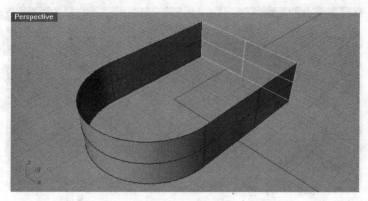

图 4-195　结合曲面

在工具栏中选择 Cap Planar Holes（补洞）工具，再选择刚结合在一起的曲面，右击，完成补洞操作，如图 4-196 所示。

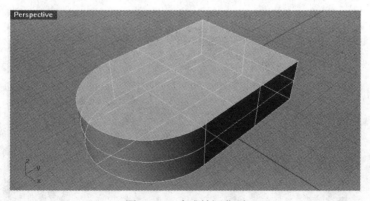

图 4-196　生成补洞曲面

在工具栏中选择 Copy（复制）工具，将完成补洞操作的物体在原位置上再复制出一个，将其中一个隐藏起来。选择剩余的那个物体，在工具栏中单击 Explode（炸开）工具将物体炸开，在视图中将多余的面删除掉，仅剩下如图 4-197 所示的三个曲面。

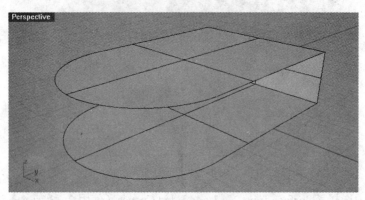

图 4-197　删除曲面

在视图中将暂时用不到的曲面隐藏起来，仅剩下如图 4-198 所示的曲面。

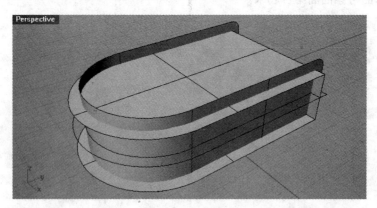

图 4-198　显示曲面

在工具栏中选择 Trim（剪切）工具，在 Select cutting objects（选择剪切物体）时，在视图中先选择如图 4-199 所示的曲面。

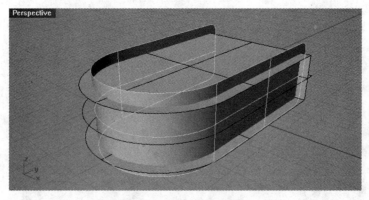

图 4-199　选择剪切物体

右击完成剪切物体的选择，在 Select object to trim（选择被剪切对象）时，选择中间部分的曲面，将它剪切掉，完成后的效果如图 4-200 所示。

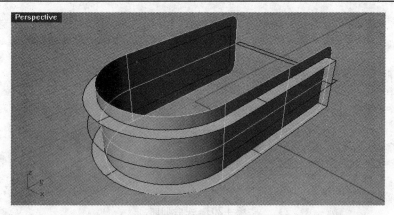

图 4-200 选择要删除的部分

在工具栏中选择 Trim（剪切）工具，在 Select cutting objects（选择剪切物体）时，在视图中先选择如图 4-201 所示的曲面。

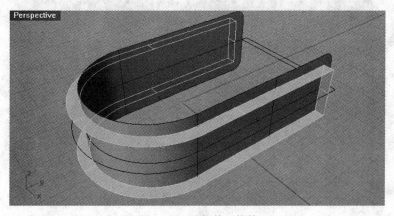

图 4-201 选择剪切物体

右击完成剪切物体的选择，在 Select object to trim（选择被剪切对象）时，选择另外一个物体中间部分的曲面，将它剪切掉，完成后的效果如图 4-202 所示。

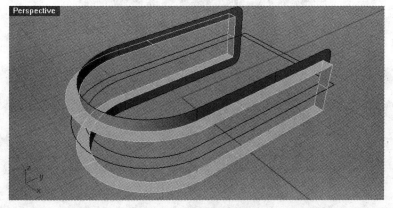

图 4-202 选择被剪切对象

将倒角部分取消隐藏，将它与编辑完成的曲面结合为一体，如图 4-203 所示。

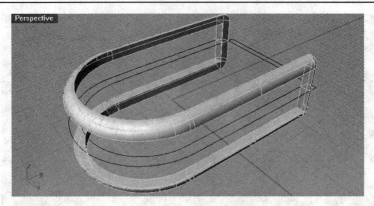

图 4-203　结合曲面

在工具栏中选择 Fillet Edge（边缘倒角）工具，并将倒角值设置为 0.1，在视图中选择如图 4-204 所示的边缘部分，右击完成倒角操作。

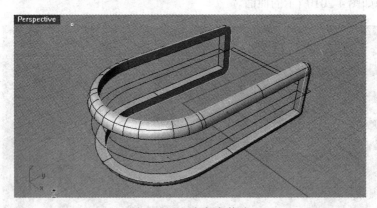

图 4-204　添加倒角修改

切换到正视图中，在工具栏中选择圆柱体工具，在顶视图中绘制出一个半径为 14、高为7 的圆柱体，如图 4-205 所示。

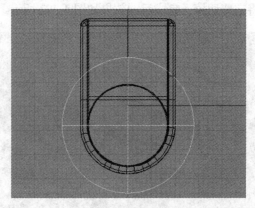

图 4-205　创建圆柱体

选择绘制出的圆柱体，在曲面工具栏中选择移动工具，在命令栏中将移动的数值设置为3.5，将圆柱体移动到 MP3 主体的中部，如图 4-206 所示。

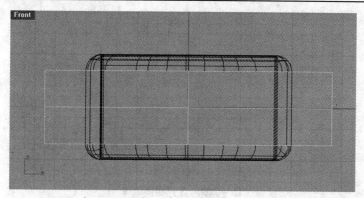

图 4-206 移动圆柱体

在工具栏中选择 Copy（复制）工具，将绘制出的圆柱体在原位置上再复制出来一个，并将刚复制出的物体隐藏起来。将视图中多余的物体都隐藏起来，仅剩下如图 4-207 所示的两个物体。

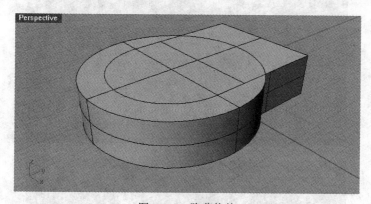

图 4-207 隐藏物体

利用视图中的两个物体，在工具栏中选择 Boolean Difference（布尔剪切）工具，编辑出如图 4-208 所示的物体。

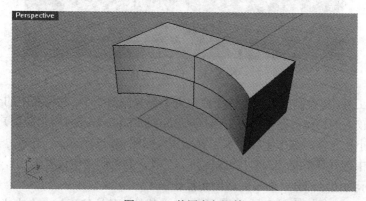

图 4-208 使用布尔运算

在工具栏中选择 Fillet Edge（边缘倒角）工具，并将倒角值设置为 0.1，在视图中选择如图 4-209 所示的边缘部分，右击完成倒角操作。

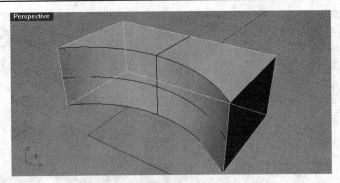

图 4-209　选择物体边缘

在工具栏中选择长方体工具，在视图中绘制出一个宽为 4，长和高均为 1 的长方体，并移动到如图 4-210 所示的位置上。

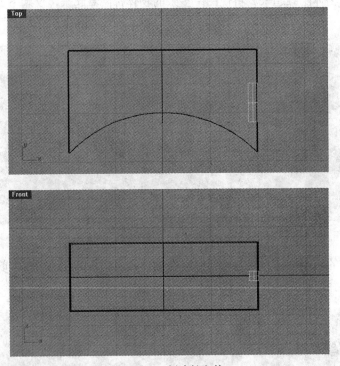

图 4-210　创建长方体

选择复制工具，将绘制出的长方体在原位置上再复制出一个，并将其中的一个隐藏起来。在视图中选择较大的物体，在工具栏中选择 Boolean Difference（布尔剪切）工具，然后选择刚绘制出的小长方体，右击完成布尔运算操作，如图 4-211 所示。

在工具栏中选择 Fillet Edge（边缘倒角）工具，并将倒角值设置为 0.1，在视图中选择如图 4-212 所示的边缘部分，右击完成倒角操作。

再将隐藏起来的小长方体取消隐藏，并对长方体外侧的边缘添加一个大小为 0.1 的倒角，完成的效果如图 4-213 所示。

使用同样的方法，编辑出右侧的按键，如图 4-214 所示。

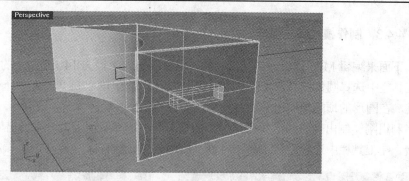

图 4-211　使用布尔运算

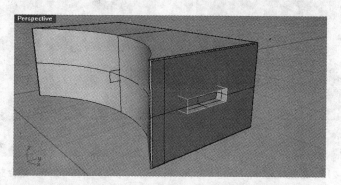

图 4-212　选择边缘倒角

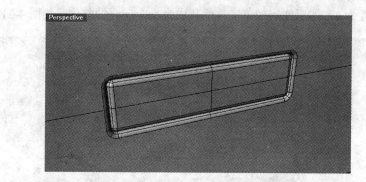

图 4-213　添加倒角修改

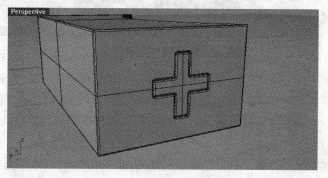

图 4-214　制作按键

4.4.3　制作模式转轮部分

下面来编辑 MP3 播放器的功能转轮。将复制出的半径为 14、高为 7 的圆柱体取消隐藏，在工具栏中选择圆形工具，在视图中绘制出一个半径为 13 的圆形，再选择 ∧Polyline（折线）工具，在圆形的顶端绘制出一个三角形，如图 4-215 所示。

利用刚绘制出来的圆形和三角形，在工具栏中选择剪切工具，编辑出如图 4-216 所示的形状。在工具栏中选择结合工具，将剩下的两条曲线结合在一起。

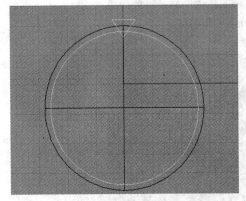
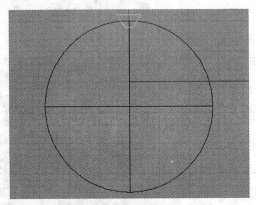

图 4-215　绘制线形　　　　　　　　　　　　　　图 4-216　结合曲线

在工具栏中选择挤压工具，对新编辑出的曲线添加一个挤压修改，设置为双面挤压，并将挤压的高度设置为 4，然后使用封盖工具使其成为一个闭合的整体，如图 4-217 所示。

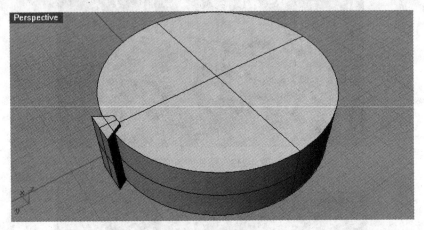

图 4-217　挤压封盖曲面

选择编辑完成的闭合图形，在 Transform（变形）工具栏中选择 ○Polar Array（中心阵列复制）工具，在要求选择 Center of Polar Array（阵列复制中心）时，选择圆柱体的中心。在要求输入 Number of items（复制数量）时，输入 15，旋转的角度保持默认的 360°，阵列复制的效果如图 4-218 所示。

在视图中选择圆柱体，在工具栏中选择 ◐Boolean Difference（布尔剪切）工具，然后依次选择阵列复制出来的物体，右击完成布尔运算操作，完成后的效果如图 4-219 所示。

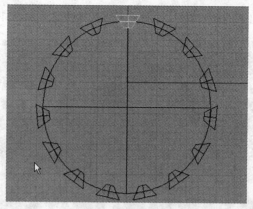

图 4-218　阵列复制

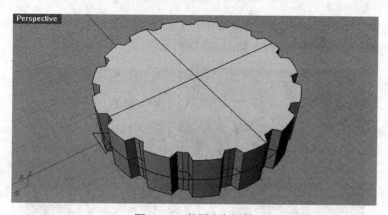

图 4-219　使用布尔运算

在工具栏中选择 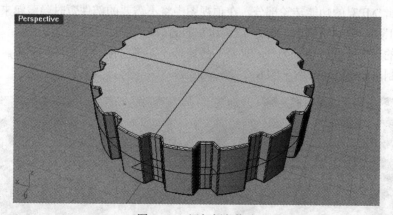 Fillet Edge（边缘倒角）工具，将倒角值设置为 0.2，在视图中选择物体上所有的边界，并右击完成倒角操作，效果如图 4-220 所示。

图 4-220　添加倒角修改

在工具栏中选择圆柱体工具，在顶视图中绘制出一个半径为 12.5、高为 7 的圆柱体。然后使用移动工具将它移动到与刚才完成布尔运算的物体中心对齐。

在视图中选择完成了布尔运算的物体，在工具栏中选择 Boolean Difference（布尔剪切）

工具，然后选择刚绘制出来的圆柱体，右击，完成的效果如图 4-221 所示。

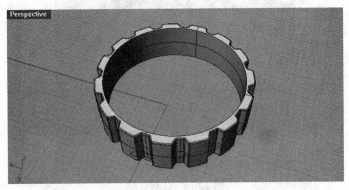

图 4-221　使用布尔运算

在工具栏中选择 Fillet Edge（边缘倒角）工具，并将倒角值设置为 0.1，再选择物体内部的边缘，为其添加一个倒角修改，如图 4-222 所示。

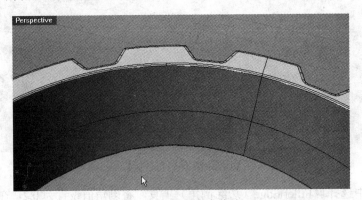

图 4-222　添加倒角修改

下面编辑 MP3 的功能转轮部分。在顶视图中将不需要的部件暂时隐藏起来，在工具栏中选择圆形工具，分别绘制出半径为 12.5 和 9 的圆形，如图 4-223 所示。

在圆环的顶部绘制一个长为 7、宽为 1 的矩形，并将它移动到圆环的中部。使用中心复制工具，复制出如图 4-224 所示的 6 个矩形。

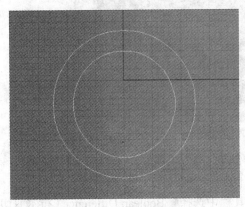

图 4-223　绘制圆形

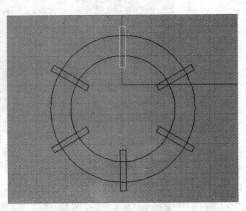

图 4-224　复制矩形

在视图中选择两个圆形，在工具栏中选择 Trim（剪切）工具，对曲线的形状进行修改，将长方体线框超出两个圆形的部分剪切掉，如图 4-225 所示。

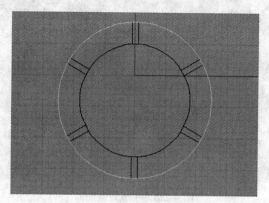

图 4-225　剪切图形

在工具栏中选择 Split（分割）工具，在 Select objects to split（选择被分割对象）时，选择两个圆形并右击，在 Select cutting objects（选择剪切对象）时选择圆环内部的直线段，然后右击，完成分割。在视图中选择如图 4-226 所示的曲线，在工具栏中选择结合工具，将它们结合为一个整体。

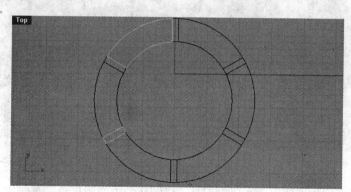

图 4-226　结合图形

在工具栏中选择 （挤压）工具，将曲线挤压成高度为 1 的曲面，如图 4-227 所示。

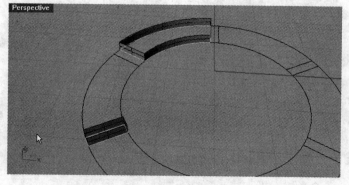

图 4-227　挤压曲面

在工具栏中选择 Cap Holes（封盖）工具，生成两个封闭的物体，如图 4-228 所示。

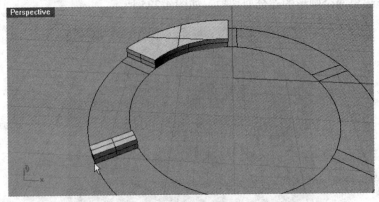

图 4-228　生成封盖曲面

在工具栏中选择 Fillet Edge（边缘倒角）工具，将倒角值设置为 0.1，再选择刚完成封盖操作的两个物体，为其添加一个倒角修改，如图 4-229 所示。

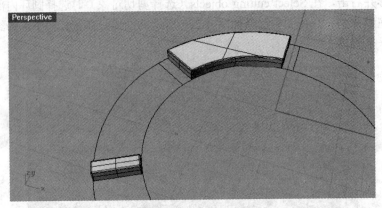

图 4-229　添加倒角修改

分别选择两个物体，使用中心复制工具，以圆环的中心为极点，复制出 6 个物体，完成的效果如图 4-230 所示。

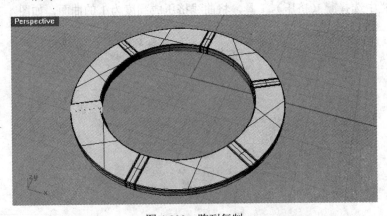

图 4-230　阵列复制

4.4.4　制作机身的细节部分

下面绘制 MP3 顶部的观察窗。在视图中将多余的部分都隐藏起来，仅保留 MP3 的主体部分。在工具栏中选择圆形工具，分别绘制出半径为 12.5 和 9.5 的圆形，再绘制出如图 4-231所示的两条直线，两条直线的夹角为 50°。

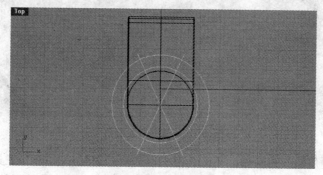

图 4-231　绘制线形

利用现有的 4 条曲线，使用剪切工具，编辑出如图 4-232 所示的线框，选择结合工具将线框结合在一起。

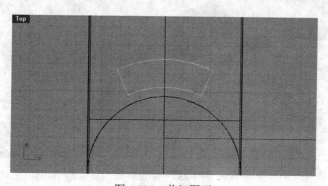

图 4-232　剪切图形

选择结合在一起的线框，在工具栏中选择挤压工具，将曲线挤压出一定的高度。再使用剪切工具，将曲线范围内的曲面删除掉，同时将曲面超出 MP3 主体的部分删除掉，编辑后的效果如图 4-233 所示。

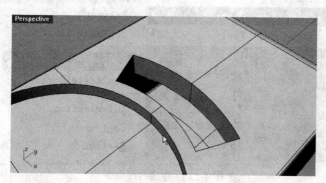

图 4-233　删除曲面

使用结合工具，将剪切完成的曲面和 MP3 的主体部分结合在一起。再选择倒角工具，将倒角值设置为 0.2，选择如图 4-234 所示的边，右击完成倒角操作。

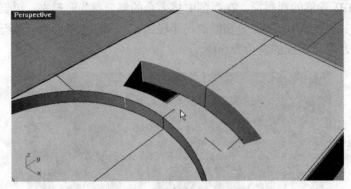

图 4-234　选择边缘倒角

选择完成了倒角操作的物体，在工具栏中单击 ⚄ Explode（炸开）工具，将物体炸开。在工具栏中选择结合工具，再选择如图 4-235 所示的曲面，右击，将选择的曲面结合在一起，再将完成结合操作的物体隐藏起来。

图 4-235　结合曲面

在菜单栏中选择 Curve（曲线）→Curve From Objects→Duplicate Edge（从边界生成曲线）命令，如图 4-236 所示。

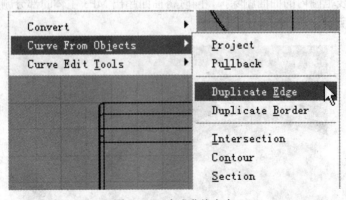

图 4-236　生成曲线命令

在视图中选择如图 4-237 所示的边界，右击，将选择的边界生成曲线。再单击结合工具，将分离出的曲线结合为整体。

图 4-237　结合曲线

选择刚结合在一起的曲线，在工具栏中选择挤压命令，向下挤压出一个高度为 1 的曲面，如图 4-238 所示。使用复制工具，将挤压出的曲面在原位置再复制出一个，并隐藏其中的一个。使用结合工具，将挤压出的曲面和 MP3 的主体结合在一起。

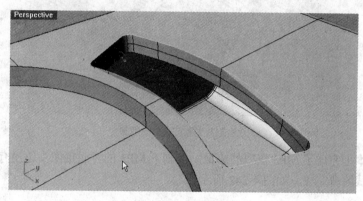

图 4-238　挤压曲面

在工具栏中选择边缘倒角工具，将倒角半径设置为 0.05，选择如图 4-239 所示的边缘部分，右击完成倒角操作。

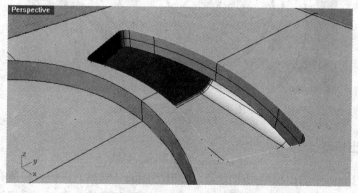

图 4-239　选择边缘倒角

将视图中将多余的部分隐藏起来，仅剩下如图 4-240 所示的曲面，在工具栏中选择结合工具，将它们结合在一起。

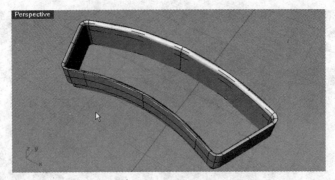

图 4-240　结合曲面

将所有的物体隐藏出来，完成后的正面效果如图 4-241 所示。

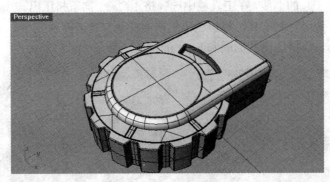

图 4-241　完成的正面效果

到这里基本上完成了 MP3 模型的编辑，仅剩下 MP3 的背面摄像头还没有制作完成，读者可以自己尝试编辑完成，如图 4-242 所示。

图 4-242　完成的背面效果

4.4.5　导出模型

现在将从 Rhino 中输出模型用来渲染。右击 Hide（隐藏）按钮，将所有的部件取消隐藏。在 Select（选择）工具栏中选择 Select Curves（选择曲线）命令，选择视图中所有的曲线，单击隐藏按钮，将所有的曲线隐藏起来。

在菜单栏中单击 File→Export Selected（输出选择的物体）命令，全选视图中的所有物体，右击完成选择。在弹出的 Export 对话框中将文件命名为 MP3，将模型的格式选择为 3ds 格式，单击"保存"按钮，开始输出，在弹出的 Polygon Mesh Options（多边形网格选项）对话框中，将模型的精细程度选择为中等，如图 4-243 所示。

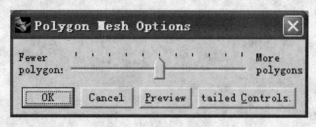

图 4-243　多边形网格选项对话框

单击 OK 按钮，开始输出模型，等待一段时间，在完成模型的输出之后，就可以关闭 Rhino 软件了。

4.5　用 3ds max 完成模型的渲染

下面利用 3ds max 软件开始渲染模型，本书中将使用 3ds max 8 中文版和 VRay 渲染器完成模型的渲染。

4.5.1　导入模型

打开 3ds max 软件，在菜单栏中单击"文件"→"导入"命令，在弹出的"导入"对话框中选择刚才导出的 MP3.3ds 文件，将它导入到场景中。在弹出的 3DS File Import 对话框中，单击 OK 按钮，导入的效果如图 4-244 所示。

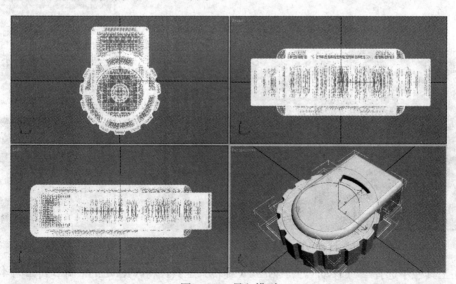

图 4-244　导入模型

4.5.2 设置场景和灯光

在创建命令面板中单击"几何体"下的 平面 按钮,在顶视图创建一个平面作为地面,使用移动工具将 MP3 模型放置在如图 4-245 所示的位置。

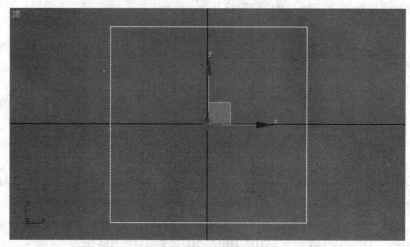

图 4-245 创建地面

在工具栏中单击 渲染设置按钮或者按下快捷键 F10 打开渲染控制面板,在公用面板的"指定渲染器"栏中单击"产品级"右侧的 (选择渲染器)按钮。在弹出的"选择渲染器"对话框中选择"V-Ray Adv 1.5 RC3"并单击"确定"按钮,将当前的渲染器指定为 VRay 渲染器,如图 4-246 所示。

在灯光创建命令面板的灯光类型下拉菜单中选择 VRay,单击 VRayLight 按钮,并如图 4-247 所示设置灯光的参数。

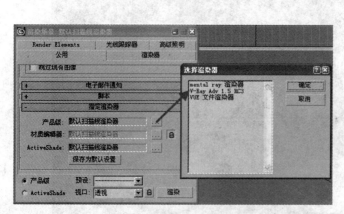

图 4-246 选择 VRay 渲染器

图 4-247 VRayLight 参数设置

在工具栏中选择 (移动)工具和 (旋转)工具,将 VRayLight 调节到如图 4-248 所示的位置。

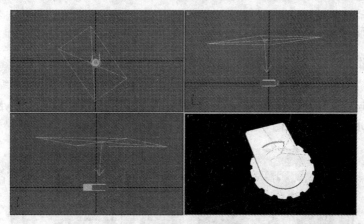

图 4-248　调整 VRayLight 位置

在图形创建命令面板中单击 [文本] 按钮，在顶视图中输入"MP3 PLAYER"字样，如图 4-249 所示。

图 4-249　输入文字

选择刚创建出的文本，在修改器下拉列表中选择"挤出"修改器，将"数量"值设置为1，将完成挤出操作的文本放置在 MP3 的顶部。

在完成场景和灯光的设置之后，下面对渲染参数进行设置。在工具栏中单击"渲染场景对话框"按钮 或按下 F10 键打开渲染控制面板，在公用面板的"输出大小"栏中将宽度设置为 1280，高度设置为 960。

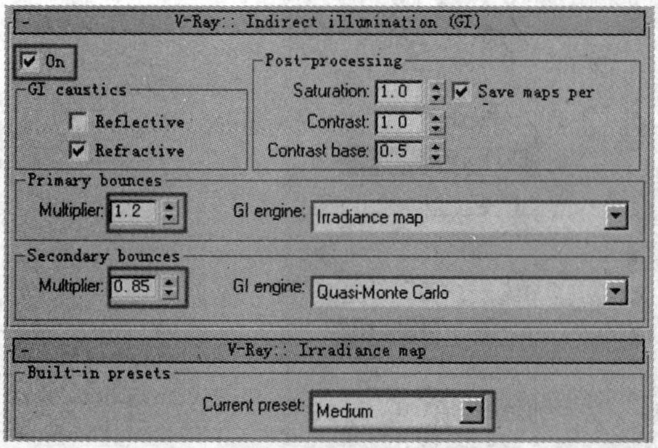

单击渲染器面板，勾选 V-Ray: Frame buffer（帧缓存器）卷展栏中的 Enable built-in Frame（启用内置帧缓冲区）选项。

在 Indirect illumination（GI）间接照明（全局光）卷展栏中勾选 ON，打开全局照明，如图 4-250 所示设置其他参数。

图 4-250　VRay 渲染参数设置

4.5.3　编辑材质

接下来制作 MP3 各部分的材质，首先制作 MP3 边缘的防滑塑料材质。

在主工具栏中单击 ▦（材质编辑器）按钮或者按下快捷键 M 弹出材质编辑器。选择一个材质球，单击材质编辑器右侧的 Standard 按钮，在弹出的菜单中双击 VRayMtl 材质，将材质设置为 VRayMtl 材质，如图 4-251 所示。

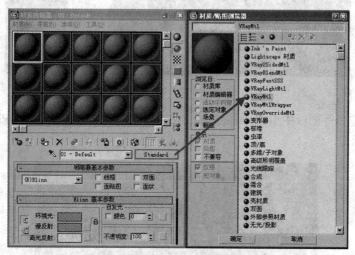

图 4-251　设置白模材质

保持材质球为激活状态，选中 MP3 边缘的防滑塑料部分，单击 ▦（将材质指定给选定对象）按钮将当前材质指定给选中的物体。在基本参数卷展栏中将 Diffuse（漫反射）颜色设置为 R/G/B 值均为 40 的深灰色，将 Reflect（反射）颜色设置为 R/G/B 值均为 10 的深灰色，如图 4-252 所示。

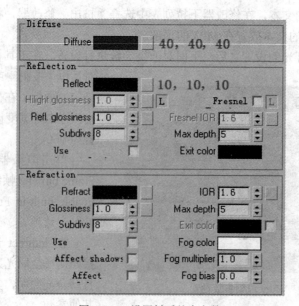

图 4-252　设置材质基本参数

　　这里要表现的塑料材质表面有一定的粗糙感，因此在 Maps（贴图）卷展栏的 Bump（凹凸）贴图卷展栏中加入一个大小为 30 的 Noise（噪波）贴图，如图 4-253 所示设置噪波贴图的参数。

　　在材质编辑器中双击样本球，可以看到编辑完成的材质效果，如图 4-254 所示。

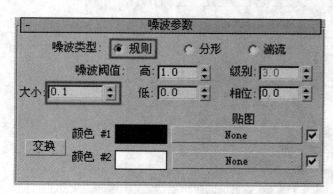

图 4-253　设置噪波贴图参数

图 4-254　灰色塑料材质

　　接着制作 MP3 表面的黄色金属烤漆材质。

　　打开材质编辑器，选择一个空白材质球赋给 MP3 模型的金属烤漆外壳部分。单击 Standard 按钮，在弹出的材质/贴图浏览器中双击选择 VRayMtl 材质。在基本参数卷展栏中将 Diffuse（漫反射）颜色设置为 R/G/B 值为 240/195/0 的黄色，将 Reflect（反射）颜色设置为 R/G/B 值均为 225 的灰色，勾选 Fresnel 选项，将 Refl glossiness 值设置为 0.8，将 Subdivs 值设置为 25，如图 4-255 所示。

　　双击机身材质的样本球，观察编辑完成的烤漆材质效果，如图 4-256 所示。

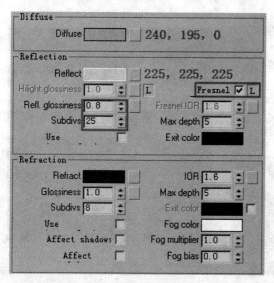

图 4-255　设置材质基本参数

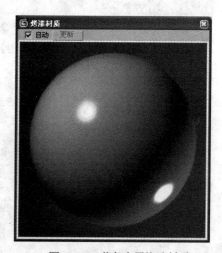

图 4-256　黄色金属烤漆材质

　　下面编辑机身上高光金属部分的材质。选择一个空白的材质球，并将其改为 VRayMtl 材质。在"基本参数"卷展栏中将 Diffuse（漫反射）颜色设置为 R/G/B 值均为 125 的灰色，将 Reflect（反射）颜色设置为 R/G/B 值均为 100 的灰色，将 Refl glossiness（反射光泽）值设置为 0.9，将 Subdivs（细分）值设置为 30，如图 4-257 所示。

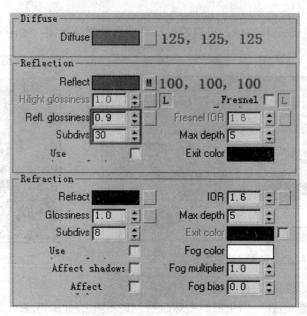

图 4-257　设置材质基本参数

打开贴图卷展栏，单击 Reflect（反射）贴图通道后的贴图按钮，在弹出的材质/贴图浏览器中双击选择位图，选择附赠资料中的"金属贴图.jpg"文件，保持贴图的数量值设置为 100。使用同样的方法为 Bump（凹凸）贴图通道添加一个数量值为 60 的"金属贴图.jpg"文件，如图 4-258 所示。

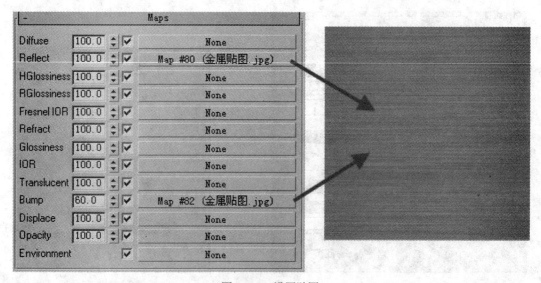

图 4-258　设置贴图

双击材质球，观察编辑完成的高光金属材质效果，如图 4-259 所示。

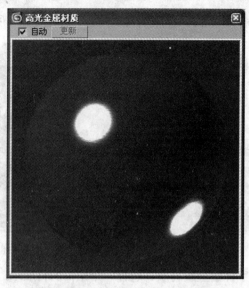

图 4-259 高光金属部分材质效果

下面编辑 MP3 表面的玻璃屏幕的玻璃材质。选择一个空白的材质球，并将其改为 VrayMtl 材质。在"基本参数"卷展栏中将"Diffuse（漫反射）"颜色设置为 R/G/B 值均为 25 的深灰色。在 Reflection 选项组中将"Reflect（反射）"颜色设置为 R/G/B 值均为 185 的浅灰色，勾选 Fresnel 选项，将"Subdivs（细分）"值设置为 25。在 Refraction 选项组中将"Refract（折射）"颜色设置为 R/G/B 值均为 110 的浅灰色，将"IOR（折射率）"值设置为 1.56，将"Glossiness（光泽度）"值设置为 0.9，将 Max depth 值设置为 20，将 Subdivs 值设置为 25，并勾选下方的 Affect shadows 和 Affect 选项，如图 4-260 所示。

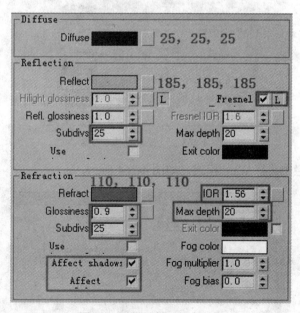

图 4-260 设置材质基本参数

在 BRDF 卷展栏中选择 Ward 模式，如图 4-261 所示。

双击材质球，观察编辑完成的深色玻璃材质效果，如图 4-262 所示。

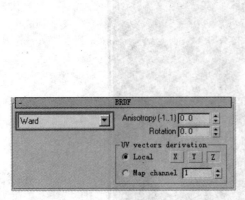

图 4-261　选择 Ward 模式　　　　　　　图 4-262　深色玻璃材质效果

　　下面编辑 MP3 顶部字体的金属材质。选择一个空白的材质球，并将其改为 VRayMtl 材质。在"基本参数"卷展栏中将"Diffuse（漫反射）"颜色设置为 R/G/B 值均为 45 的深灰色，在 Reflection 选项组中将"Reflect（反射）"颜色设置为 R/G/B 值均为 80 的灰色，将 Refl glossiness 值设置为 0.7，将 Subdivs 值设置为 20，如图 4-263 所示。

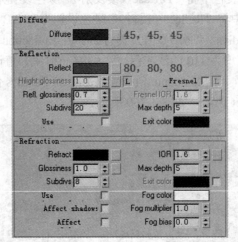

图 4-263　设置材质基本参数

在 BRDF 卷展栏中选择 Ward 模式，如图 4-264 所示。

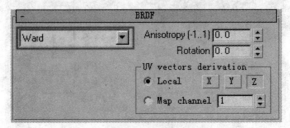

图 4-264　选择 Ward 模式

双击材质球，观察编辑完成的金属材质效果，如图 4-265 所示。

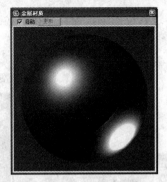

图 4-265　金属材质效果

下面编辑模式转轮的材质。首先分析一下该材质的特点，转轮外表为黄色金属烤漆材质，而转轮表面字体为金属材质，所以这里通过混合材质来完成转轮材质的设置，具体步骤如下：

选择一个空白的材质球，并将其改为 "Blend（混合）" 材质，在 "混合基本参数" 卷展栏中直接将上面制作的黄色金属烤漆材质拖拽到 "材质 1" 上，在拖拽的过程中注意在弹出的 "实例（副本）材质" 对话框中选择 "实例" 方式，如图 4-266 所示。使用同样的方法，将金属材质拖拽到 "材质 2" 上。

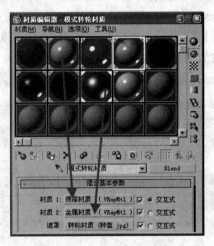

图 4-266　设置混合材质

单击遮罩右边的 None 按钮，在弹出的材质/贴图浏览器中选择 "位图"，在附赠资料中找到 "转盘.jpg" 文件，单击 "打开" 按钮，将其作为遮罩图片，如图 4-267 所示。

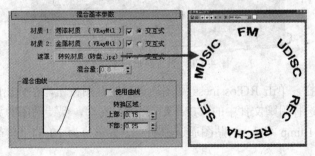

图 4-267　设置混合材质

单击遮罩右侧的贴图按钮，进入位图编辑窗口，在"输出"卷展栏中勾选"反转"复选框，如图 4-268 所示。

编辑完成的材质效果如图 4-269 所示。

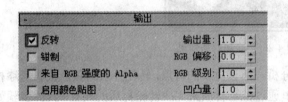

图 4-268　遮罩参数设置　　　　　　　　图 4-269　模式转盘材质

选择模式转盘模型，在"修改"面板的修改器下拉列表中选择"UVW 贴图"修改器，并将贴图类型设置为"平面"。

至此已经完成了所有 MP3 主要的材质，最后编辑作为背景的皮革材质。选择一个空白的材质球，并将其改为 VrayMtl 材质，将其赋给作为地面的平面物体。在"基本参数"卷展栏中将"Diffuse（漫反射）"颜色设置为 R/G/B 值均为 20 的深灰色，在 Reflection 选项组中将"Reflect（反射）"颜色设置为 R/G/B 值均为 190 的灰色，勾选 Fresnel 选项，将 Subdivs 值设置为 25。在 Refraction 选项组中将"IOR（折射率）"值设置为 2，如图 4-270 所示。

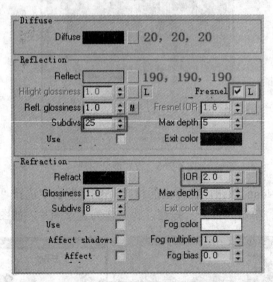

图 4-270　设置材质基本参数

打开贴图卷展栏，单击 RGlossiness 贴图通道后的贴图按钮，在弹出的材质/贴图浏览器中双击选择位图，选择附赠文件中的"皮革贴图.jpg"文件，保持贴图的数量值设置为 100。使用同样的方法为 Bump（凹凸）贴图通道添加一个数量值为 10 的"皮革贴图.jpg"文件，如图 4-271 所示。

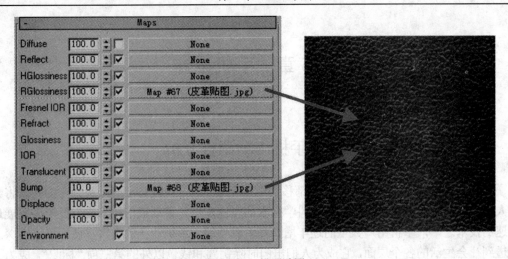

图 4-271 设置贴图

到这里就完成了所有渲染前的准备工作，在主工具栏中单击 ![img](快速渲染）按钮，得到如图 4-272 所示的渲染效果。

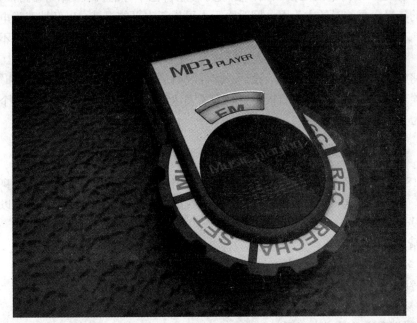

图 4-272 MP3 的最终渲染效果图

第5章 手机设计

5.1 手机市场调查分析

1973 年 4 月的一天，世界上第一部移动电话诞生了，谁也没有准确预料到它的到来将会给人们的生活带来多大的震撼。随着科学技术的飞速发展，移动通信技术成为近年来发展最迅速的技术之一，手机用户数量的逐年增长和手机功能、手机业务的丰富，使手机已经深入渗透到社会生活的各个层面，它成为人们出门时除钥匙和钱包以外的第三项"标配"，成为人们日常生活必不可少的物品之一。

随着手机的普及，人们对手机也有了更高的要求。对于接受新鲜事物最快的年轻人来说，手机已经不仅是一个简单的通信工具，更成为彰显自己个性的代表。在手机的购买者中，21~30 岁的年轻人是绝对的主力军。同时由于人民生活水平的提高，以及消费类电子产品价格的下降，20 岁以下年轻人购买手机的比例也在不断提高，成为手机消费市场中不可忽视的潜在力量。18~25 岁的大学生和年轻人已经成为手机消费者中最活跃的消费群体。

本章将针对 18~25 岁的年轻人，设计一款外观简洁、时尚，具备可靠的通话和短信能力，具备一定娱乐功能的中等价位的直板手机。为了表达年轻人对个性的追求，将这个系列的手机名称定为 MY Phone 系列。

5.1.1 消费群体分析

针对 18~25 岁年轻人这个庞大的消费市场，如何设计出具有针对性的产品来赢得消费者的青睐呢？首先要对这一人群的特点进行分析，找出潜在的需求和市场空白点，以进行具有针对性的设计和营销。

1. 消费群体的特点

（1）多数为学生，没有固定收入。

（2）注重个性的表达。

（3）易于接受新鲜事物。

（4）对消费产品易"喜新厌旧"。

（5）在生理上还没有发育完全。

（6）心智不成熟，易受情绪影响，需要更多地与家人和朋友交流。

2. 购买手机的准则

大、中学生购买手机主要考虑的是个性化的款式、价格、品牌和功能 4 个因素。对于没有固定收入的这一消费群体来说，要购买自己喜欢的时尚、功能全面的手机往往具有一定困难，因为这些手机往往价格昂贵。因此，许多这一年龄段的年轻人会选择购买一些外观时尚，但又好用、便宜的名牌手机，这也就是为什么 Nokia、Motorola 的低端机是这一消费群体的最爱。

3. 购买手机的主要目的

购买手机最基本的用途是为了交流、沟通。与年龄较大的消费者不同，发短信是年轻人使用手机进行交流的一个非常重要的手段，所以便捷的短信编辑功能是不可缺少的。

同时年轻人也希望自己购买的手机产品能够给自己的生活和学习提供方便，所以一些实用的功能，例如中英文字典、计算器、收音机等，会让他们感到物有所值。

现在由于技术的进步，集成了 MP3 和数码摄像功能的手机价格也在不断下降，有些年轻人为了摆脱携带多个数码产品的烦恼，也选择购买这类集成了多种功能的手机。

5.1.2 设计定位

1. 消费群体的消费需求描述

流行的，新颖的，简洁的，轻巧的，物美价廉，具有活力，有质感，简单，全面等。

2. 设计定位的描述

（1）理性的功能要求。个性归个性，年轻人对于产品可靠性的要求可一点都不含糊。一款优秀的手机，不仅造型要给人安全、可信任的感觉，还要经得起使用中不可避免地磕磕碰碰，而且必须好用，让人不用读说明书就可以玩转各种功能。

（2）感性的附加要求。有自己的思想和看法，乐于尝试新鲜的东西。不喜欢随波逐流，尽量避免选择与别人相同的产品。手机的外形要独特，与众不同，最好能够根据自己的喜好为手机添加一些个性的元素。

（3）色彩设计。外形简洁、洗练，搭配对比强烈、时尚鲜艳的局部色彩，最好能够设计为可以更换的彩色外壳。

总而言之，要设计一款与众不同，设计新颖，整体造型简洁、洗练，色彩明快、动感，能够给人以科技和时尚的感觉，满足都市年轻人的需求，符合都市年轻人个性的手机。

5.2 绘制设计草图

5.2.1 直板类设计

如图 5-1 和图 5-2 所示的设计都采用了鲜活、跳跃的绿色作为机身的主色调，将一些常用的按键直接放在机身的两侧，更方便操作。使用软橡胶材料，让手与机身的接触变成一种享受。图 5-1 的机身边缘设计成大圆角，整体给人可爱轻快的感觉，使人感觉触感舒服、爱不释手。

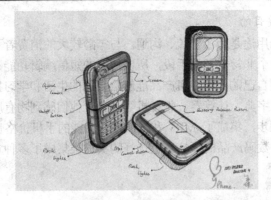

图 5-1　手机设计草图 1

如图 5-2 所示的设计，加上了夸张、夺人眼球的摄像头结构，配上独特的 V 字形键盘，刚硬俊朗的外壳，整合成张扬独特的手机。萤绿色的外壳，使得无论将手机摆放在任何位置都让人无法忽视，如青蛙大眼睛般的摄像头必然让人在拍摄时不忍移开视线。

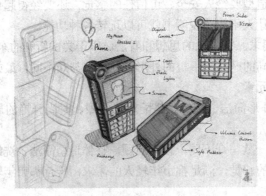

图 5-2　手机设计草图 2

如图 5-3 所示的设计，较为厚重的机身给人浑厚安全的感觉，在萤绿色的机身上运用银灰色勾出边框，并在机身侧面勾画别致的银色图腾。在手机的背面是一个很炫的太阳花图案，带着阳光、青春的气息。

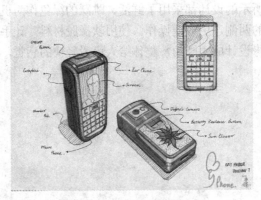

图 5-3　手机设计草图 3

如图 5-4 至图 5-7 所示的四个设计，都采用了橙色和银色的主色调，它们之间的区别在于手机的外形，绚丽的外形和个性的形状总有你喜欢的一款。

图 5-4 的机身是橙色与银色的组合，这样的搭配让机身很跳跃、很炫。这部手机的特色在于它的背面，机身背面与手接触的地方用软橡胶制作了数个对称的圆形突起，使用时既能防滑，也让触感更为舒适。手机中所带的 MP3 功能的操作键放置在机身侧面，可独立于键盘操作，更方便快捷，侧下的扬声器让你近距离体会音乐的魅力。

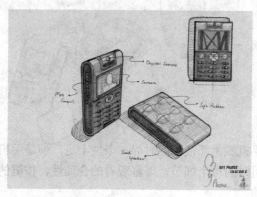

图 5-4   手机设计草图 4

图 5-5 的机身趋于方形，整体线条简洁、硬朗。

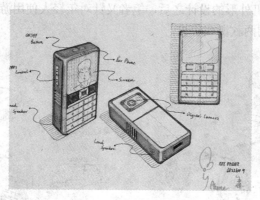

图 5-5   手机设计草图 5

图 5-6 的手机顶部采用弧线形，端部的弧线更大，充满了动感。

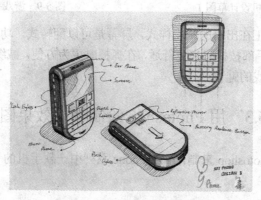

图 5-6   手机设计草图 6

图 5-7 的整个机身呈椭球形，非常可爱，活泼而自然，背面的个性装饰让它加分不少。

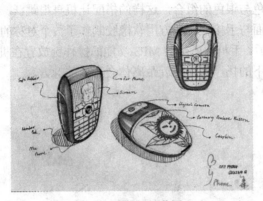

图 5-7　手机设计草图 7

MY Phone 系列的手机颜色都很绚丽时尚，个性十足，但是手机设计并不能只是外形上的创新，还需要注重使用时的每个细节，屏幕观看的合理性、按键的舒适性、摄像头的放置等，这些都是需要考虑的。

5.2.2　游戏类设计

在尝试以上针对手机外形的设计之后，笔者又针对年轻人使用游戏手机的习惯，设计了如图 5-8 和图 5-9 所示的两款游戏手机。

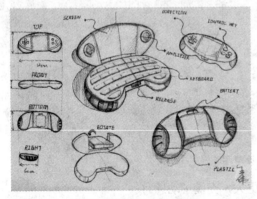

图 5-8　游戏手机设计草图 1

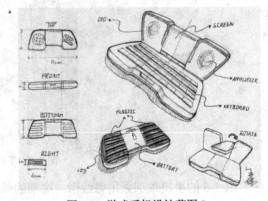

图 5-9　游戏手机设计草图 2

它们有别于市场上正在出售的掌机样式，屏幕是可以翻转式，功能键和手柄等操控方式都做了独到的设计，使手部按握起来更舒适，在抓握时更为方便，减缓长时间使用的疲劳感，在使用时更能感受到游戏的魅力。

5.3　用 Photoshop 绘制平面效果图

下面用平面软件 Photoshop 来制作 MY Phone 系列中一款手机的平面效果图。

5.3.1　导入参考草图

打开 Photoshop 软件，在菜单栏单击"文件"→"新建"命令（快捷键 Ctrl+N），创建一个新的文件，在名称栏中将新文件的名字改为"手机平面图"，在预设栏中将"画面的大小"设置为 A4 纸的大小，"颜色模式"选择默认的 RGB 颜色，"背景内容"选择默认的白色。在设置完成之后，单击"好"按钮，创建一个新的空白文件。

单击主菜单栏中的"图像"→"旋转画布"命令，将画布旋转 90°。

在主菜单栏中单击"文件"→"打开"命令，在附赠资料中选择绘制好的手机设计方案 1 的草图，将它打开，如图 5-10 所示。

图 5-10　打开手机草图

在工具栏中单击 ⬛（裁切）工具，将手机的设计草图裁切到只剩下手机的正视图。在工具栏中单击 ✥（移动）工具，将通过裁切得到的手机的正视图拖拽到新创建的"手机平面图"文件上，如图 5-11 所示。

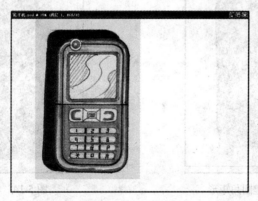

图 5-11　裁切草图

在图层面板浮动窗口中将图层 1，也就是手机正视图的名称修改为"手机正视图参考"。

5.3.2　绘制手机正面效果图

在主菜单栏中单击"视图"→"标尺"命令（或者使用快捷键 Ctrl+R），打开标尺的显示。在工具栏中单击 ✥ 移动工具，根据手机的形状，从标尺上拖拽出多条辅助线，如图 5-12 所示。

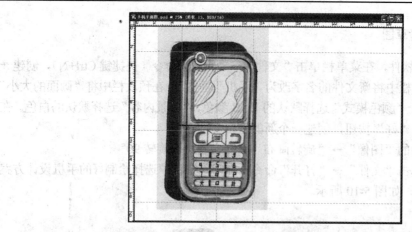

图 5-12　创建辅助线

在工具栏中单击前景色按钮，在弹出的拾色器对话框中将前景色设置为 R/G/B 值分别为 130/220/0 的绿色，将背景色设置为 R/G/B 值均为 160 的灰色。

在工具栏中选择矢量图形栏中的"圆角矩形"工具，将圆角的半径设置为 200，在画布中绘制如图 5-13 所示的圆角矩形线框，并使它以中间的辅助线为中轴。

在图层面板中单击"手机正视图参考"图层前面的　（图层可视性）按钮，取消图层的显示。单击　（创建新图层）按钮，在"手机正视图参考"图层的上方再创建出一个新图层，命名为"手机底部"。将圆角矩形的范围转化为选区，按 Shift+F5 组合键，使用填充命令，将新建图层的选区范围填充为绿色，再取消矢量图层的显示，如图 5-14 所示。

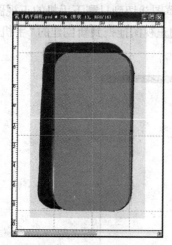
图 5-13　创建圆角矩形

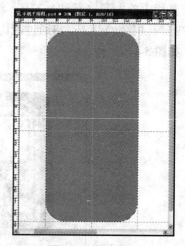
图 5-14　填充图层

在工具栏中选择　（矩形选区）工具，在选区工具栏中选择　（从选区剪去）按钮，在画布中框选中间辅助线上方的选区，将选区修改为只剩下下半部分，如图 5-15 所示。

按快捷键 Shift+F5 使用填充命令，选择使用"背景色"填充，单击"好"按钮完成填充，效果如图 5-16 所示。

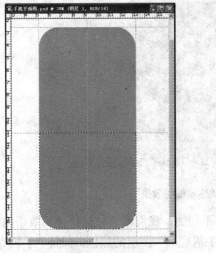

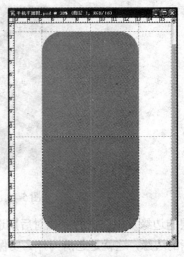

图 5-15　修改选区　　　　　　　　　　　　　　　　图 5-16　填充选区

　　保持选区不变，在图层面板中将"手机底部"图层拖拽到创建新图层按钮上，创建出一个"手机底部 副本"图层。按 Delete 键将选区内的内容删除，仅剩下上半部分。回到"手机底部"图层，将上半部分绿色的区域删除，仅剩下下半部分灰色的区域。

　　将"手机底部"图层拖拽到创建新图层按钮上，创建出一个"手机底部 副本 2"图层。

　　在图层面板上，激活"手机底部 副本 2"图层，在菜单栏中单击"滤镜"→"杂色"→"添加杂色"命令，如图 5-17 所示设置参数，单击"好"按钮完成添加杂色的操作。

　　在菜单栏中单击"滤镜"→"模糊"→"动感模糊"命令，如图 5-18 所示设置参数，单击"好"按钮完成动感模糊的操作。

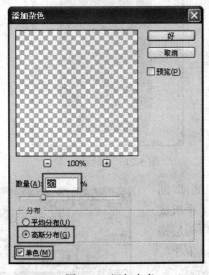

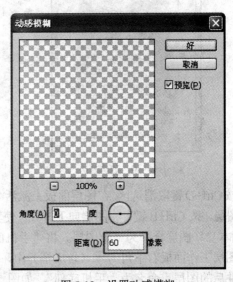

图 5-17　添加杂色　　　　　　　　　　　　　　　　图 5-18　设置动感模糊

　　完成动感模糊后的效果如图 5-19 所示，图层的边缘变得非常模糊，取消"手机底部"图层的显示，会看得非常清楚。

图 5-19　完成动感模糊的效果

　　图层的边缘发生这样的变化对后期造型是不利的，我们希望它保持金属效果的同时，也具有清晰的边缘，这就是之前为什么要保留"手机底部"图层的原因。保持"手机底部 副本2"图层为激活状态，按快捷键 Ctrl+T 使用变形工具，按住 Alt 键，以中心对称，使图层向两边扩大一些，如图 5-20 所示。

　　按住 Ctrl 键，再在图层面板上单击"手机底部"图层，将图层的范围以选区方式载入。再按 Ctrl+Shift+I 快捷键，使用反选选区命令，再按下 Delete 键，将"手机底部 副本2"图层中超出选区的部分删除掉，完成的效果如图 5-21 所示。

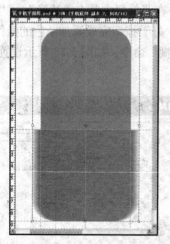
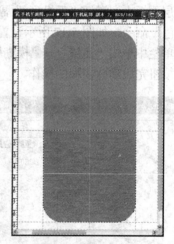

图 5-20　放大图层　　　　　　　　　　图 5-21　删除选区

　　按 Ctrl+D 键取消选区。在图层面板上激活"手机底部 副本"图层，按 Ctrl+E 键，将图层向下合并，使其与"手机底部 副本 2"图层合并为一个图层。将"手机底部"图层拖拽到图层工作面板右下角的　（垃圾桶）中，将其删除掉。将合并后的图层重命名为"手机底部"，如图 5-22 所示。

　　双击"手机底部"图层右侧的空白区域，在弹出的"图层样式"对话框中，将"深度"设置为 100%，"大小"值设置为 100 像素，将"软化"值设置为 10 像素，如图 5-23 所示。单击"好"按钮完成设置，完成后的效果如图 5-24 所示。

图 5-22　重命名图层

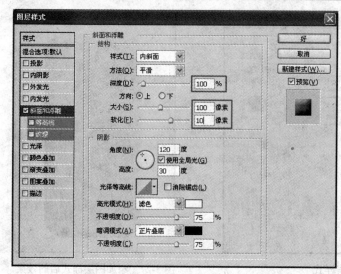

图 5-23　添加图层样式

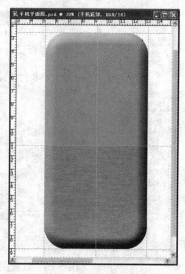

图 5-24　添加图层样式后的效果

　　在工具栏中选择"圆角矩形"工具，将圆角的半径设置为 100，在画布中绘制出如图 5-25 所示的圆角矩形。

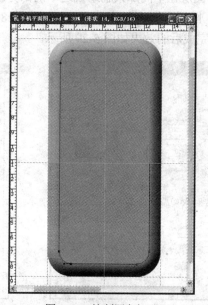

图 5-25　绘制圆角矩形

　　在路径面板中单击 ⊙（将路径转化为选区）按钮，将绘制的圆角矩形线框转化为选区。单击"创建新图层"按钮，在矢量图形的下方创建出一个新的图层，命名为"手机正面"。激活"手机正面"图层，按 Shift+F5 快捷键，使用填充命令，用前景色填充选区。

　　在图层面板中将"手机正面"图层拖拽到"创建新图层"按钮上，创建出一个"手机正面 副本"图层，单击该图层前的 ◉（图层可视性）按钮，取消图层的显示。在图层面板中激活"手机正面"图层，双击该图层右侧的空白区域，在弹出的"图层样式"对话框中，如图 5-26 所示设置"斜面和浮雕"的参数，完成后的效果如图 5-27 所示。

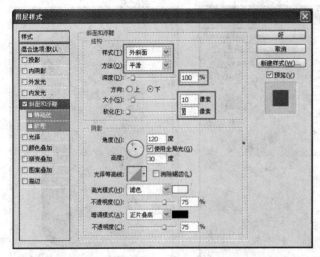

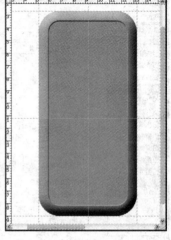

图 5-26　设置图层样式　　　　　　　　　　图 5-27　添加图层样式后的效果

将"手机正面 副本"图层拖拽到"创建新图层"按钮上，创建出一个"手机正面 副本2"图层。使用矩形选框工具，将"手机正面 副本"图层在中间那条辅助线之上的部分删除掉，将"手机正面 副本2"图层在中间那条辅助线之下的部分删除掉。

单击"手机正面 副本"图层右侧的空白区域，在如图 5-28 所示的"图层样式"对话框中设置斜面和浮雕的参数，完成后的效果如图 5-29 所示。

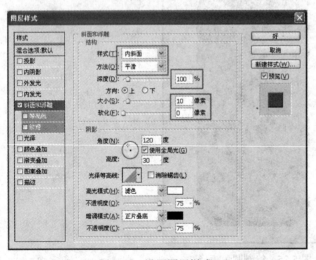

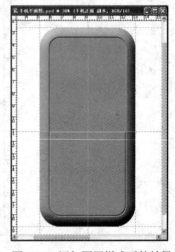

图 5-28　设置图层样式　　　　　　　　　　图 5-29　添加图层样式后的效果

在图层面板中，激活"手机正面 副本2"图层。在工具栏中选择矢量图形栏中的椭圆工具，按住 Alt+Shift 键，在"手机正面 副本2"图层上方绘制出一个正圆形的线框，如图 5-30 所示。

绘制两条辅助线，让它们通过圆形的中心，如图 5-31 所示。

选择创建的正圆图形，在路径面板中单击 ⚪ （将路径转化为选区）按钮，将圆形的范围转化为选区。在图层面板中激活"手机正面 副本2"图层，按快捷键 Shift+F5，使用填充命令，使用前景色进行填充。取消其他图层的显示，可以更加清楚地看到填充完成的效果，如图 5-32 所示。

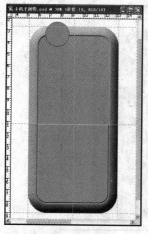

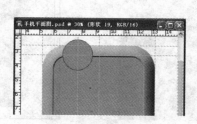

图 5-30　绘制圆形　　　　　　　图 5-31　绘制辅助线　　　　　　　图 5-32　填充选区

　　完成填充操作之后，将"手机正面 副本 2"图层拖拽到"创建新图层"按钮上，创建出一个"手机正面 副本 3"图层，先取消该图层的显示。

　　在图层面板中双击"手机正面 副本 2"图层右侧的空白区域，如图 5-33 所示，在弹出的"图层样式"对话框中设置"斜面和浮雕"效果的参数。单击"好"按钮，完成设置，完成后的效果如图 5-34 所示。

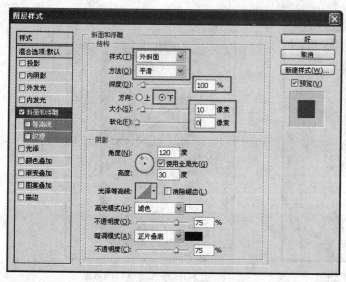

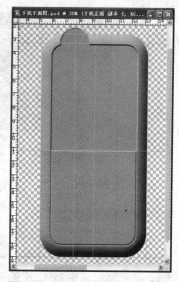

图 5-33　设置图层样式　　　　　　　　　　图 5-34　添加图层样式后的效果

　　在工具栏中选择矩形选区工具，在视图中创建出如图 5-35 所示的矩形选区，按 Delete 键，将选区内的内容删除。

　　按 Ctrl+D 键，将选区删除。将"手机正面 副本 3"图层显示出来，按住 Ctrl 键，在图层面板中单击"手机正面 副本 3"图层，将其作为选区载入。按快捷键 Shift+F5，使用填充命令，选择使用背景色填充，填充后的效果如图 5-36 所示。

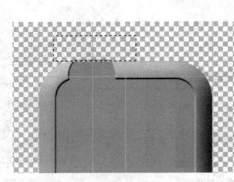

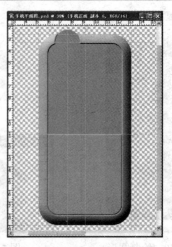

图 5-35　删除选区　　　　　　　　　　　图 5-36　填充选区

　　将"手机正面 副本 3"图层拖拽到"创建新图层"按钮上，创建出一个"手机正面 副本 4"图层，单击该图层前的 ◉（图层可视性）按钮，取消图层的显示。

　　在图层面板上，激活"手机正面 副本 3"图层，在菜单栏中单击"滤镜"→"杂色"→"添加杂色"命令，如图 5-37 所示设置参数，单击"好"按钮完成添加杂色的操作，完成后的效果如图 5-38 所示。

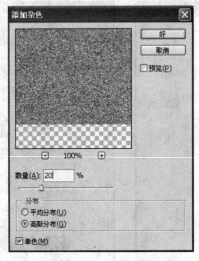

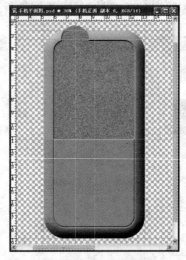

图 5-37　添加杂色滤镜　　　　　　　　图 5-38　添加滤镜后的效果

　　在菜单栏中单击"滤镜"→"模糊"→"动感模糊"命令，如图 5-39 所示设置参数，单击"好"按钮完成动感模糊的操作。

　　完成动感模糊后的效果如图 5-40 所示，此时会发现与编辑"手机底部"图层时的效果相同，边缘变得非常模糊。

　　图层的边缘发生这样的变化对后期造型是不利的，我们希望它保持金属效果的同时，也具有清晰的边缘，这就是之前为什么要创建出一个"手机正面 副本 4"图层的原因。保持"手机正面 副本 3"图层为激活状态，按快捷键 Ctrl+T 使用变形工具，按住 Alt 键，以中心对称，使图层向两边扩大一些，如图 5-41 所示。

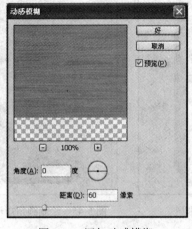

图 5-39 添加动感模糊

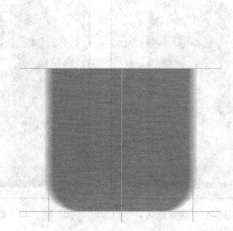

图 5-40 模糊效果

由于使用的是中心对齐，所以顶部的圆形偏离了中心位置。在工具栏中选择 移动工具，将"手机正面 副本 3"图层向右移动一些，如图 5-42 所示。

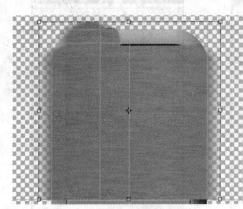

图 5-41 放大图层

图 5-42 移动图层

按住 Ctrl 键，再在图层面板上单击"手机正面 副本 4"图层，将图层的范围以选区方式载入。再按 Ctrl+Shift+I 快捷键，使用"反选选区"命令，再按下 Delete 键，将"手机底部 副本 3"图层中超出选区的部分删除掉，完成的效果如图 5-43 所示。

按 Ctrl+D 键取消选区，同时将"手机正面 副本 4"图层删除掉。在工具栏中选择矢量图形中的椭圆工具，在辅助线的帮助下绘制第一个圆的同心圆，但是这个圆的半径要小一些，如图 5-44 所示。

将路径转化为选区，再在图层面板中激活"手机正面 副本 3"图层，按 Delete 键，将选区内的内容删除掉。

在工具栏中选择矢量图形中的"圆角矩形"工具，将"圆角半径"设置为 50。以中间的辅助线为中心，绘制出一个圆角矩形线框，如图 5-45 所示。

将刚绘制出的圆角矩形路径转化为选区，再在图层面板中激活"手机正面 副本 3"图层，按 Delete 键，将选区内的内容删除掉。

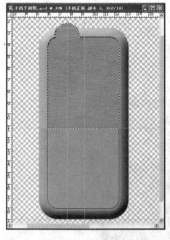

图 5-43　删除选区

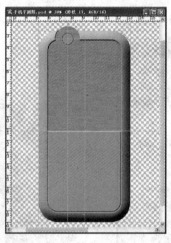

图 5-44　绘制圆形

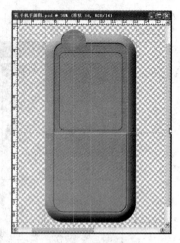

图 5-45　绘制圆角矩形线框

在图层面板中双击"手机正面 副本 3"图层右侧的空白区域，如图 5-46 所示，在弹出的"图层样式"对话框中设置"斜面和浮雕"的参数，完成后的效果如图 5-47 所示。

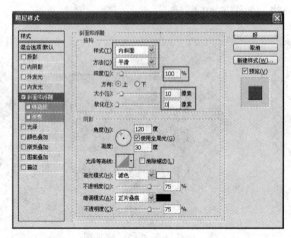

图 5-46　设置图层样式

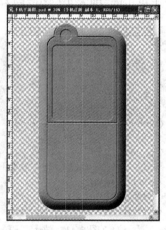

图 5-47　添加图层样式后的效果

在图层面板中选择刚绘制的圆角矩形图形，并将其转化为选区。在"手机正面 副本 3"图层的上方创建一个新的图层，命名为"显示屏"。保持选区不变，在工具栏中选择█.（渐变）工具，并调整出如图 5-48 所示的渐变效果。

按住 Shift 键，在画布中创建出一个从左到右的渐变效果，如图 5-49 所示。

双击"显示屏"图层右侧的空白区域，如图 5-50 所示，在弹出的"图层样式"对话框中设置"斜面和浮雕"的参数，完成后的效果如图 5-51 所示。

在创建完"显示屏"图层之后，下面创建显示屏的反光。按住 Ctrl 键，在图层面板中单击"显示屏"图层，将图层的范围作为选区载入。单击█（创建新图层）按钮，在"显示屏"图层上方创建一个新的图层，命名为"显示屏反光"。

在工具栏中选择█（多边形套索）工具，选择█（从选区中剪去）选区修改方式，如图 5-52 所示，对选区进行修改。

图 5-48 调节渐变效果

图 5-49 渐变填充

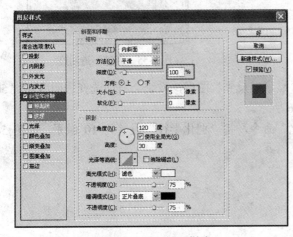

图 5-50 设置图层样式

图 5-51 添加图层样式后的效果

保持选区不变，在工具栏中选择 （渐变）工具，并调整出如图 5-53 所示的渐变效果。

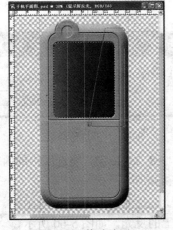

图 5-52 修改选区

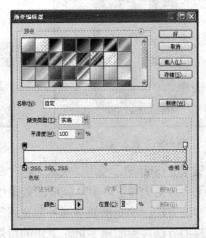

图 5-53 编辑渐变效果

按住 Shift 键，在画布中创建出一个从右到左的渐变效果，如图 5-54 所示。

按 Ctrl+D 键，取消选区。在图层面板中，将"显示屏反光"图层的不透明度调整为 50%，完成后的效果如图 5-55 所示。

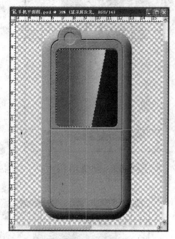 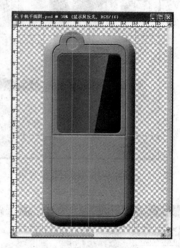

图 5-54　渐变填充　　　　　　　　　　　　图 5-55　调整不透明度

按住 Ctrl 键，在图层面板中单击"显示屏反光"图层，系统会自动选择透明度超过 50% 的区域，将其作为选区载入，如图 5-56 所示。

在菜单栏中单击"选择"→"羽化"命令，将"羽化半径"设置为 10 像素，如图 5-57 所示。

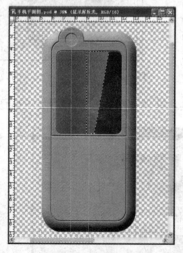

图 5-56　载入选区　　　　　　　　　　图 5-57　羽化选区

按快捷键 Ctrl+Shift+I，使用"反选选区"命令。按 Delete 键，将选区内的内容删除，这时的反光效果会显得柔和了许多，完成的效果如图 5-58 所示。

使用同样的方法，绘制出显示屏外部金属部分上的反光，如图 5-59 所示。

使用同样的方法，绘制出手机左上角的摄像头上的反光，如图 5-60 所示。

在工具栏中选择 T.（横排文字）输入工具，在画布中输入"1.3　MEGA"字样，将字

体的"大小"调整为 7。在字体属性栏中，单击 ![创建变形文本]（创建变形文本）按钮，在弹出的"变形
文字"对话框中选择"扇形"样式，保持默认的水平方向不变，将"弯曲"值设置为 100%，
如图 5-61 所示。

图 5-58　删除选区

图 5-59　绘制金属反光

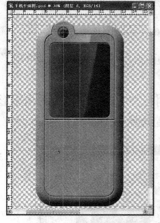

图 5-60　添加摄像头上的反光

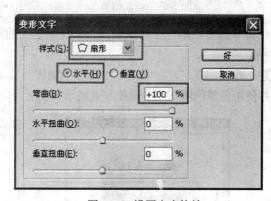

图 5-61　设置文字特效

在完成对文字的弯曲修改之后，将文字移动到摄像头的边缘，同时要将它移动到"金属
反光"图层的下方，完成后的效果如图 5-62 所示。

图 5-62　移动文字

　　再在金属面板上绘制出一些细节，包括金属面板右上角的手机名称，以及顶部的听筒，完成后的效果如图 5-63 所示。

　　接下来绘制手机中部的控制按键。将前景色设置为 R/G/B 值均为 160 的灰色，在工具栏中选择 （圆角矩形）工具，将"圆角半径"值设置为 50，按住 Shift 键，在辅助线的帮助下，在画布中画出一个圆角正方形，如图 5-64 所示。

图 5-63　添加细节　　　　　　　　　　图 5-64　绘制圆角正方形

　　再用 （圆角矩形）工具绘制出一个与刚绘制的圆角正方形中心对齐的圆角矩形，如图 5-65 所示。

　　创建一个新的图层，命名为"中部控制键底部"。分别将刚创建出的两个圆角矩形转化为选区，并使用前景色填充"中部控制键底部"图层，完成的效果如图 5-66 所示。

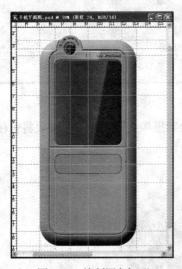

图 5-65　绘制圆角矩形　　　　　　　　图 5-66　填充选区

　　双击"中部控制键底部"图层右侧的空白区域，如图 5-67 所示，在弹出的"图层样式"对话框中设置"斜面和浮雕"效果的参数，完成后的效果如图 5-68 所示。

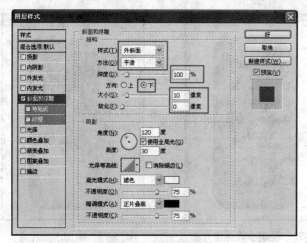

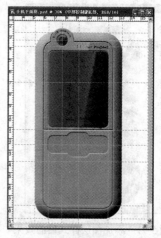

图 5-67 设置图层样式   图 5-68 添加图层样式后的效果

在"中部控制键底部"图层上创建一个新的图层，命名为"中部方向键"。将刚绘制出的圆角正方形转化为选区，并使用前景色填充"中部方向键"图层。完成填充之后，使用之前学习过的方法，将图层填充为磨砂金属效果，如图 5-69 所示。

双击"中部方向键"图层右侧的空白区域，如图 5-70 所示，在弹出的"图层样式"对话框中设置"斜面和浮雕"效果的参数，完成后的效果如图 5-71 所示。

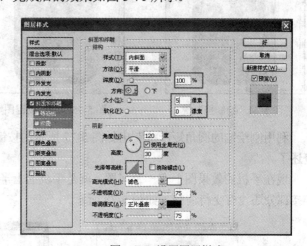

图 5-69 添加效果   图 5-70 设置图层样式

在工具栏中选择 ▢（圆角矩形）工具，将"圆角半径"设置为 50，在画布中绘制出一个较小的圆角正方形，如图 5-72 所示。

利用刚绘制出的圆角正方形，以及图层样式中的"斜面和浮雕"效果，创建出如图 5-73 所示的方向键中部确认键的效果。

再使用同样的方法，绘制出方向键周围的控制键，完成的效果如图 5-74 所示。

绘制出手机中部按键上的图案，绘制过程中主要使用 ▣（钢笔路径）工具和 ■（填充）工具，完成的效果如图 5-75 所示。

下面绘制手机下半部的数字键。在工具栏中选择 ▢（圆角矩形）工具，在画布中绘制出如图 5-76 所示的圆角矩形。

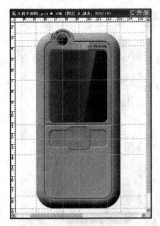

图 5-71　添加图层样式后的效果

图 5-72　绘制小的圆角方形

图 5-73　添加图层样式

图 5-74　绘制控制键

图 5-75　制作按键图案

图 5-76　绘制圆角矩形

　　利用刚绘制的圆角矩形绘制出如图 5-77 所示的按键效果，方法前面都讲过，这里就不再赘述了。

　　现在手机的效果图上有一个问题，就是手机的上半部分塑料件和下半部分金属件之间的连接部分还没有交待清楚，如图 5-78 所示。

图 5-77　制作按键

图 5-78　缺少机身分割

在图层面板中激活"手机底部"图层，单击右下角的 （创建新图层）按钮，创建一个新的图层，并将新图层命名为"机身分割线"。

将辅助线显示出来，在工具栏中选择 （矩形选区）工具，在画布中绘制如图 5-79 所示的矩形选区，将"机身分割线"图层填充为黑色。

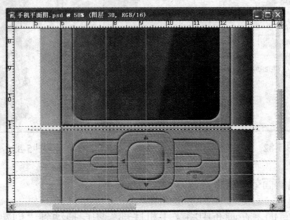

图 5-79　填充选区

按 Ctrl+D 键取消选区。按住 Ctrl 键，在图层面板中单击"手机底部"图层，将图层的范围作为选区载入，再按 Ctrl+Shift+I 键反选选区，按 Delete 键将"机身分割线"图层超出手机的范围删除掉。

按住 Ctrl 键，在图层面板中单击"机身分割线"图层，将图层的范围作为选区载入。在菜单栏中单击"选择"→"羽化"命令，并将"羽化值"设置为 5。

将选区向上移动一些，再按 Ctrl+Shift+I 键反选选区，按 Delete 键将选区内的内容删除，如图 5-80 所示。

使用同样的方法在白色机身分隔线的上方绘制出一条黑色的机身分割线，如图 5-81 所示。

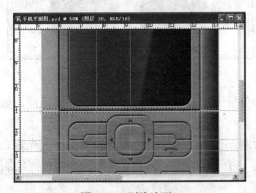

图 5-80　删除选区

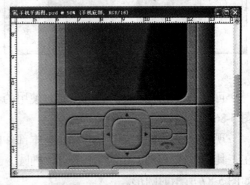

图 5-81　绘制机身分割线

最后来添加机身的阴影效果。单击"手机底部"图层右侧的空白区域，如图 5-82 所示，在弹出的"图层样式"对话框中设置"投影"效果的参数。

最后为显示屏添加一些内容，如图 5-83 所示，到此就完成了手机正面效果图的编辑。

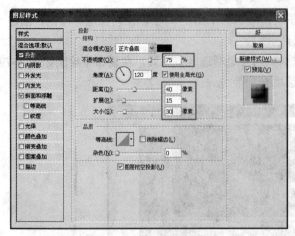

图 5-82 添加图层样式   图 5-83 添加显示屏效果

5.3.3 绘制手机背面效果图

下面绘制手机的背面，在画布中将"手机底部"图层拖动到"创建新图层"按钮上，创建出一个图层的副本，在辅助线的帮助下将它放置在画布的右侧，如图 5-84 所示。

再将制作出的"机身分割线"图层也复制一下，放置在机身背面，如图 5-85 所示。

图 5-84 复制图层   图 5-85 复制图层

可以继续应用在绘制手机正面时使用的一些矢量图形和图层来绘制手机的背面图层，如图 5-86 所示。

现在已经基本完成了手机背面基本部件的绘制，下面绘制手机背面的摄像头和闪光灯。在工具栏中选择矢量图形栏中的 ◎（椭圆）工具，打开辅助线，在手机背面的中心位置绘制如图 5-87 所示的圆形。

创建出一个新的图层，以刚创建出的圆形线框为选区，将新图层填充为灰色，并为其添加"斜面和浮雕"的图层效果，如图 5-88 所示。

再创建出一个新的图层，同样以圆形线框的范围为选区，在工具栏中选择 ■（渐变）工具，编辑出如图 5-89 所示的渐变效果。

使用刚编辑出来的渐变效果填充选区，如图 5-90 所示。

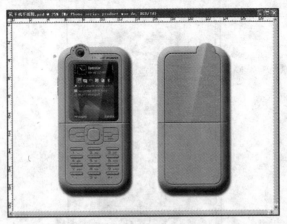

图 5-86　绘制手机背面

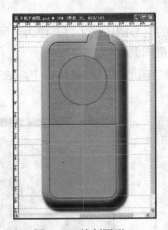

图 5-87　绘制圆形

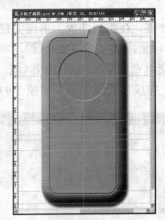

图 5-88　添加图层样式

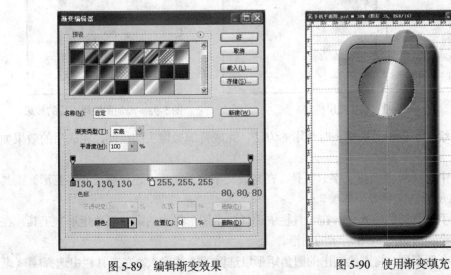

图 5-89　编辑渐变效果

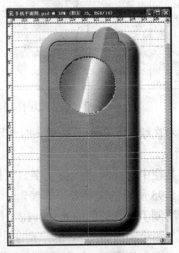

图 5-90　使用渐变填充

选择矢量图形中的椭圆工具，在辅助线的帮助下，再在手机的背面图形上绘制出一个较小的同心圆，如图 5-91 所示。

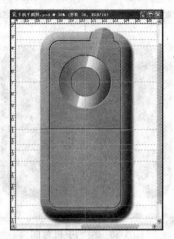

图 5-91　绘制圆形

按住 Ctrl 键，在图层面板上单击创建出的较小的同心圆图层，将其作为选区载入，再激活完成渐变填充的图层，按 Delete 键，将选区内的范围删除掉。

双击渐变填充图层右侧的空白区域，在弹出的"图层样式"对话框中，进行如图 5-92 所示的设置，完成后的图层效果如图 5-93 所示。

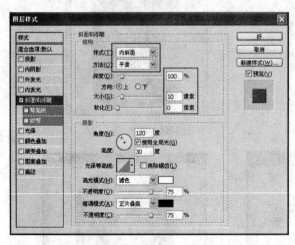

图 5-92　添加图层样式

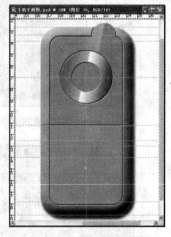

图 5-93　添加图层样式后的效果

可参考在绘制手机正面摄像头时使用的方法，完成背部摄像头的绘制，完成后的效果如图 5-94 所示。

在工具栏中选择 T.（横排文字）工具，在完成文字输入之后，通过 ■（文字变形）工具完成如图 5-95 所示的文字效果的编辑。

最后绘制手机背部的闪光灯。在工具栏中选择矢量图形栏中的 ■（圆角矩形）工具，在摄像头的左侧绘制出如图 5-96 所示的图形。

创建出一个新图层，将刚绘制出的圆角矩形以选区的方式载入。在工具栏中选择 ■（渐变）工具，编辑出如图 5-97 所示的渐变效果。

使用编辑出的渐变效果，填充新图层，如图 5-98 所示。

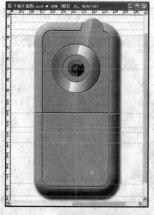

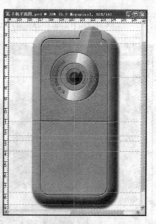

图 5-94　完成的背面摄像头效果　　　　图 5-95　添加文字

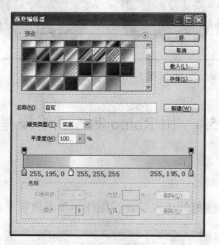

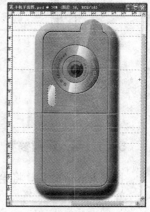

图 5-96　绘制圆角矩形　　　　图 5-97　编辑渐变效果　　　　图 5-98　添加渐变填充

不要取消选区，在工具栏中选择 ✐（铅笔）工具，将画笔的"宽度"设置为 3 像素，将画笔的"不透明度"设置为 40%，如图 5-99 所示，在选区内绘制出白色的线条。

最后使用"斜面和浮雕"图层样式工具丰富闪光灯的立体感，如图 5-100 所示。

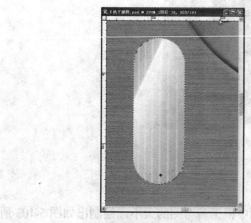

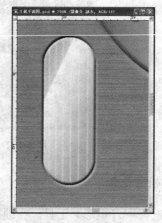

图 5-99　绘制线条　　　　图 5-100　增强立体感

到此就完成了手机效果图的绘制，再为效果图添加一个背景，如图 5-101 所示。

图 5-101　添加背景

5.4　用 Rhino 制作三维模型

5.4.1　导入建模参考

打开 Rhino 软件，将绘制好的手机的正视图作为参考放置在顶视图中，如图 5-102 所示。

图 5-102　放置正视图

5.4.2　制作机身轮廓

在工具栏中选择 □（矩形）工具，在顶视图中根据参考图的大小，绘制出如图 5-103 所示的矩形线框。

图 5-103　绘制矩形　　　　　图 5-104　添加倒角修改

在工具栏中选择 （曲线倒角）工具，将"倒角值"设置为 5，为矩形的 4 个顶点添加倒角修改，如图 5-104 所示。在工具栏中选择 （结合）工具，在视图中将曲线结合为一个整体。

在工具栏中选择 （挤压）工具，将曲线挤压出 6 个网格的高度，如图 5-105 所示。

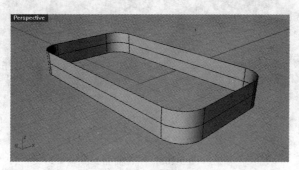

图 5-105　生成挤压曲面

在工具栏中选择 （封盖）工具，再在视图中选择挤压出的图形，右击完成封盖操作，如图 5-106 所示。

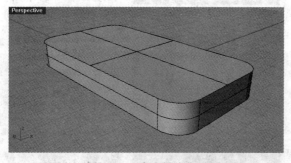

图 5-106　生成封盖曲面

在工具栏中选择 （实体边缘倒角）工具，将"倒角值"设定为 2.5，选择完成封盖操作的物体的上下边缘，右击完成倒角操作，如图 5-107 所示。

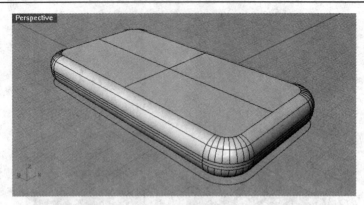

图 5-107 添加倒角

选择完成了倒角操作的物体，在工具栏中单击 （炸开）工具，将曲面炸开。

如图 5-108 所示，将上下两个面隐藏起来，在工具栏中选择 （结合）工具，选择视图中剩下的曲面，右击将曲面结合为一体。

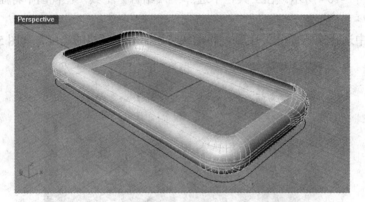

图 5-108 结合曲面

单击菜单栏中的 Curve→Curve From Objects→Duplicate Edge 命令，如图 5-109 所示。

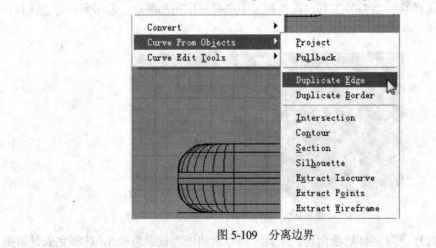

图 5-109 分离边界

在视图中选择物体顶部的边缘，右击完成曲线分离操作，如图 5-110 所示。

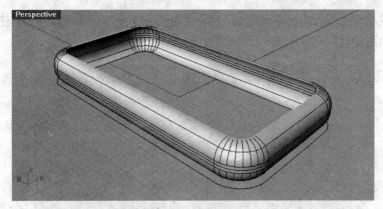

图 5-110　分离曲线

选择刚分离出来的曲线，在工具栏中选择 （挤压）工具，将曲线挤压出 6 个网格的高度，如图 5-111 所示。

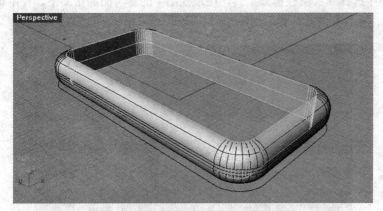

图 5-111　生成挤压曲面

在工具栏中选择 （复制）工具，将刚挤压出的曲面在原地复制一个，并将其中的一个隐藏起来。

在工具栏中选择 （结合）工具，在视图中选择如图 5-112 所示的曲面，右击完成结合操作。

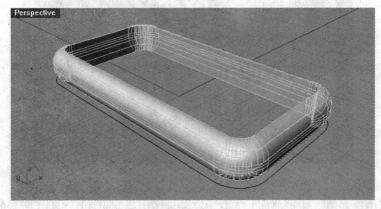

图 5-112　结合曲面

将刚完成结合操作的曲面隐藏起来，再将其他的曲面全部显示在视图中，使用 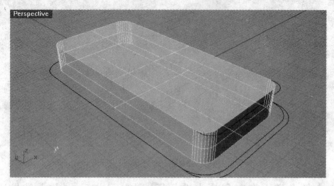（结合）工具，选择如图 5-113 所示的曲面，将它们结合起来。

图 5-113　结合曲面

在工具栏中选择 ⬛（圆柱体）工具，在顶视图中的参考图的帮助下，在手机的顶部绘制一个半径为 3、高为 6 的圆柱体，如图 5-114 所示。

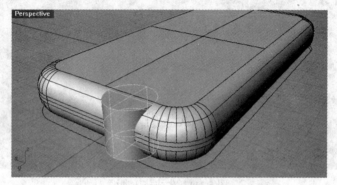

图 5-114　创建圆柱体

将手机的中间部分隐藏起来，选择 ⬛（复制）工具，将刚创建出的圆柱体在原位置再复制出一个，并将其中的一个隐藏起来。选择手机的边缘部分，在工具栏中选择 ⬛（布尔剪切）工具，再在视图中选择圆柱体，右击完成布尔运算操作，如图 5-115 所示。

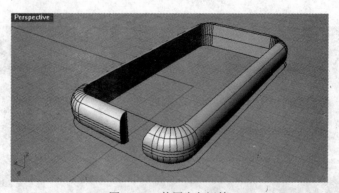

图 5-115　使用布尔运算

在工具栏中选择 ⬛（矩形曲面）工具，在前视图中绘制出如图 5-116 所示的曲面。

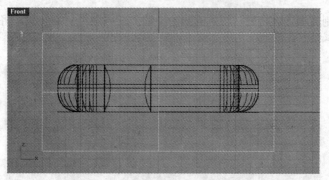

图 5-116 创建曲面

切换到顶视图中，将矩形曲面移动到如图 5-117 所示的位置。

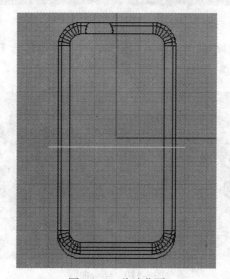

图 5-117 移动曲面

在工具栏中选择 （分割）工具，先在视图中选择手机的边缘，再在视图中选择垂直的矩形曲面，右击完成分割操作。

选择手机边缘的下半部分，在工具栏中选择 （剪切）工具，再在视图中选择垂直的矩形曲面，将曲面超出手机边缘的部分剪切掉，剩下如图 5-118 所示的曲面。

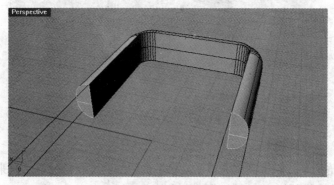

图 5-118 剪切曲面

使用 ▦（复制）工具，将剪切得到的两个小曲面在原地再复制一次，将其中的一组隐藏起来。使用 ▣（结合）工具将手机边缘的下半部分和两个小曲面结合在一起，如图 5-119 所示。

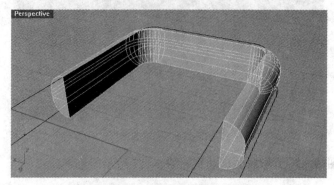

图 5-119　结合曲面

将刚才隐藏起来的一组小曲面重新显示出来，再次使用结合工具，将手机边缘的上半部分和两个小曲面结合在一起，如图 5-120 所示。

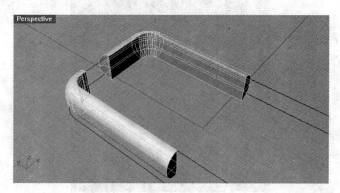

图 5-120　结合曲面

在工具栏中选择 ▣（实体边缘倒角）工具，将"倒角值"设定为 0.1，再在视图中选择物体的边界，如图 5-121 所示，右击完成倒角操作。

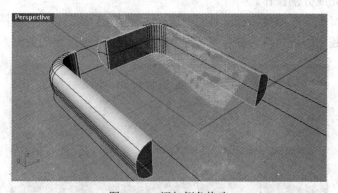

图 5-121　添加倒角修改

再次选择倒角工具，保持倒角值不变。将手机边缘的下半部分显示出来，在视图中选择如图 5-122 所示的边缘部分，右击完成倒角操作。

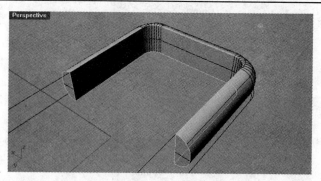

图 5-122　添加倒角

完成倒角操作的效果如图 5-123 所示。

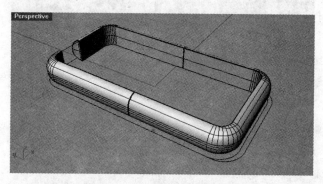

图 5-123　完成倒角操作的模型

　　这时已经基本完成对手机外部边缘的编辑工作，将其隐藏起来，将手机的中间部分和刚才隐藏起来的圆柱体重新显示出来，将手机的外部隐藏起来，如图 5-124 所示。

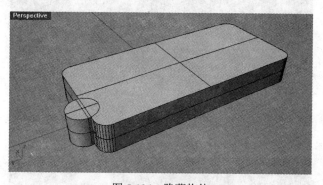

图 5-124　隐藏物体

　　选择 Duplicate Edge 命令，将圆柱体和手机中部物体顶部的边缘分离出来，如图 5-125 所示。

　　在工具栏中选择 （剪切）工具，将两条曲线交融的部分删除掉，只剩下边缘部分，如图 5-126 所示。选择结合工具，将剩下的两段曲线结合起来。

　　在工具栏中选择 （挤压）工具，将曲线挤压出 6 个网格的高度，如图 5-127 所示。

　　在工具栏中选择 （封盖）工具，再在视图中选择刚挤压出的图形，右击完成封盖操作，如图 5-128 所示。

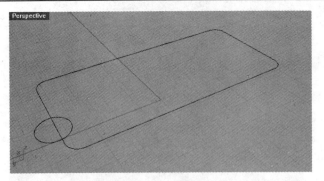

图 5-125　分离边缘

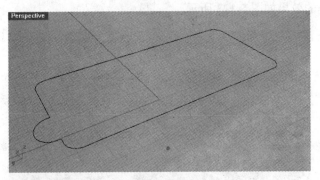

图 5-126　结合曲线

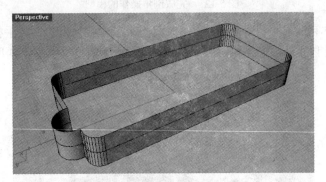

图 5-127　生成挤压曲面

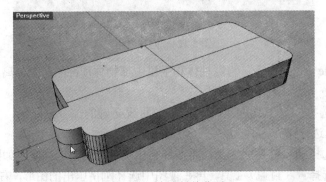

图 5-128　生成封盖曲面

将刚才在分离手机外部时使用的矩形曲面重新显示出来，在工具栏中选择 ⌐ （分割）工具，将手机的中部分割为两部分，如图 5-129 所示。

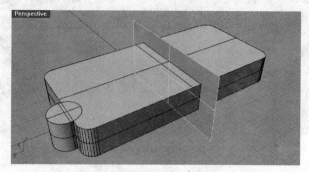

图 5-129　分割曲面

在工具栏中选择 ⌐ （剪切）工具，先选择手机中间的上半部分，再在视图中选择垂直的矩形曲面，将曲面超出手机中部的图形剪切掉，如图 5-130 所示。

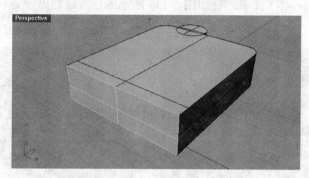

图 5-130　剪切曲面

在工具栏中选择 ▦ （复制）工具，将剪切得到的曲面在原位置上再复制出来一个，将两个曲面分别与手机中部的上下部分结合为一体。

在工具栏中选择 ◻ （实体边缘倒角）工具，将"倒角值"设置为 0.1，如图 5-131 所示，在视图中选择手机中部上半部分的边缘，右击完成倒角操作。

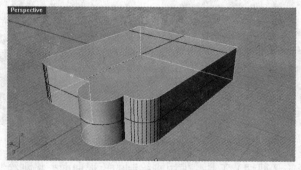

图 5-131　添加倒角修改

同样使用 ◻ （实体边缘倒角）工具，为手机中部的下半部分添加一个大小为 0.1 的倒角，如图 5-132 所示。

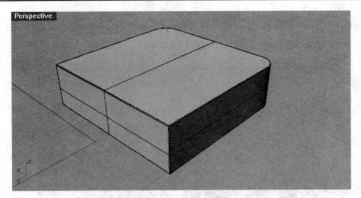

图 5-132　添加倒角

5.4.3　制作机身细节

下面制作摄像头的调节旋钮。将多余的部分隐藏起来，仅留下手机中部的上半部分。在工具栏中选择 █（圆柱体）工具，在如图 5-133 所示的位置绘制出一个半径为 4、高为 4 的圆柱体。

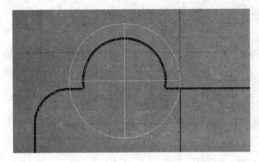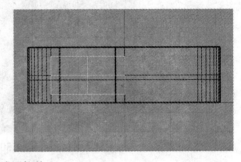

图 5-133　创建圆柱体

在工具栏中选择 █（矩形曲面）工具，在如图 5-134 所示的位置绘制出一个矩形曲面。

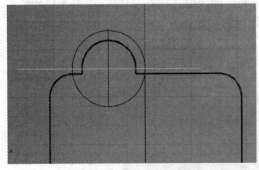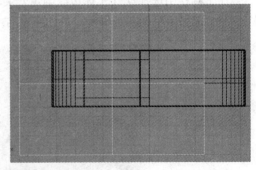

图 5-134　创建矩形曲面

在工具栏中选择 █（剪切）工具，使用刚绘制的矩形曲面，将刚绘制出的圆柱体与手机中部相交的部分删除掉，如图 5-135 所示。

在工具栏中选择 █（剪切）工具，使用剩下的圆柱体部分将矩形曲面超出圆柱体的部分剪切掉，如图 5-136 所示。在工具栏中选择 █（结合）工具，将视图中剩下的两个曲面结合为一体。

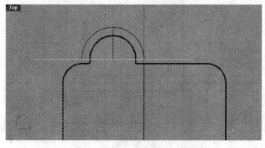

图 5-135　剪切曲面

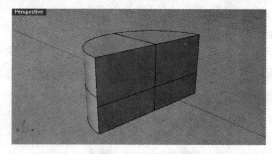

图 5-136　结合曲面

在工具栏中选择 （剪切布尔运算）工具，先在视图中选择手机中部的上半部分，再在视图中选择剩下的半个圆柱体，右击完成布尔运算操作，如图 5-137 所示。

在工具栏中选择 （实体边缘倒角）工具，将"倒角值"设置为 0.1，在视图中选择如图 5-138 所示的两条边，右击完成倒角操作。

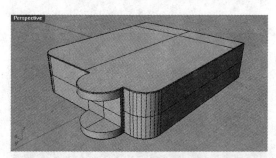

图 5-137　使用布尔运算

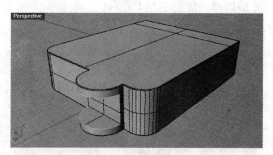

图 5-138　选择边缘倒角

使用制作 MP3 模型时使用过的方法，制作出一个带有凹槽的转轮，如图 5-139 所示。

在工具栏中选择 （矩形）工具，在顶视图中绘制出如图 5-140 所示的矩形线框。

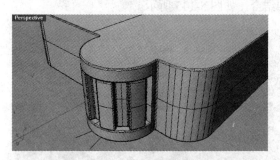

图 5-139　制作转轮

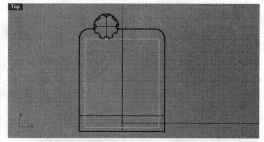

图 5-140　绘制矩形线框

在工具栏中选择 （曲线倒角）工具，将"倒角值"设置为 1.5，为矩形的四个边缘添加一个大小为 1.5 的倒角。在完成倒角之后，选择结合工具，将圆角处与直线结合为一个整体，如图 5-141 所示。

在视图中选择刚完成倒角操作的矩形，在工具栏中选择 （挤压）工具，挤压出一个高度为 2 的曲面，如图 5-142 所示。

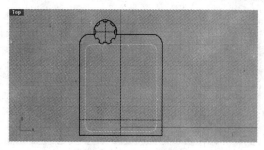

图 5-141　添加倒角修改

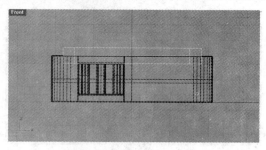

图 5-142　生成挤压曲面

在视图中选择手机中部的上半部分，在工具栏中选择 ⌐ （分割）操作，再选择刚完成挤压操作的曲面，右击完成分割操作。手机中部的上半部分被挤压出的曲面分割为两个部分，如图 5-143 所示。

选择小的曲面，在工具栏中选择 ⌐ （剪切）工具，将挤压得到的曲面超出手机表面的部分剪切掉，如图 5-144 所示。

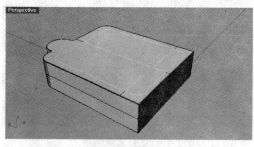

图 5-143　分割曲面

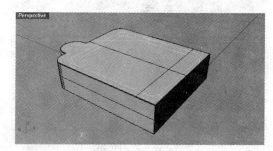

图 5-144　剪切曲面

在工具栏中选择 ⌐ （复制）工具，将剪切得到的这个曲面在原位置再复制出一个，将两个曲面分别与手机中部上半部分的两块曲面相结合，如图 5-145 所示。

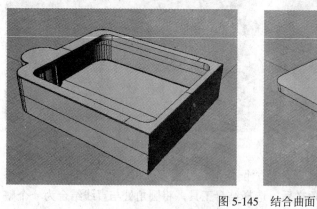

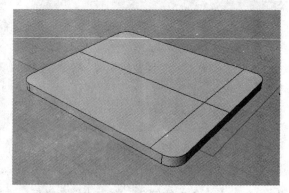

图 5-145　结合曲面

在工具栏中选择 ⌐ （实体边缘倒角）工具，为两个部分的边缘添加一个大小为 0.1 的倒角，如图 5-146 所示。

可以使用同样的方法，绘制出手机顶部的小摄像头。在绘制顶部的摄像头时可以将倒角值设置的小一些，并将中间的曲面向下移动一些，如图 5-147 所示。

图 5-146　添加倒角修改

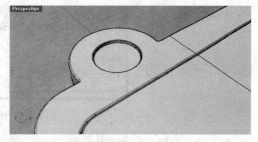

图 5-147　移动曲面

使用同样的方法制作出手机背面的摄像头和闪光灯，如图 5-148 所示。

使用与制作闪光灯时同样的方法，制作出较小的倒角长方形，完成手机按键的制作，如图 5-149 所示。

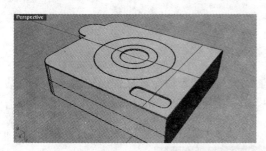

图 5-148　制作背面细节

图 5-149　制作手机按键

使用同样的方法，完成手机中部控制键盘的制作，如图 5-150 所示。

制作完成的手机模型如图 5-151 所示。

图 5-150　制作中部控制键

图 5-151　完成后的模型效果

5.4.4　导出模型

现在从 Rhino 中输出模型用来渲染。右击 Hide（隐藏）按钮，将所有的部件解除隐藏。在 Select（选择）工具栏中选择 Select Curves（选择曲线）命令，选择视图中的所有曲线，单击隐藏按钮，将所有的曲线隐藏起来。

在菜单栏中单击 File→Export Selected（输出选择的物体）命令，全选视图中的所有物体，右击完成选择。在弹出的 Export（输出）对话框中将文件命名为"手机"，将模型的格式选择为 3ds 格式，单击"保存"按钮开始输出，在弹出的 Polygon Mesh Options（多边形网格选项）对话框中，将模型的精细程度选择为中等，如图 5-152 所示。

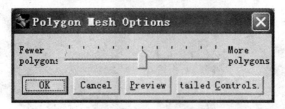

图 5-152　设置导出精度

单击 OK 按钮,开始输出模型,等待一段时间,在完成模型的输出之后,就可以关闭 Rhino 软件了。

5.5　用 3ds max 完成模型的渲染

下面将在 3ds max 中完成模型的渲染。

5.5.1　导入模型

打开 3ds max 软件,在菜单栏中单击"文件"→"导入"命令,在弹出的"导入"对话框中选择"手机.3ds"文件,将它导入到场景中。在弹出的 3DS File Import 对话框中,单击 OK 按钮,导入的效果如图 5-153 所示。

图 5-153　导入模型

5.5.2　设置场景和灯光

在 3ds max 中激活创建命令面板,单击 Plane(平面)按钮,在顶视图中创建一个长和宽均为 300 的正方形平面,如图 5-154 所示。

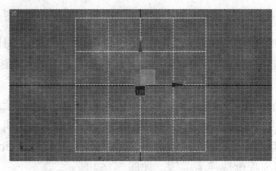

图 5-154　创建平面

在创建命令面板中单击 （灯光创建）按钮，在灯光类型卷展栏中选择 VRay 灯光，如图 5-155 所示。

图 5-155 选择灯光类型

在选择 VRay 灯光之后，单击 VRayLight 按钮，在顶视图中创建一盏 VRayLight，如图 5-156 所示设置灯光的参数。

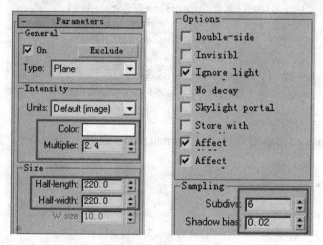

图 5-156 设置灯光参数

在工具栏中分别选择 ✛（移动）工具和 ↻（旋转）工具，将灯光放置到如图 5-157 所示的位置。

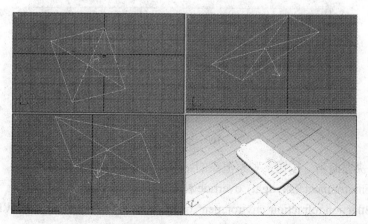

图 5-157 调整灯光位置

单击 （快速渲染）按钮，观看透视图的渲染结果。这时会发现透视图漆黑一片，看不到任何的渲染效果，这是由于场景中的物体还没有被赋予 VRay 渲染器的材质。

单击 （渲染场景对话框）按钮，在指定渲染器卷展栏的产品级选项中，将渲染器指定为 VRay 渲染器。

选择场景中的所有物体，按快捷键 M 打开材质编辑器。在材质编辑器中选择一个材质球，单击"标准"按钮，在弹出的材质/贴图浏览器中选择 VRayMtl，单击"确定"按钮完成材质的设定，单击 按钮，将材质赋予被选中的物体。

单击 （渲染场景对话框）按钮，在渲染器栏中勾选 V-Ray::Indirect illumination（GI）选项中的 On 选项，打开间接照明，如图 5-158 所示。

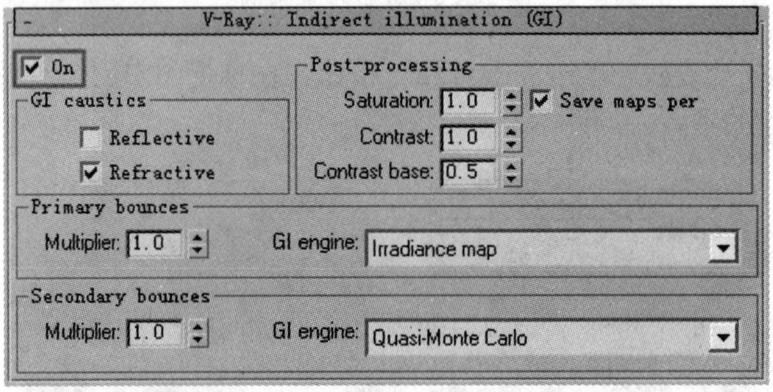

图 5-158　打开间接照明

在 V-Ray::Irradiance map 卷展栏中将 Current preset 设置为 Very low，如图 5-159 所示。

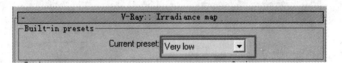

图 5-159　设置预设值

在 V-Ray::Environment 卷展栏中勾选 GI Environment（skylight）override 和 Reflection/refraction environment override 的 On 选项，如图 5-160 所示。

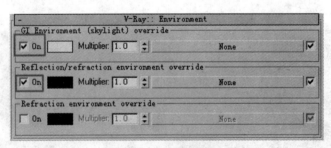

图 5-160　设置环境选项

单击 （快速渲染）按钮，观察渲染的结果，如图 5-161 所示。

单击 GI Environment (skylight) override 栏右边的 None 按钮为环境添加一张 VRayHDRI 贴图。勾选 Reflection/refraction environment override 栏的 On 按钮，然后将 VRayHDRI 贴图拖拽到 None 按钮上，如图 5-162 所示。

图 5-161　观察场景效果

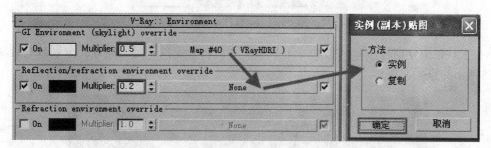

图 5-162　添加 HDRI 贴图

按 M 键打开材质编辑器，选择一个空白材质，通过拖拽的方式将环境贴图拖拽到该材质球上，选择"实例"方式。然后单击 Browse（查找）按钮，选择附赠资料中提供的 HDRI 文件 b203LB.hdr，如图 5-163 所示。

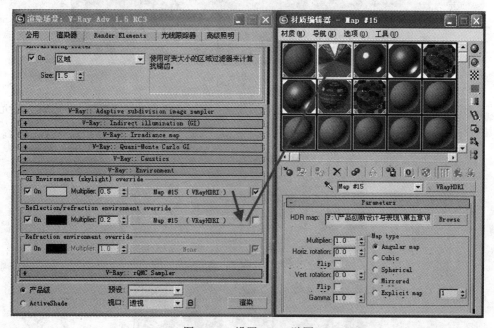

图 5-163　设置 HDRI 贴图

单击 VRayLight 按钮，在顶视图中再创建两盏 VRayLight，如图 5-164 所示设置灯光的参数。

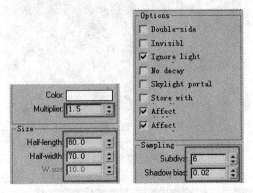

图 5-164   设置灯光参数

在工具栏中分别选择 ✛（移动）工具和 ↻（旋转）工具，将两盏灯光分别放置到如图 5-165 所示的位置。

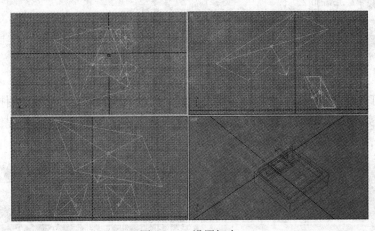

图 5-165   设置灯光

单击 ◉（快速渲染）按钮，观察渲染的结果，如图 5-166 所示，到此已经完成了灯光和场景的设置，下面编辑场景的材质。

图 5-166   场景的照明效果

5.5.3 编辑材质

首先编辑地面的材质，在材质编辑器中选中一个材质球，将材质重命名为"地面"。单击 Standard 按钮，在弹出的"材质/贴图浏览器"中选择 VRayMtl，单击 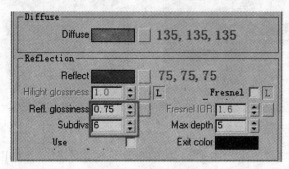 按钮，将选择的材质赋予地面物体。

在 Basic Parameters 卷展栏中将 Diffuse 调整为 R/G/B 值均为 135 的灰色，将 Reflect 值调整为 R/G/B 值均为 75 的灰色，将 Refl.glossiness 值调整为 0.75，将 Subdivs 值调整为 6，如图 5-167 所示。

图 5-167 设置材质参数

打开 Maps 卷站栏，在 Bump 贴图通道中添加一个 Noise 贴图，将贴图值调整为 30，如图 5-168 所示。

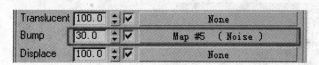

图 5-168 添加 Noise 贴图

单击 Bump 后方的 Noise 按钮，近入 Noise 贴图的设置，将"澡波类型"设置为"分形"，将"大小"设置为 0.2，如图 5-169 所示。

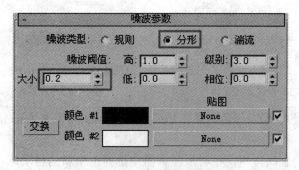

图 5-169 设置澡波贴图

编辑机身的绿色材质，在材质编辑器中选择一个新的材质球，将材质类型选择为 VRayMtl，将 Diffuse 值设置为 R/G/B 值为 45/220/38 的绿色，将 Reflect 值设置为 R/G/B 值均为 80 的灰色，其余的设置如图 5-170 所示。

单击 Diffuse 色块后方的贴图按钮，为 Diffuse 通道添加一个 Falloff（衰减）贴图，如图 5-171 所示设置衰减贴图的颜色，将衰减类型设置为 Fresnel。

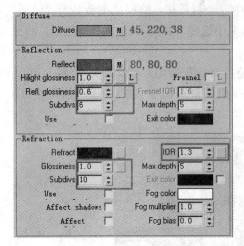

图 5-170　设置材质参数

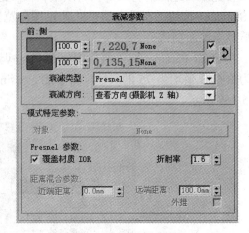

图 5-171　设置衰减贴图

单击 Reflect 色块后方的贴图按钮，为 Reflect 通道也添加一个 Falloff（衰减）贴图，如图 5-172 所示设置衰减贴图的颜色，将衰减类型设置为 Fresnel。

打开 Maps 卷站栏，在 Bump 贴图通道中添加一个 Noise 贴图，将贴图值调整为 60，如图 5-173 所示设置澡波贴图的参数。

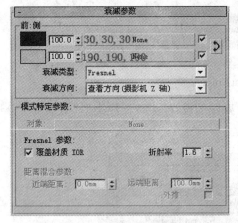

图 5-172　设置衰减贴图

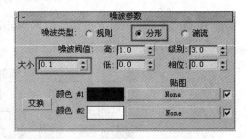

图 5-173　设置澡波贴图参数

如图 5-174 所示设置机身绿色材质在 Reflect interpolation 和 Refract interpolation 卷展栏中的参数。

下面编辑机身的金属材质，在材质编辑器中选择一个新的材质球，将材质类型选择为 VRayMtl，如图 5-175 所示设置材质的基本参数。

在 BRDF 栏的下拉列表中选择 Ward，并将 Anisotropy 值设置为 0.8，如图 5-176 所示。

打开 Maps 卷展栏，在 Bump 贴图通道中添加一个 Noise 贴图，将贴图值调整为 30，如图 5-177 所示设置澡波贴图的参数。

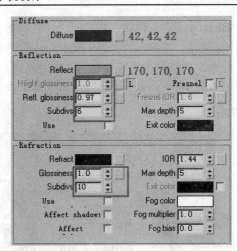

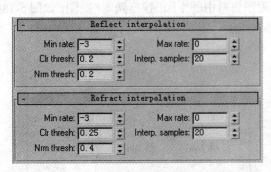

图 5-174 设置参数

图 5-175 设置材质参数

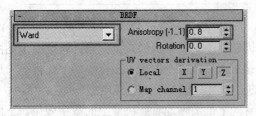

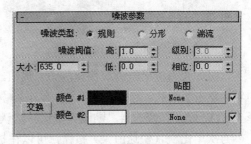

图 5-176 设置材质参数

图 5-177 设置澡波贴图

如图 5-178 所示设置机身金属材质在 Reflect interpolation 和 Refract interpolation 卷展栏中的参数。

下面编辑手机上的玻璃材质。在材质编辑器中选择一个新的材质球,将材质类型选择为 VRayMtl,如图 5-179 所示设置材质的基本参数。

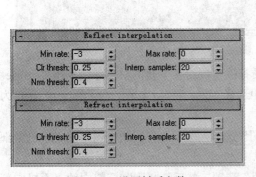

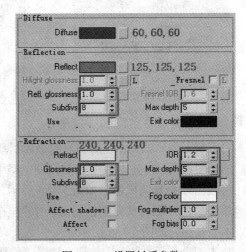

图 5-178 设置材质参数

图 5-179 设置材质参数

下面编辑机身正面的按键贴图。在材质编辑器中选择一个新的材质球,将材质类型选择为 Blend（混合）材质，将之前已经编辑好的机身金属材质拖拽给材质 1，将机身绿色材质拖拽给材质 2，在弹出的实例（副本）贴图框中选择"实例"方式，如图 5-180 所示。

单击遮罩后的贴图按钮，在弹出的材质/贴图浏览器中选择位图选项，单击"确定"按钮，在弹出的"选择位图图像文件"对话框中选择附赠资料中的"手机键盘副本"贴图，如图 5-181 所示。

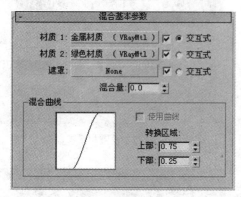

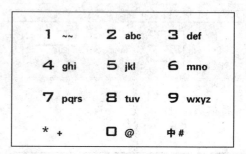

图 5-180　编辑 Blend 材质　　　　　　　　图 5-181　选择键盘贴图

这时如果直接单击 ◉（快速渲染）按钮，仍然看不到机身上的数字效果，这是由于贴图的坐标发生了混乱。选择机身下部，单击 ✎ 按钮进入修改命令面板，在修改器下拉列表中选择"UVW 贴图"修改器，贴图类型保持默认的"平面"方式，如图 5-182 所示。

再次单击 ◉（快速渲染）按钮，可以在机身的下部清晰地看到机身上的数字效果。下面编辑机身中部的贴图效果，选择手机中部的三个按键，在菜单栏中单击"组"→"成组"命令，如图 5-183 所示。

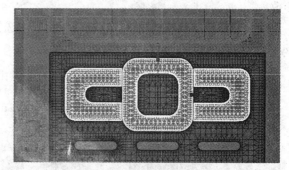

图 5-182　添加"UVW 贴图"修改器　　　　　图 5-183　将按键成组

打开材质编辑器，将已编辑好的金属材质拖拽复制给一个新的材质球。单击 Diffuse 色块后的贴图按钮，在弹出的材质/贴图浏览器中选择 Mix（混合）贴图，并将颜色#1 设置为白色，将颜色#2 设置为黑色，如图 5-184 所示。

单击颜色#1 后方的贴图按钮，选择"位图"选项，然后选择附赠资料中的"手机中部键盘副本"贴图，如图 5-185 所示。

单击混合量后方的贴图按钮，选择"位图"选项，然后选择附赠资料中的"手机中部键盘黑色副本"贴图，如图 5-186 所示。

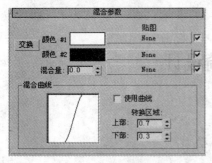

图 5-184 添加 Mix 贴图

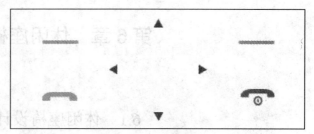

图 5-185 添加贴图

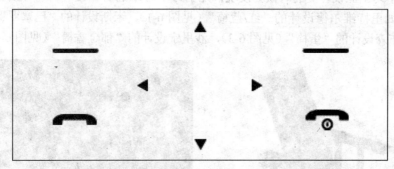

图 5-186 添加贴图

最后为手机中部的按键添加一个"UVW 贴图"修改器，并选择"平面"方式。到这里就完成了所有手机材质的编辑，单击 ⬚（渲染场景对话框）按钮，将渲染的大小设置为 1024×768，单击快速渲染按钮，就可以看到最终的渲染结果了，如图 5-187 所示。

图 5-187 手机效果图

第 6 章　休闲座椅设计

6.1　休闲座椅设计分析

大家在学习工业设计史的时候会发现，几乎每个时期的著名设计师都设计过自己独特的椅子，比如里特维尔德设计的"红/蓝椅"（见图 6-1），米斯设计的"巴塞罗那椅"（见图 6-2），雅各布森设计的"蛋椅"（见图 6-3），沙里宁设计的"郁金香椅"（见图 6-4）等。

图 6-1　红/蓝椅

图 6-2　巴塞罗那椅

图 6-3　蛋椅

图 6-4　郁金香椅

可以说工业设计史就是一部独特的椅子设计的发展史，本章的实例将通过介绍作者在担任中南民族大学美术学院环境设计专业外聘教师时,教授环境设计专业 05 级室内设计人机工程学时的学生课程设计的作业,讲述如何在家具设计中应用设计软件。

由于这门课是人机工程学,如何让学生体会到人机工程学的作用呢?最直接的办法就是要求学生按照人体尺寸,设计出一款舒适的休闲座椅,并绘制出该座椅的效果图和三视图。如何体现室内设计人机工程学和环境设计专业的特点呢?我就要求学生在完成座椅设计的基础上,设计出一个与这款椅子相协调的室内环境,并要求绘制出平面布局图和室内效果图。

6.2　绘制设计草图

以下是这次课程作业中的部分优秀学生作品。

6.2.1　学生作品 1

如图 6-5 至图 6-8 所示的作品由贾靖同学绘制。这款椅子将与人体接触的坐椅处与椅子的受力框架分开,使用藤条将它们连接成整体。坐垫及靠背符合人机原理,使后背及臀部与椅子接触更舒适,在人坐下时,受到压力的藤条会伸展,避免人体僵硬地接触椅子。环境效果图中将这款椅子放置在阳台上,主要的装饰及家具大部分采用木质材质,使椅子很好地融入环境之中。同时运用了很多植物盆栽作为环境的装饰,整体的设计令人感到舒心和放松,心情愉悦自然。

图 6-5　休闲椅效果图

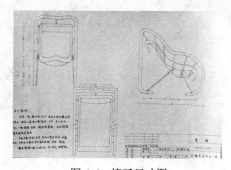
图 6-6　椅子尺寸图

这款椅子不仅设计新颖而且效果图绘制精细,存在一个问题,就是椅子的三视图没有按照三视图规定的模式来绘制,但是环境的平面布局图以及环境的效果图绘制得非常精细,这也体现了不同专业的特点。

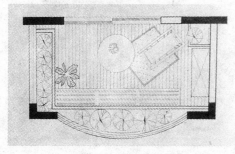
图 6-7　环境布局图

图 6-8　环境效果图

6.2.2　学生作品 2

　　如图 6-9 至图 6-12 所示的作品由曾志同学绘制。该沙发的设计灵感来源于天空的浮云，以海绵和棉花填充在钢丝编结成的框架内，棉质的白色外套塑造出云朵的形状和柔软漂浮的质感。由于城市规模的扩大，居住环境开始往高处发展，将该沙发的设计方案运用在高层建筑中，配以蓝色天鹅绒的地毯，塑造出一种天空向室内延伸的错觉，让人感觉亲近自然。

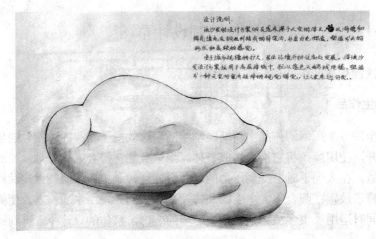

图 6-9　休闲椅效果图

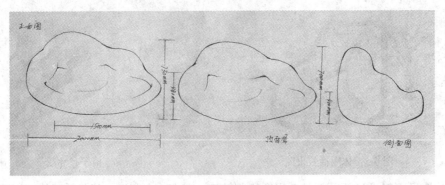

图 6-10　休闲椅三视图

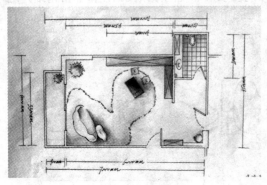

图 6-11　环境布局图

图 6-12　环境效果图

6.2.3　学生作品 3

如图 6-13 至图 6-16 所示的作品由余晓燕同学设计。这款椅子充满了活泼可爱的气息，在设计中也融入了毛绒玩具的元素，整个外型酷似捧着奶酪的小老鼠，余晓燕同学也因此为它起了个可爱的名字"鼠喜奶酪椅"。椅子整体都采用了毛绒玩具的材质，灰色的毛色让人联想到皮毛舒适的触感，坐上去仿佛像被可爱的小老鼠拥抱起来。"奶酪"坐垫上的镂空可以用来搁置杂物，非常贴心。由于这款椅子的设计较为卡通、可爱，所以它非常适合放置在儿童房间中，充满童趣的搭配，必定令孩子爱不释手。

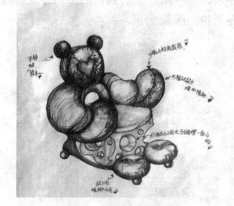

图 6-13　休闲椅效果图

图 6-14　环境布局图

图 6-15　休闲椅三视图

图 6-16　环境效果图

6.2.4　学生作品 4

如图 6-17 至图 6-20 所示的作品由梅娟同学设计。这款椅子的设计中采用了狗尾巴茸的元素，狗尾巴茸是童年记忆中的植物，椅子的靠背采用狗尾巴茸毛绒蓬松的质感，在倚靠的时候感觉舒服享受，将钢管弯折成坐垫及支架，简洁有力，叶状的扶手令人会心一笑。为它搭配的环境是阳台一角，四周是落地玻璃窗，具有良好的采光，搭配百叶窗，可以调节室内的光线，四周再摆上清新的植物，简约而雅致。看到这里，你们应该能猜到这款椅子的设计理念，它名为"心晴"，因为繁忙的都市生活使我们忘记了多少简单的快乐，当周末在家的时候，在这样一个通透的阳台上，可以静静享受一杯茶、一缕阳光带给我们的亲切感受，置身狗尾巴茸中，回想那份童趣，让身心放松，整个冬天也温暖起来了。

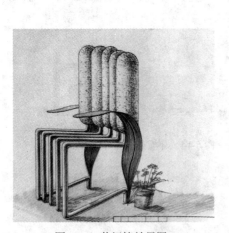

图 6-17　休闲椅效果图

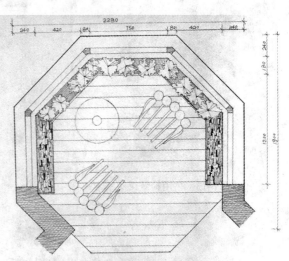

图 6-18　平面布局图

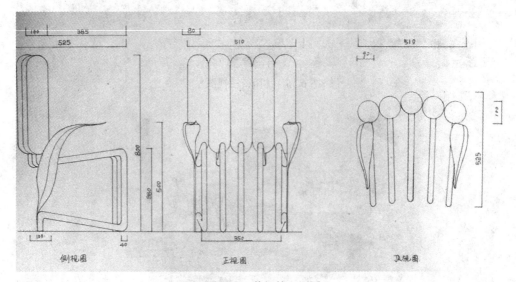

图 6-19　休闲椅三视图

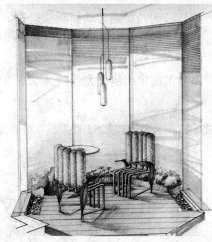

图 6-20　环境效果图

6.3　用 Photoshop 绘制平面效果图

之前我们都是使用 Photoshop 软件绘制产品的正视图，本章将使用 Photoshop 软件绘制产品的透视图。

6.3.1　导入参考草图

打开 Photoshop 软件，打开第一个休闲座椅的设计草图，如图 6-21 所示。

在菜单栏中单击"文件"→"新建"命令，创建一个新的文件。在名称栏中将新文件的名字改为"休闲座椅透视效果图"，在预设栏中将"画面的大小"设置为 A4 纸的大小，"颜色模式"选择默认的 RGB 颜色，"背景内容"选择默认的白色。在设置完成之后，单击"好"按钮，创建一个新的空白文件。

在工具栏中选择 ^口（裁切）工具，将休闲座椅的设计草图裁切到仅剩下座椅的主体部分，如图 6-22 所示。

图 6-21　打开设计草图

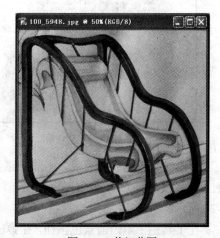

图 6-22　裁切草图

在工具栏中选择 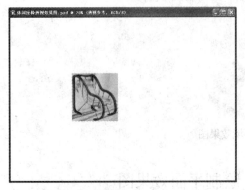（移动）工具，将座椅的效果图移动到新创建的画布中。在图层面板中将新图层的名称命名为"透视参考"。这时在新的文件中，作为参考的座椅的透视图显的太小了，如图 6-23 所示。

使用自由变形工具，按住 Shift 键将参考图等比例放大一些，以方便后面的绘制，如图 6-24 所示。

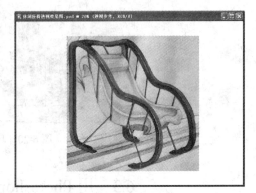

图 6-23　参考图与画布的比例关系　　　　　　　图 6-24　放大参考图

6.3.2　绘制支架部分

在工具栏中选择 （钢笔）工具，在画布中沿着椅子支架的边缘，绘制出如图 6-25 所示的支架的外部轮廓。

在绘制的过程中会发现，由于现在对路径的填充是 100%，因此影响了我们对支架的描绘。进入图层面板，将路径的"不透明度"调整为 0%，这样就可以轻松绘制了，完成后的效果如图 6-26 所示。

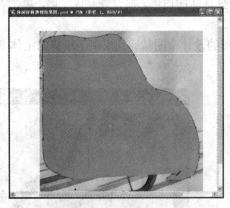

图 6-25　绘制支架轮廓　　　　　　　　　　　图 6-26　绘制路径

在绘制完成之后会发现，当前的路径与座椅的支架并不是完全吻合。可以在工具栏中选择 （直接选择）工具，对路径上的节点进一步调节，使路径与座椅的支架完全吻合，如图 6-27 所示。

在工具栏中单击前景色按钮，在弹出的拾色器中将前景色调整为 R/G/B 值为 100/50/0 的褐色，如图 6-28 所示。

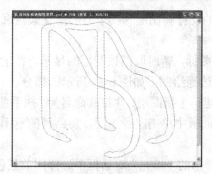

图 6-27　进一步调整节点　　　　　　　　　图 6-28　调整前景色

进入图层面板，在路径图层下方创建一个新图层，并将其命名为"支架轮廓"。激活"支架轮廓"图层，按住 Ctrl 键，在图层面板中单击路径图层，将路径的范围作为选区载入。

按快捷键 Shift+F5，使用填充选区命令。在弹出的"填充"对话框中选择用前景色填充，单击"好"按钮完成填充。完成后的效果如图 6-29 所示，会发现在路径相交的部分是无法填充的。

还是将路径修改为如图 6-30 所示的形态，下部的支撑腿暂时不考虑。

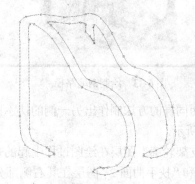

图 6-29　填充选区　　　　　　　　　　　　图 6-30　修改路径

再次使用填充工具填充选区，完成后的效果如图 6-31 所示。

在工具栏中选择 ✎.（钢笔）工具，把刚才没有绘制出的支撑脚绘制出来。创建一个新图层，用前景色进行填充，完成后的效果如图 6-32 所示。

图 6-31　填充选区　　　　　　　　　　　　图 6-32　填充图层

进入图层面板，将刚完成填充的支撑脚图层移动到"支架轮廓"图层的上方，按快捷键

Ctrl+E，使用"向下合并"命令，将刚完成填充的支撑脚图层和其下方的"支架轮廓"图层合并为一个图层。

在图层面板中单击"支架轮廓"图层前的👁图标，暂时取消该图层的显示。在工具栏中选择✍.（钢笔）工具，在画布中沿着椅子支架的边缘绘制出如图 6-33 所示的部分。

进入图层面板，在刚绘制的路径图层下方创建一个新图层，并将其命名为"扶手曲面 1"。激活"扶手曲面 1"图层，按住 Ctrl 键，在图层面板中单击路径图层，将路径的范围作为选区载入。

按快捷键 Shift+F5，使用填充选区命令。在弹出的"填充"对话框中选择用前景色填充，单击"好"按钮完成填充，完成后的效果如图 6-34 所示。

图 6-33　绘制钢笔路径

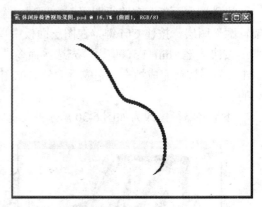

图 6-34　填充扶手曲面 1

使用同样的方法制作出另一侧的扶手曲面，在图层面板中将其命名为"扶手曲面 2"，如图 6-35 所示。

"支架轮廓"图层在绘图过程中起的是一个底子的作用，此时发现刚绘制出来的"扶手曲面 1"和"扶手曲面 2"图层在其右侧部分可能与底部的"支架轮廓"图层发生一定的交错。如图 6-36 所示，黄色的部分是"扶手曲面 1"，右侧褐色的部分是"支架轮廓"图层，而这些部分是应该被遮挡在"扶手曲面 1"下方的。

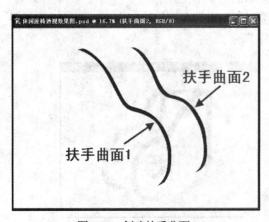

图 6-35　创建扶手曲面 2

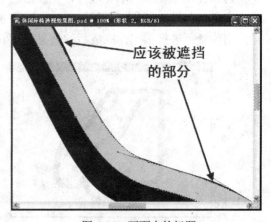

图 6-36　画面中的问题

在图层面板中激活"支架轮廓"图层，按住 Ctrl 键，在图层面板中单击"扶手曲面 1"

图层，将"扶手曲面 1"图层的范围作为选区载入。

　　按 Ctrl+Shift+I 组合键，使用"反选选区"命令，将选区反选，在工具栏中选择 （橡皮擦）工具，将"支架轮廓"图层上超出选区右侧的区域删除掉，完成后的效果如图 6-37 所示，"支架轮廓"图层中该被遮挡起来的部分都看不到了。

　　使用同样的方法对"扶手曲面 1"图层下方的"支架轮廓"图层进行修改，完成后的效果如图 6-38 所示。

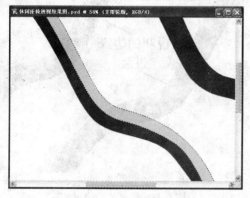

图 6-37　修整图层

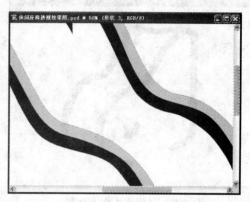

图 6-38　修整图层

　　下面对两个扶手曲面图层进行修改，以使其显示出曲面起伏的感觉。在工具栏中选择 （减淡）工具，在减淡工具的属性栏中将笔的类型调整为直径较大的喷笔，将"范围"调整为高光，将"曝光度"调整为 15%，如图 6-39 所示。

图 6-39　设置减淡工具

　　对"扶手曲面"上凸起的部分添加减淡修改，完成修改后可以隐约地感受到扶手曲面的走势，如图 6-40 所示。

　　在完成减淡修改之后，在工具栏中选择 （加深）工具，对扶手曲面上向内凹的部分添加一个加深的修改，如图 6-41 所示。

图 6-40　添加减淡修改

图 6-41　添加加深修改

这里介绍了两个扶手曲面的绘制方法，相信大家已经知道该如何绘制其他的曲面效果了。这里使用的方法就是先为图层填充一个基本色，然后根据曲面的走向使用加深和减淡工具进行调整，完成后的支架效果如图 6-42 所示。

到此基本上已经完成了椅子的整体明暗效果的创建，到这一步已经能够清晰地看清椅子表面的走向了。但是会发现椅子面与面之间的交接处显得非常锐利，如图 6-43 所示。

图 6-42 休闲座椅整体效果   图 6-43 锐利的边缘过渡

大家都知道在家具设计中应该尽量避免锋利的边缘，而且在手绘草图中，椅子的边缘也是非常光滑的，那么该如何处理呢？

进入图层面板，按住 Ctrl 键，在图层面板中单击"扶手曲面 1"图层，将"扶手曲面 1"图层的范围作为选区载入。在菜单栏中单击"选择"→"羽化"命令，在弹出的"羽化选区"对话框中将"羽化半径"设定为 5，如图 6-44 所示，单击"好"按钮，完成羽化命令。

在工具栏中单击🔲（矩形）选框工具，按住向右的方向键将选区向右侧移动一些，如图 6-45 所示。

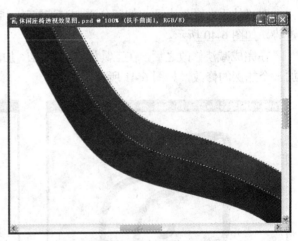

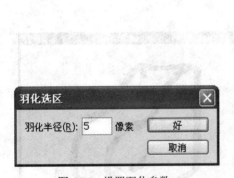

图 6-44 设置羽化参数   图 6-45 移动选区

按快捷键 Ctrl+Shift+I 使用"反选选区"命令，按 Delete 键，将反选后的选区删除掉，完成后的效果如图 6-46 所示，可以发现在曲面的边缘已经出现了平滑的过渡。

使用刚才讲过的方法，对椅子外轮廓上其他有曲面过渡的地方进行修改，完成后的效果如图 6-47 所示，可以发现椅子的效果更加真实了。

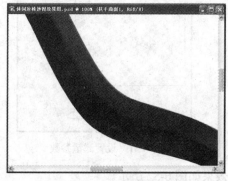

图 6-46　光滑的曲面过渡

图 6-47　完成曲面边缘调整的椅子

现在支架的总体效果已经很不错了，但是椅子似乎还缺少一点神采，那就是还缺少曲面转折处的高光，如图 6-48 所示。

在工具栏中选择 （钢笔）工具，在扶手的曲面转折部分绘制出如图 6-49 所示的高光区域。

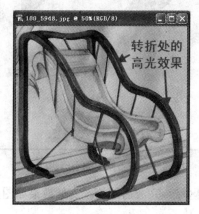

图 6-48　转折处的高光效果

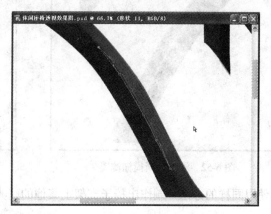

图 6-49　绘制路径

进入图层面板，在刚绘制出的高光区域路径的下方，创建出一个新的图层，命名为"高光区域 1"。

激活"高光区域 1"图层，按住 Ctrl 键，在图层面板中单击刚绘制出的高光区域的路径，将路径的范围作为选区载入。

在工具栏中将前景色更改为白色，按 Shift+F5 快捷键使用填充命令，在弹出的填充对话框中选择使用"前景色"进行填充，填充后的效果如图 6-50 所示。

在完成对高光图层的填充之后会发现，现在的高光效果显得太亮，而且特别生硬，那么如何解决这个问题呢？

相信大家都会想到之前使用过的羽化和删除选区的办法，这个方法确实能达到比较好的效果。但是这里介绍一种新方法。在图层面板中选择"高光区域 1"图层，在菜单栏中单击"滤镜"→"模糊"→"高斯模糊"命令，如图 6-51 所示设置高斯模糊的参数。

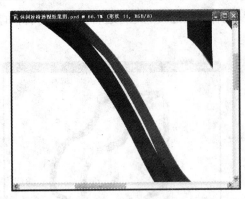

图 6-50　填充高光图层　　　　　　图 6-51　设置滤镜参数

　　单击"好"按钮，完成模糊操作，完成后的效果如图 6-52 所示。

　　在使用高斯模糊滤镜之后，可以发现在高光区域的边缘出现了均匀的模糊效果，但是高光区域仍然显得有些太亮。进入图层面板，将"高光区域 1"图层的不透明度调整为 40，这时高光区域显得比较柔和，如图 6-53 所示。

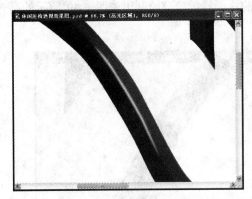

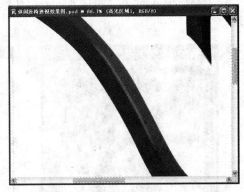

图 6-52　添加高斯模糊滤镜　　　　　　图 6-53　调整图层的不透明度

　　使用同样的方法，制作出椅子支架上其他的高光区域，完成后的椅子支架效果如图 6-54 所示。

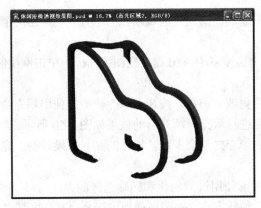

图 6-54　添加高光区域

6.3.3 绘制座椅部分

到此基本上完成了座椅支架的制作，下面绘制这个休闲座椅的座椅部分。在工具栏中选择 （钢笔）工具，在草图的辅助下，绘制出座椅部分的轮廓。这个座椅的底部设计得比较复杂，稍微将它简化一下，如图 6-55 所示。

进入图层面板，在刚绘制出的座椅轮廓路径的下方创建出一个新的图层，并命名为"座椅轮廓"。

激活"座椅轮廓"图层，按住 Ctrl 键，在图层面板中单击刚绘制出的座椅轮廓区域的路径，将路径的范围作为选区载入。

在工具栏中单击前景色按钮，在弹出的"拾色器"对话框中，将前景色调整为 R/G/B 值为 255/240/180 的淡黄色，如图 6-56 所示。

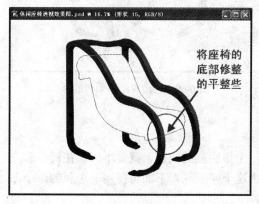

图 6-55 绘制座椅轮廓

图 6-56 调整前景色

按 Shift+F5 快捷键使用填充命令，在弹出的填充对话框中选择使用"前景色"进行填充，填充后的效果如图 6-57 所示。

使用在绘制座椅支架时用过的方法，先将座椅部分的体量关系和明暗面表现出来，如图 6-58 所示。

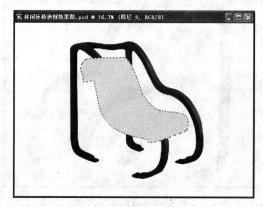

图 6-57 填充座椅轮廓

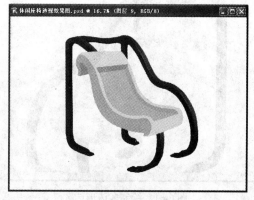

图 6-58 绘制大概的座椅效果

在工具栏中选择 （加深）工具和 （减淡）工具，对座椅的曲面效果进行进一步的调整，完成后的效果如图6-59所示。

在使用加深工具和减淡工具对座椅的曲面效果完成进一步的修改之后，可以使用之前使用过的羽化工具对曲面的边缘进行修改，使面与面之间的过渡更加柔和，完成后的效果如图6-60所示。

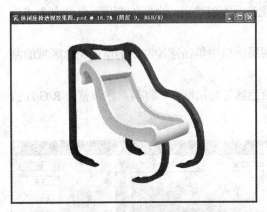
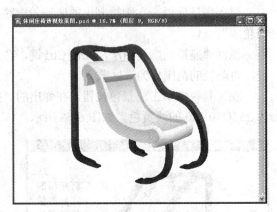

图6-59　使用加深工具和减淡工具进一步调整　　　　图6-60　为边缘添加柔和过渡

6.3.4　细节处理

到这里就完成了座椅效果的绘制，但是存在一个很明显的问题，就是本应该在椅子前方的第一个支架，现在被挡在座椅的后面。如何解决这个问题呢？下面将使用一个新的命令，就是"通过拷贝的图层"命令。

在工具栏中选择 （多边形套索）工具，在画布中绘制出如图6-61所示的多边形选区。

进入图层面板，激活"支架轮廓"图层。在菜单栏中单击"图层"→"新建"→"通过拷贝的图层"命令，将"支架轮廓"图层在选区内的部分再复制出来一份，形成一个新图层，将这个新图层移动到座椅图层的上方，完成后的效果如图6-62所示。

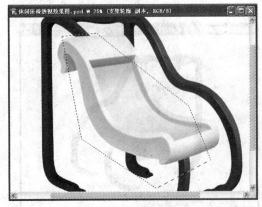
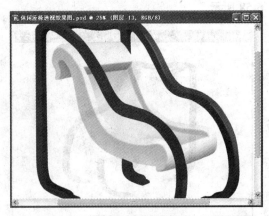

图6-61　绘制多边形选区　　　　　　　　　图6-62　复制图层区域

使用同样的方法，对被遮挡在椅子下方的"扶手曲面 1"图层进行修改，完成后的效果如图 6-63 所示。

在完成对"扶手曲面 1"的复制操作之后，进入图层面板中，将之前绘制出的扶手曲面1上方的两个高光部分移动到新复制出的扶手曲面1图层的上方，完成后的效果如图 6-64 所示。

　　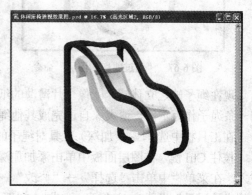

图 6-63　复制扶手曲面　　　　　　　　　图 6-64　调整高光图层

在使用"通过拷贝的图层"命令时，还有一个"通过剪切的图层"命令，这两个命令有什么区别呢？进入图层面板中将其他的图层暂时取消显示，仅剩下"支架轮廓"图层，在工具栏中选择 （多边形套索）工具，在画布中绘制出如图 6-65 所示的多边形选区。

进入图层面板，激活"支架轮廓"图层。在菜单栏中单击"图层"→"新建"→"通过拷贝的图层"命令，将"支架轮廓"图层在选区内的部分再复制出来一份，形成一个新图层。在工具栏中选择 （移动工具）将这个新图层向右移动一些，完成后的效果如图 6-66 所示。

　　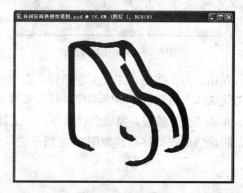

图 6-65　绘制多边形选区　　　　　　　　图 6-66　移动图层

可以看到使用"通过拷贝的图层"命令时是在原位置将选区内的图层又复制出来了一份，而不影响原来的图层效果。再使用"通过剪切的图层"命令，看看效果如何。同样使用绘制选区，移动图层的方法对座椅支架图层进行修改，会发现座椅的支架被刚绘制的选区剪切成两部分，如图 6-67 所示。

到此就完成休闲座椅整体效果的绘制了，接下来绘制出连接椅子和支架的绳子，首先绘制出代表绳子的面，并为它填充一种深褐色，完成后的效果如图 6-68 所示。

图 6-67　"通过剪切的图层"命令

图 6-68　绘制绳子轮廓

现在绳子缺乏立体感，就像一片薄薄的纸片。接下来要做的就是增强绳子的立体感，选择一条绳子作为示例，请大家自己完成其他绳子的制作。

在工具栏中选择 （加深）工具对绳子的下半部分进行一个加深处理，如图 6-69 所示。

按住 Ctrl 键，在图层面板中单击添加加深修改的绳子所在图层，将图层的范围作为选区载入。在菜单栏中单击"选择"→"修改"→"扩展"命令，在弹出的"扩展选区"对话框中将"扩展量"设置为 10 像素，如图 6-70 所示。

图 6-69　添加加深修改

图 6-70　设置扩展量

单击"好"按钮，完成扩展操作。在菜单栏中单击"选择"→"羽化"命令，在弹出的"羽化选区"对话框中将"羽化半径"设置为 5 像素，如图 6-71 所示。

单击"好"按钮，完成羽化命令。在工具栏中单击 ▦（矩形）选框工具，按向左的方向键，将选区向左侧移动到如图 6-72 所示的位置上。

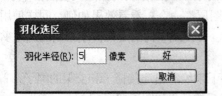

图 6-71　设置羽化量

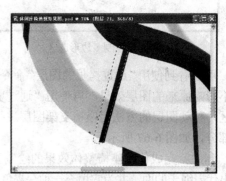

图 6-72　移动选区

按 Ctrl+Shift+I 组合键使用"反选选区"命令，在菜单栏中单击"图像"→"曲线"命令，在弹出的"曲线"对话框中将曲线修整为一条向下微凹的曲线，如图 6-73 所示。

添加曲线修改之后，可以发现绳子的右侧已经变暗了，如图 6-74 所示。

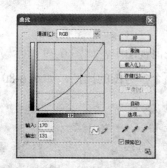

图 6-73　调整曲线形状

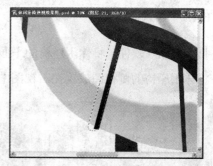

图 6-74　添加曲线修改

保持选区不变，按向右的方向键将选区向右侧移动到如图 6-75 所示的位置。

在菜单栏中单击"图像"→"曲线"命令，在弹出的"曲线"对话框中将曲线修整为一条向上微凸的曲线，如图 6-76 所示。

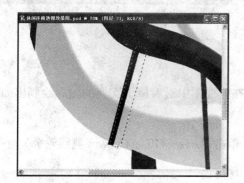

图 6-75　移动选区

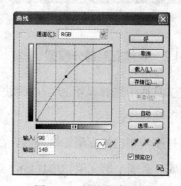

图 6-76　调整曲线形状

按 Ctrl+D 键取消选区，可以发现，在添加曲线修改之后绳子的左侧已经变亮了，这样绳子的形态就更加丰富了，如图 6-77 所示。

请大家自己完成剩余几根绳子的绘制，到此就完成了休闲座椅透视效果图的绘制。可以根据自己的喜好，再丰富一下场景的效果，完成后的效果如图 6-78 所示。

图 6-77　添加曲线修改

图 6-78　完成的椅子透视效果

6.4 用 Rhino 制作三维模型

6.4.1 导入建模参考

打开 Rhino 软件，将休闲座椅的平面效果图放置在前视图中，如图 6-79 所示。

将休闲座椅的侧视图放置在右视图中，注意调整两个参考图的比例，如图 6-80 所示。

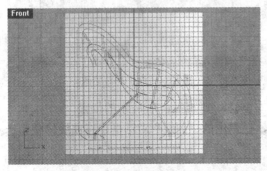

图 6-79 放置平面参考图

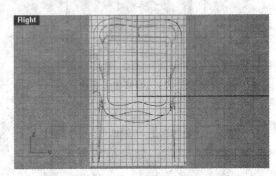

图 6-80 放置参考图

6.4.2 制作支架部分模型

在工具栏中选择 （控制点曲线）工具，在前视图中沿着椅子支架的轮廓绘制出如图 6-81 所示的曲线。

选择刚绘制出的支架轮廓曲线，在菜单栏中单击 Curve→Offset Curve（典线轮廓）命令，向内生成一条缩小的支架轮廓曲线，如图 6-82 所示。

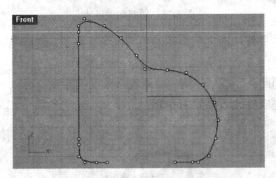

图 6-81 绘制控制点曲线

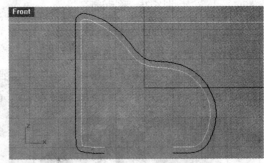

图 6-82 生成缩小的轮廓曲线

大家会发现刚生成的这条缩小的轮廓曲线在圆角过渡的地方显得非常不圆滑，如图 6-83 所示。

选择较小的轮廓曲线，在工具栏中单击 Control Points On（显示控制点）按钮，显示曲线的控制点，会发现两个圆角处的控制点非常密集，如图 6-84 所示。

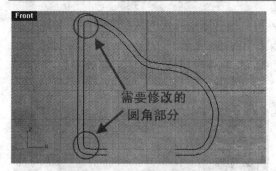

图 6-83 需要修改的圆角部分

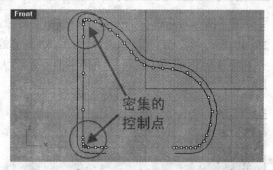

图 6-84 密集的控制点

选择部分控制点，将其删除掉，并适当地调整圆角处控制点的位置，完成后的效果如图 6-85 所示，大家会发现圆角处平滑多了。

在工具栏中选择 （控制点曲线）工具，在支架轮廓的底部绘制如图 6-86 所示的两段曲线。

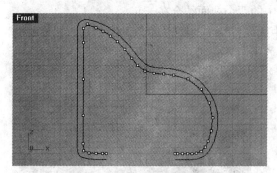

图 6-85 调整圆角处的控制点

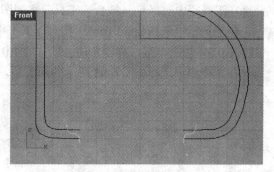

图 6-86 绘制曲线

选择曲面工具栏中的 Extrude（挤压）工具，在参数栏中输入 B，打开双面挤压功能。在前视图中选择刚绘制出的四条曲线，右击完成曲线的选择。切换到右视图中，参考椅子的宽度，将曲面挤压到如图 6-87 所示的宽度。

切换到透视图中，在工具栏中选择 Trim（剪切）工具，在 Select Cutting Objects（选择剪切物体）时，选择刚挤压出的两个小曲面，右击完成选择，如图 6-88 所示。

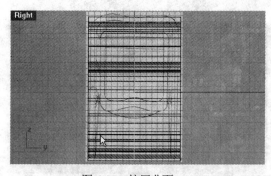

图 6-87 挤压曲面

图 6-88 剪切曲面

在 Select Object to Trim（选择被剪切对象）时，选择刚挤压出的两个大轮廓曲面超出小曲面的部分，右击完成剪切操作，完成后的效果如图 6-89 所示。

再次使用剪切工具，将两个小曲面超出大曲面的部分剪切掉，完成后的效果如图 6-90 所示。

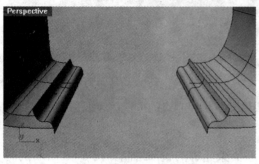

图 6-89　剪切曲面

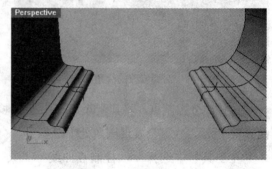

图 6-90　剪切曲面

在工具栏中选择 ⬚（结合）工具，将视图中的四个曲面结合在一起。

在工具栏中选择 Solid Tools（实体工具）中的 ⬚ Fillet Edge（边缘倒角）工具，在参数栏中输入 0.5，按回车键，将倒角值由默认的 1.0 修改为 0.5，如图 6-91 所示。

在透视图中选择如图 6-92 所示的两条边，被选中的边将以黄色显示。

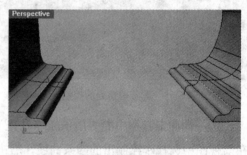

```
Select edges to fillet ( Radius=1 ):
Select edges to fillet. Press Enter when done ( Radius=1 ): 0.5
```

图 6-91　修改倒角值

图 6-92　选择边缘

右击完成倒角操作，完成后的效果如图 6-93 所示。

再次选择倒角工具，将倒角值修改为 0.2。选择底部的两条边，右击完成倒角操作，如图 6-94 所示。

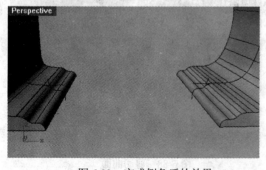

图 6-93　完成倒角后的效果

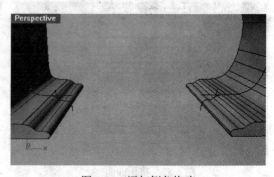

图 6-94　添加倒角修改

在工具栏中选择 Solid Tools（实体工具）中的 Cap Planar Holes（封平面洞）工具，在视图中选择刚完成了倒角操作的曲面，右击完成封洞的操作，如图 6-95 所示。

切换到顶视图中，在工具栏中选择 Polyline（折线）工具，绘制出如图 6-96 所示的折线。

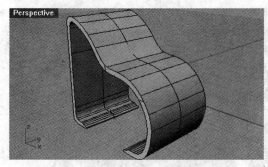

图 6-95　完成封洞操作

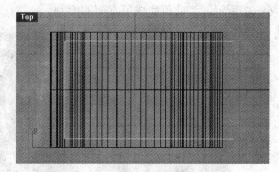

图 6-96　绘制折线

切换到前视图中，在工具栏中选择 Extrude（挤压）工具，将曲面的高度挤压得超过椅子支架的高度，如图 6-97 所示。

在工具栏中选择 Trim（剪切）工具，使用刚挤压出来的曲面将支架轮廓曲面位于其中的部分剪切掉，如图 6-98 所示。

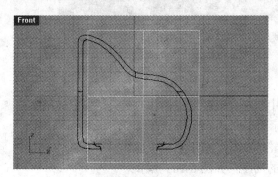

图 6-97　挤压曲面

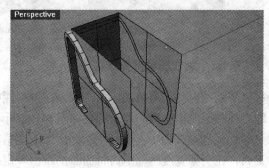

图 6-98　剪切曲面

再次选择 Trim（剪切）工具，使用刚被剪切过的支架轮廓曲面将挤压曲面超出支架轮廓的部分剪切掉，完成后的效果如图 6-99 所示。

使用同样的办法，将座椅支架背面的空隙剪切出来，完成的效果如图 6-100 所示。

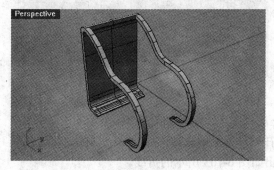

图 6-99　剪切曲面

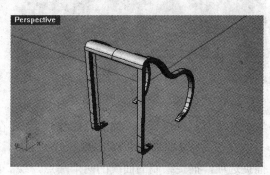

图 6-100　剪切支架背部的曲面

在工具栏中选择 ▣（结合）工具，框选视图中的所有曲面，右击将视图中的所有曲面结合在一起。

在工具栏中选择 Solid Tools（实体工具）中的 ▢ Fillet Edge（边缘倒角）工具，将倒角值修改为 0.1。在视图中选择休闲座椅支架的边缘部分，右击完成倒角操作，完成后的效果如图 6-101 所示，到此就完成了支架的绘制。

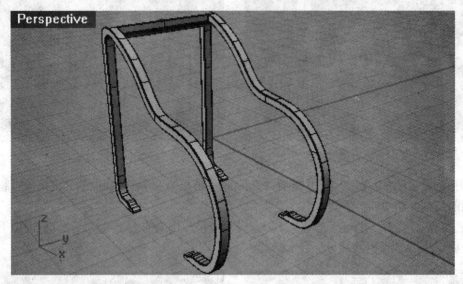

图 6-101　完成倒角的支架效果

6.4.3　制作座椅部分模型

下面绘制休闲座椅的座椅部分。在工具栏中选择 ↗（控制点曲线）工具，参照休闲座椅的侧视图绘制出座椅的外轮廓，如图 6-102 所示。

切换到顶视图中，选择刚绘制出来的座椅轮廓曲线，在工具栏中选择 ▤ Extrude（挤压）工具，在支架宽度的范围内将曲面挤压出一定的高度，如图 6-103 所示。

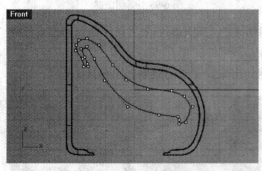

图 6-102　绘制座椅侧面轮廓

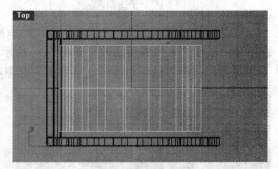

图 6-103　挤压曲面

在工具栏中选择 ↗（控制点曲线）工具，在前视图中绘制出如图 6-104 所示的一条曲线。

在工具栏中选择 ⋀ Polyline（折线）工具，在软件界面的底部开启 Osnap 功能，勾选 End 捕捉选项，捕捉绘制的曲线的两个端点，绘制出如图 6-105 所示的折线。

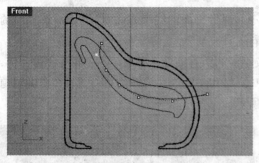
图 6-104　绘制曲线

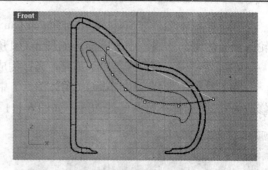
图 6-105　绘制折线

在工具栏中选择 （结合）工具，在视图中选择刚绘制出的两条线段，右击，将它们结合在一起。

选择结合在一起的线段，在工具栏中选择 Extrude（挤压）工具，生成一个宽度小于座椅的挤压曲面，如图 6-106 所示。

选择刚生成的挤压曲面，在工具栏中选择 Solid Tools（实体工具）中的 Cap Planar Holes（封平面洞）工具，完成封洞操作的效果如图 6-107 所示。

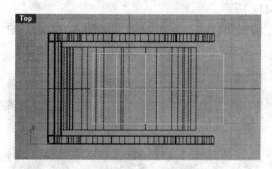
图 6-106　生成挤压曲面

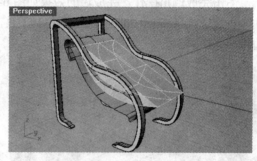
图 6-107　生成封洞平面

在工具栏中选择 Split（分割）工具，在 Select Objects to Split（选择被分割物体）时选择座椅的轮廓曲面，在 Select Cutting Objects（选择切割物体）时选择刚完成封洞操作的曲面，右击完成分割操作，将被分割出来的小曲面删除掉，如图 6-108 所示。

在工具栏中选择 Trim（剪切）工具，在 Select Cutting Objects（选择剪切对象）时选择座椅的轮廓曲面，在 Select Objects to Split（选择被剪切对象）时选择封洞曲面超出座椅轮廓曲面的部分，右击完成剪切操作，完成后的效果如图 6-109 所示。

图 6-108　分割曲面

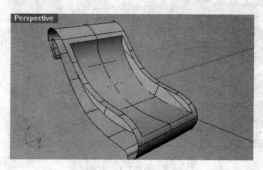
图 6-109　剪切曲面

在工具栏中选择 Surface From Planar Curves（通过平面曲线生成曲面）工具，选择座椅轮廓曲面两侧的曲线，生成曲面，如图 6-110 所示。

在工具栏中选择 （结合）工具，选择构成座椅的所有曲面，右击，将它们结合为一体。

在工具栏中选择 Solid Tools（实体工具）中的 Fillet Edge（边缘倒角）工具，将倒角值修改为 0.2。选择座椅两侧的边缘，如图 6-111 所示。

图 6-110　生成曲面

图 6-111　选择边缘倒角

右击完成倒角操作，完成后的效果如图 6-112 所示。

再次选择 Fillet Edge（边缘倒角）工具，将倒角值修改为 0.1，选择如图 6-113 所示的边缘部分。

图 6-112　完成倒角操作

图 6-113　选择边缘倒角

右击完成倒角操作，如图 6-114 所示。

将座椅的支架显示出来，到此基本上完成了这个休闲座椅的制作，如图 6-115 所示。

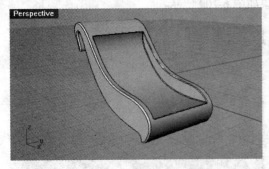

图 6-114　完成倒角操作

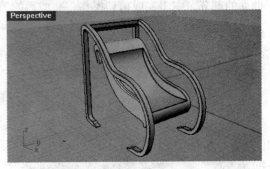

图 6-115　当前完成的效果

最后制作连接座椅和支架的绳子。在工具栏中选择 🔧（控制点曲线）工具，在视图中模仿绳子的形态绘制出一条曲线，注意在不同的视图中调整曲线的形状，如图 6-116 所示。

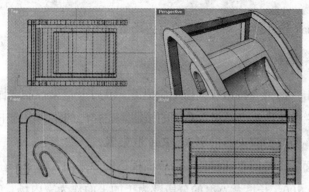

图 6-116　绘制曲线

选择绘制好的曲线，在工具栏中选择 Solid（实体）工具栏中的 🔧 Pipe（管）命令，在参数栏中将管子的半径设置为 0.15，右击生成管状体，如图 6-117 所示。

使用同样的方法制作出剩余的 3 条绳子，完成后的效果如图 6-118 所示，到此就完成了休闲座椅模型的制作。

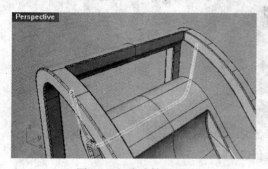

图 6-117　生成管子

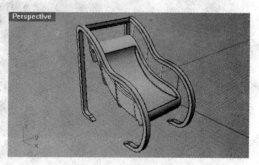

图 6-118　完成的座椅效果

6.4.4　导出模型

现在从 Rhino 中输出模型用来渲染。右击 Hide（隐藏）按钮，将所有的部件解除隐藏。在 Select（选择）工具栏中选择 Select Curves（选择曲线）命令，选择视图中的所有曲线，单击隐藏按钮，将所有的曲线隐藏起来。

在菜单栏中单击 File→Export Selected（输出选择的物体）命令，全选视图中的所有物体，右击完成选择。在弹出的 Export 对话框中将文件命名为 MP3，将模型的格式选择为 3ds 格式，单击"保存"按钮，开始输出，在弹出的 Polygon Mesh Options（多边形网格选项）对话框中，将模型的精细程度选择为中等，如图 6-119 所示。

单击 OK 按钮，开始输出模型，等待一段时间，在完成模型的输出之后，就可以关闭 Rhino 软件了。

图 6-119　设置输出精度

6.5 用 3ds max 完成模型的渲染

下面利用 3ds max 软件创建一个简单的室内场景用于模型的渲染。

6.5.1 创建渲染场景

在工具栏中单击"渲染"按钮或者按下快捷键 F10 打开渲染控制面板，在"公用面板"的"指定渲染器"栏中单击"产品级"右侧的按钮。在弹出的菜单中选中 VRay 渲染器并单击"确定"按钮，将当前的渲染器指定为 VRay 渲染器。

进入创建命令面板，使用"几何体"命令面板下的"平面"命令，在顶视图中创建一个长度为 125，宽度为 200，长度和宽度的分段都为 1 的平面作为室内场景的地板，如图 6-120 所示。

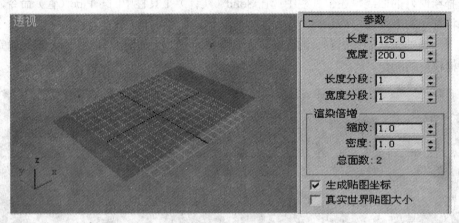

图 6-120 创建地板

单击工具栏中的 ✛（选择并移动）工具，按住键盘上的 Shift 键沿 Z 轴方向复制出一个平面，作为场景的天花板，并调整其与地面的距离，如图 6-121 所示。

按照上述方法创建室内的墙壁，并调整到合适的位置，如图 6-122 所示。

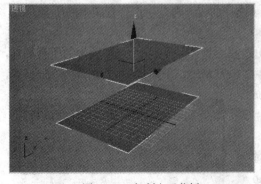

图 6-121 复制出天花板

图 6-122 创建室内墙壁

继续创建平面和长方体物体，创建出场景的窗台和方柱部分，如图 6-123 所示。

进一步丰富窗台，使用长方体创建出窗棂部分，效果如图 6-124 所示。

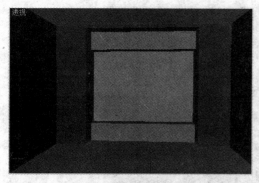

图 6-123　创建窗台和方柱　　　　　　　　图 6-124　创建窗棂

打开附赠资料，选择"窗帘"文件，按住鼠标左键不放将其拖入场景，在弹出的对话框中选择"合并文件"命令，如图 6-125 所示。

在将窗帘导入场景以后，调节其位置，并复制出对称的另一半，效果如图 6-126 所示。

图 6-125　"合并文件"命令　　　　　图 6-126　导入窗帘模型

参照导入窗帘的方法，导入附赠资料文件中的"植物"模型，复制一个并调整位置，如图 6-127 所示。

按照同样的方法在场景中导入"圆桌"、"水果"和"杂志"等模型，调整位置后的效果如图 6-128 所示。

图 6-127　导入植物模型　　　　　　　　图 6-128　导入圆桌模型

至此，室内场景已经创建完成。最后，导入椅子的模型，并调整其位置大小，如图 6-129 所示。

图 6-129   导入椅子模型

6.5.2   创建场景灯光

下面设置场景的灯光。分析场景可以知道，场景的主要采光区是窗口，这个区域的光源最强。为了增加场景的真实度，需要为其增加从窗口射入的太阳光。

下面编辑 VRaySun 灯光。在命令面板的灯光面板下拉菜单中选择 VRay，单击 VRaySun 按钮，在视图中创建一盏 VRaySun 灯光，位置如图 6-130 所示。

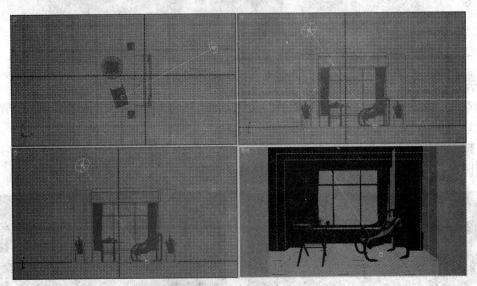

图 6-130   创建 VRaySun

进入修改命令面板，如图 6-131 所示调节 VRaySun 的参数。

在命令面板的灯光面板下拉菜单中选择 VRay，单击 VRayLight 按钮，如图 6-132 所示设置灯光的参数。

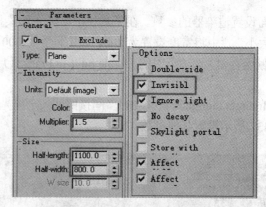

图 6-131 调节 VRaySun 参数   图 6-132 调节 VRayLight 参数

在左视图中创建一盏 VRayLight，大小为刚才设置的值，如图 6-133 所示调整灯光位置。

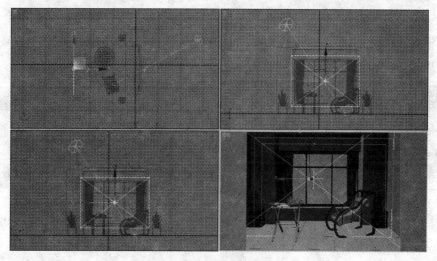

图 6-133 创建 VRayLight

下面为视图创建摄像机，在透视图中调节视图的位置，直到满意，然后单击菜单栏中的"创建"→"摄像机"→"从视图创建摄像机"命令或者使用快捷键 Ctrl+C，如图 6-134 所示。创建出的摄像机视图如图 6-135 所示，到此就完成了场景和灯光的布置。

图 6-134 创建摄像机

图 6-135 摄像机视图

下面设置渲染器的参数。在工具栏中单击 渲染按钮打开渲染设置对话框，在公用面板"输出大小"栏中将宽度设置为 800，高度设置为 600。单击渲染器面板，勾选 V-Ray: Frame buffer（帧缓存器）选项组中的 Enable built-in Frame（启用内置帧缓冲区）复选框，如图 6-136 所示。

在 Indirect illumination （GI）"间接照明（全局光）"卷展栏中勾选 ON，打开全局照明，如图 6-137 所示设置其他参数。

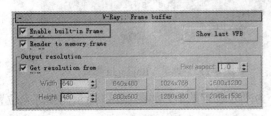

图 6-136　启用内置帧缓冲区　　　　　　　图 6-137　设置渲染参数

如图 6-138 所示，在 V-Ray::Irradiance map 卷展栏中设置渲染的参数。然后在 V-Ray::Environment 中勾选 On 启用环境光，如图 6-139 所示。

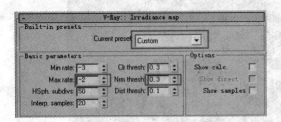

图 6-138　设置渲染参数　　　　　　　图 6-139　调节环境光

6.5.3　编辑室内场景材质

首先，编辑墙面的乳胶漆材质。在主工具栏中单击 （材质编辑器）按钮或者按下快捷键 M 弹出材质编辑器。选择一个材质球，将其名称改为"乳胶漆"，将材质的类型更改为 VRayMtl 材质，如图 6-140 所示设置材质的基础参数。

这样就完成了乳胶漆材质的编辑，在场景中选择侧壁和上壁方柱，然后单击 将材质赋予创建的场景，效果如图 6-141 所示。

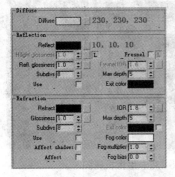

图 6-140　设置乳胶漆材质的基础参数　　　　图 6-141　赋予墙壁材质

下面编辑抛光地砖材质。打开材质编辑器，选择一个新的样本球并将其重命名为"抛光地砖"，单击 Standard 按钮，在弹出的"材质/贴图浏览器"中双击 VRayMtl 材质。因为地砖具有比较强的反光性质，在 Reflection 面板中将 Reflect 值改为 R/G/B 值均为 80 的灰色，并且将 Refl.glossiness 值调为 0.95 以增加反射模糊效果，如图 6-142 所示。

在 Map 面板中，单击漫反射后的 None 按钮，在弹出的"材质/贴图浏览器"中双击"位图"，选择附赠资料中所带的"地砖"贴图。在"坐标"卷展栏中调节平铺值为 U:8.0、V:5.0，如图 6-143 所示。

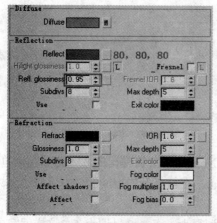

图 6-142　调节反射值

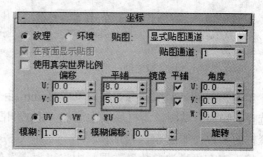

图 6-143　调节平铺值

单击 按钮转到父层级，在 Map 卷展栏中单击并拖动 Diffuse 后的贴图按钮到 Bump（凸凹）通道后的按钮上，在弹出的"复制（实例）贴图"对话框中选择"实例"，并单击"确定"按钮，如图 6-144 所示。

因为贴图四边有一周的黑边，复制到凹凸贴图通道后就增加了每块地砖边界的塌陷的感觉，调节 Bump 的数值为 50，编辑好的材质球如图 6-145 所示。

图 6-144　复制贴图

图 6-145　抛光地板的材质球

可以看到除了光线比较弱外，渲染出来的地板材质效果还是比较让人满意的。下面将对窗帘材质进行简单的编辑，打开材质编辑器，选择一个新的材质球，将其赋予场景中的"窗帘"。单击 Standard 按钮，在弹出的"材质/贴图浏览器"中双击 VRayMtl 材质。将 Reflection 选项和 Refraction 选项中的 Subdivs（细分值）都调为 40，如图 6-146 所示。

在 BEDF 卷展栏中将类型改为 Phong，其余的参数保持不变。在 Map 卷展栏中，单击

Diffuse 后的 None 按钮，在弹出的"材质/贴图浏览器"中选择"衰减"贴图。在新打开的控制面板中调节"衰减参数"卷展栏的数值，如图 6-147 所示。

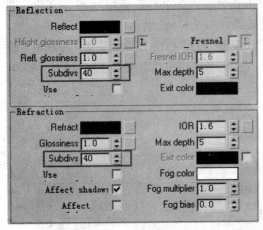

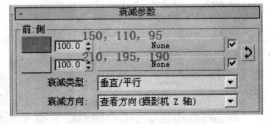

图 6-146　调节细分值　　　　　　　　　　　　图 6-147　调节衰减参数

　　单击 按钮转到父对象，然后单击 Bump 后的 None 按钮，在弹出的"材质/贴图浏览器"中选择"噪波"贴图，为材质表面增加一定的凹凸感。在新打开的控制面板中调节"坐标"卷展栏的参数，如图 6-148 所示。

　　接下来在"噪波参数"卷展栏中将"大小"值调得小一点，这里调为 5，这样就完成了窗帘材质的编辑，编辑好的材质球效果如图 6-149 所示。

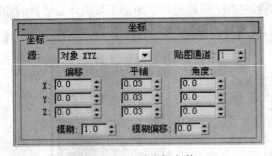

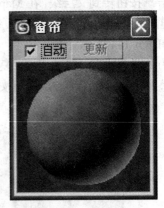

图 6-148　调节坐标参数　　　　　　　　　　图 6-149　窗帘材质

6.5.4　编辑圆桌材质

　　圆桌主要是由玻璃和金属两种材质组成的。玻璃是建筑设计和工业设计中常用的材质，掌握玻璃材质的编辑对以后的设计表现是非常重要的，下面先来编辑玻璃材质。

　　选择一个新的材质球，将其赋予场景中的"桌面"，打开材质编辑器，选择一个新的样本球，并将其改名为"桌面"。单击 Standard 按钮，在弹出的"材质/贴图浏览器"中双击 VRayMtl 材质。将 Diffuse 颜色设置为黑色，在 Reflection 选项和 Refraction 选项中分别将 Reflect 和 Refract 的颜色改为白色，在 Reflection 选项中将"Refl.glossiness（光泽度）"的数值调为 0.9，将“Subdivs（细分值）”改为 3。在 Refraction 选项中将“Subdivs（细分值）”改为 50，并将“IOR（折射率）”调为 1.5，如图 6-150 所示。

单击 Reflect 后的 None 按钮，在弹出的“材质/贴图浏览器”中选择“衰减”贴图。在衰减贴图设置卷展栏中首先将前：侧的颜色进行交换，将衰减类型设置为 Fresnel，注意去掉“Fresnel 参数”下方的对号，如图 6-151 所示。

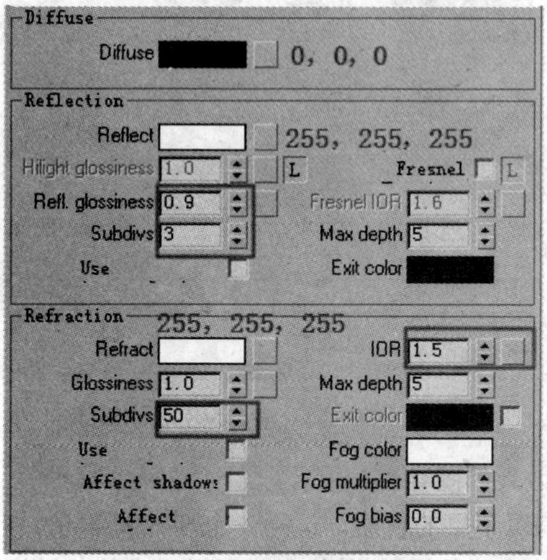

图 6-150　调节反射折射值

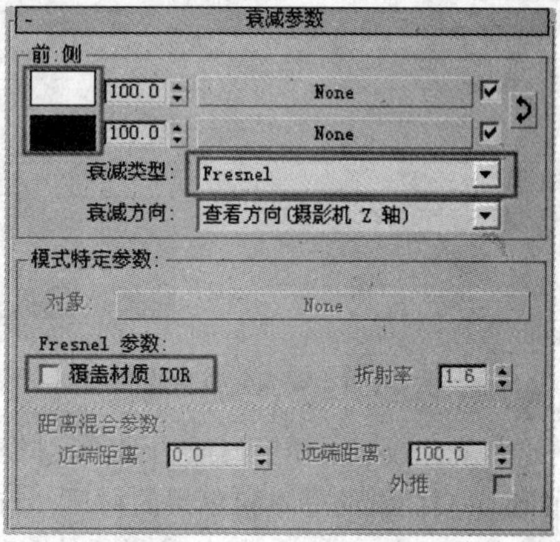

图 6-151　设置衰减参数

单击按钮转到父层级，在“Reflect interpolation（反射插值）”选项和“Refract interpolation（折射插值）”选项中，将“Min rate（最小比率）”和“Max rate（最大比率）”的数值分别调为-3、0，这样会增加玻璃材质的渲染效果，但是相应地会使渲染时间变长，如图 6-152 所示。

这样就完成了玻璃材质的编辑，效果如图 6-153 所示。

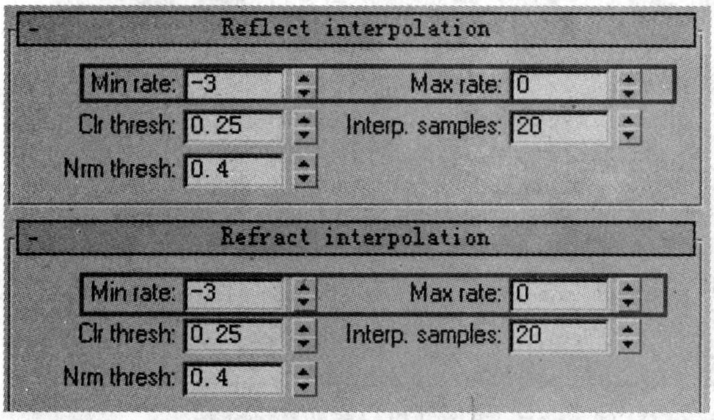

图 6-152　调节反射插值和折射插值

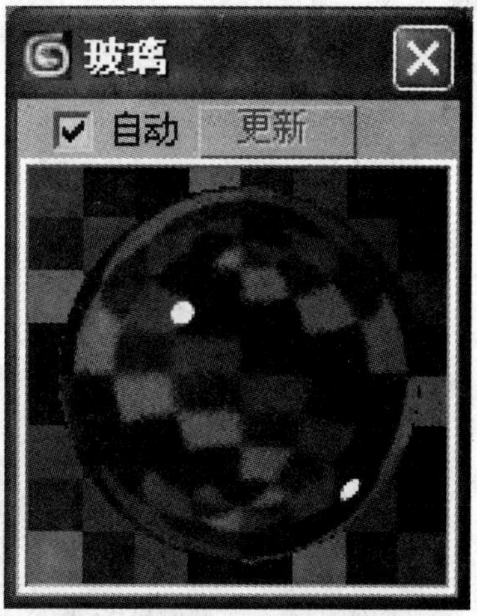

图 6-153　编辑好的玻璃材质球

接着编辑不锈钢材质，选择一个新的材质球，将其重命名为不锈钢，将其赋予桌腿，在明暗器基本参数栏中将明暗器类型调为“金属”，在“金属基本参数”中将漫反射调为一种浅灰色，并将"高光级别"和"光泽度"分别调为 75 和 90，如图 6-154 所示。

在 Map 卷展栏中为"反射"通道增加一个 VRayMap 贴图，将其数量调为 70，其他各项参数保持不变，如图 6-155 所示。

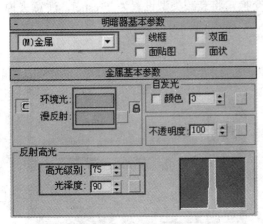

图 6-154　调节金属参数　　　　　　　　　图 6-155　增加 VRay 贴图

这时就完成了不锈钢材质的编辑，材质球效果如图 6-156 所示。

下面编辑桌面上的书本和苹果的材质，首先编辑苹果的材质。选择一个新的材质球，将材质的类型设置为 VRayMtl，将该材质的名称更改为"苹果"，并将它赋予场景中的苹果物体。

如图 6-157 所示，设置苹果材质的基础参数。

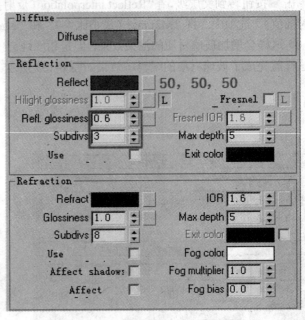

图 6-156　不锈钢材质球　　　　　　　　　图 6-157　设置苹果材质的基础参数

单击 Diffuse 色块后方的贴图按钮，在弹出的"材质/贴图浏览器"中选择"渐变"贴图，如图 6-158 所示设置渐变贴图的参数。

下面编辑桌面上书本的材质。选择一个新的材质球，将材质的类型设置为"多维/子对象"

材质，将材质的数量设置为 3。

　　进入修改命令面板，单击 ■ 按钮，进入多边形次物体层级。选择书本的封面和封底，将材质的 ID 设置为 1，如图 6-159 所示。

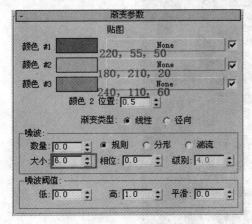

图 6-158　设置渐变贴图的参数

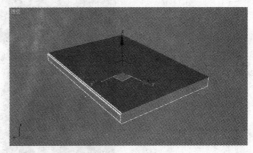

图 6-159　设置材质 ID

　　选择书本的侧面的装帧部分，将材质的 ID 号设置为 3，如图 6-160 所示。
　　选择剩余的书本边缘，将材质的 ID 号设置为 2，如图 6-161 所示。

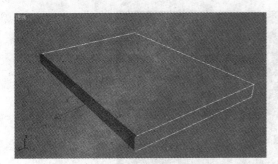

图 6-160　设置材质 ID

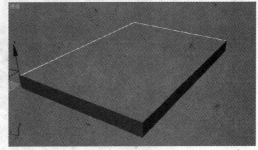

图 6-161　设置材质 ID

　　将"多维/子对象"材质的材质 1 设置为 VRayMtl 材质，在 Reflection 卷展栏中将 Reflect 颜色设置为 R/G/B 值均为 60 的灰色。单击 Diffuse 色块后方的贴图按钮，在弹出的材质/贴图浏览器中选择位图，然后选择附赠资料中的"封面.jpg"文件，如图 6-162 所示。

　　将"多维/子对象"材质的材质 2 设置为 VRayMtl 材质，在 Diffuse 卷展栏中将 Diffuse 颜色设置为 R/G/B 值均为 210 的浅灰色，在 Reflection 卷展栏中将 Reflect 颜色设置为 R/G/B 值均为 60 的灰色。

　　将"多维/子对象"材质的材质 2 设置为 VRayMtl 材质，在 Reflection 卷展栏中将 Reflect 颜色设置为 R/G/B 值均为 60 的灰色。单击 Diffuse 色块后方的贴图按钮，在弹出的材质/贴图浏览器中选择位图，然后选择附赠资料中的"书本侧面.jpg"文件，完成后的书本效果如图 6-163 所示。

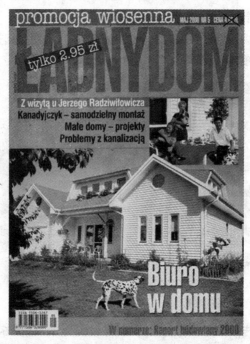

图 6-162　封面贴图

图 6-163　书本贴图效果

在场景材质的编辑时，要不断地渲染并修改参数，才能更好地理解各个参数在渲染时起的作用，最后获得比较好的渲染效果。

6.5.5　编辑椅子材质

椅子主要有两种材质，一个是高光的木材，另一个是柔软的坐垫。这两种材质也是设计中经常用到的，下面开始这两种材质的编辑。

下面编辑高光木材的材质，选择一个新的材质球，重命名为"高光木材"，选择场景中的椅子支架的部分，单击 赋予材质。单击 Standard 按钮，在弹出的"材质/贴图浏览器"中双击 VRayMtl 材质。在 Reflection 选项中的将 Reflect 值调为 R/G/B 值均为 15 的浅灰色。单击 Hilight glossiness 高光光泽度后的 L 将其激活，并改数值为 0.85，这样材质球就有了表明光滑反光的效果。将"Subdivs（细分值）"调为 3，如图 6-164 所示。

在 BRDF 卷展栏中将光泽类型改为 Ward，这样产生的高光更接近与真实木材的高光，如图 6-165 所示。

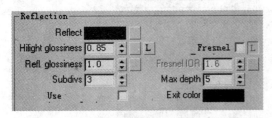

图 6-164　调节反射值

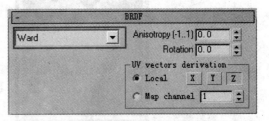

图 6-165　调节"BRDF"值

在 Map 卷展栏单击 Diffuse 后的 None 按钮，在弹出的"材质/贴图浏览器"中选择"位图"，然后选择附赠资料所带文件"支架贴图"。单击 按钮转到父层级，单击并拖动 Diffuse 后的"支架贴图"到 Bump 通道中，在弹出的"复制（实例）贴图"对话框中选择"实例"，并将 Bump 的数量调为 20。这样就完成了高光木材的编辑，效果如图 6-166 所示。

观察材质球可以看到材质球上面的木质的凹凸感还是比较真实的。下面编辑椅子坐垫的材质。

选择一个新的材质球，重命名为"坐垫"。选择场景中的椅子的坐垫部分，单击 按钮赋予材质。单击 Standard 按钮，在弹出的"材质/贴图浏览器"中双击 VRayMtl 材质。在 Map 卷展栏单击 Diffuse 后的 None 按钮，在弹出的"材质/贴图浏览器"中选择"位图"，然后选择附赠资料所带文件中的"座椅贴图"。调节"坐标"卷展栏中的平铺值，增加贴图的平铺数值，如图 6-167 所示。

图 6-166　高光木材材质球

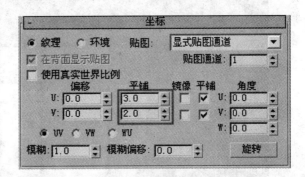

图 6-167　调节坐标值

单击 按钮转到父对象，单击并拖动 Diffuse 后的"座椅贴图"到 Bump 通道中，在弹出的"复制（实例）贴图"对话框中选择"实例"，因为椅子座垫材质比较粗糙，故将 Bump 的数量调大，增加它表面的凹凸程度，这里把数量调为 50，编辑完成后的材质球如图 6-168 所示。

选择坐垫的模型，单击 按钮，进入修改命令面板。在修改器下拉列表中选择"UVW 贴图"修改器，并将贴图的类型设置为"长方体"，如图 6-169 所示。

图 6-168　坐垫材质球

图 6-169　选择贴图模式

在菜单栏中单击"渲染"按钮，在弹出的下拉菜单中单击"环境"按钮，在弹出的环境设置对话框的背景栏中将背景颜色设置为 R/G/B 值为 200/220/255 的浅蓝色，如图 6-170 所示。

图 6-170　设置背景颜色

最后单击"渲染"按钮，得到最终的渲染效果如图 6-171 所示。

图 6-171　最终渲染效果

第 7 章 儿童电风扇设计

7.1 电风扇市场调查分析

本章将介绍一个面向儿童的电风扇的设计。面向儿童设计的产品有自身的特点，其应该拥有可爱、圆润的外观和鲜艳的色彩，这样会吸引儿童的注意力，使其对产品产生兴趣，使用的可靠性和安全性更是不可缺少的重要因素，贴心的细节设计将会陪伴孩子健康成长，也让家长放心。

7.2 绘制设计草图

7.2.1 仿生类设计

仿生设计是设计中一个非常重要的方向，尤其在针对儿童的设计中，仿生设计往往具有独特的吸引力。先来看几个具有仿生风格的设计。

首先设计的是一款类似外星人的设计，暂时将它戏称为 ET Fan，如图 7-1 所示。在这个设计中风扇部分和支架部分可以相互分离，风扇部分可以随着支架顶端的转轴旋转，这是之前的电扇设计所不具备的。更特别的是，这个风扇的整体外形很像一个可爱的外星人，小朋友一定会感觉到非常新颖，并喜欢上这个风扇。

第二款同样是一个仿生风格的设计，巧妙地借鉴了蜗牛的形态，将蜗牛的壳设计为电扇的扇叶部分，整体风格独特可爱，颜色单纯活泼，一定能够得到小朋友的喜欢，如图 7-2 所示。

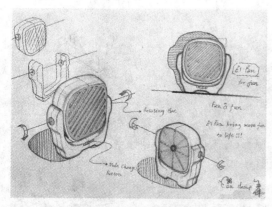

图 7-1 ET 电扇

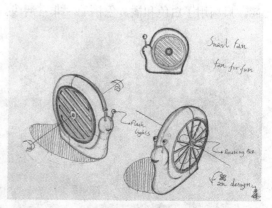

图 7-2 蜗牛电扇

　　第三款是一个非常可爱的设计，在几个仿生的设计中，笔者最喜欢的就是这个。笑得眯成一条线的眼睛和向上弯曲的嘴唇，抽象出一个可爱的卡通小猪的形象，看到的第一眼就能让儿童会心地一笑，如图 7-3 所示。

　　在仿生设计的过程中，怎能忘记了我们的国宝大熊猫。在第四款设计中，通过提炼熊猫身上最有特点的元素——耳朵和黑白的色彩，设计出一个可爱的熊猫风扇，憨厚的大熊猫带来的阵阵凉风定会得到小朋友的喜欢，如图 7-4 所示。

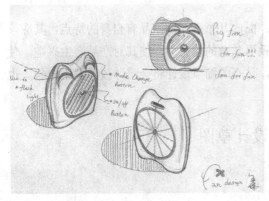 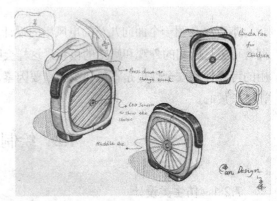

图 7-3　小猪电扇　　　　　　　　　　　　　　图 7-4　熊猫电扇

7.2.2　几何形态类设计

　　在看完仿生风格的设计之后，再来看看几个几何风格的设计。

　　在如图 7-5 所示的设计中，使用了两个圆形的组合，将电风扇的控制部分转移到小圆上，风扇只由这两个形状组合成，色调明快、简约的设计免去了烦琐的配饰，有着自己独特的装饰风格。

　　图 7-6 采用了两个圆柱的组合设计，但相同的元素组合不会让人觉得枯燥乏味，因为将两个圆柱做了非常规的搭配，上面一个圆柱较薄较大，将风扇的扇页安装在其中，扇页的转动给这个圆柱带来丝丝动感，下面的圆柱底面积较小较厚，这样的圆柱作为基座给人以安全感，风扇用了白色和橘黄色搭配，非常活泼。

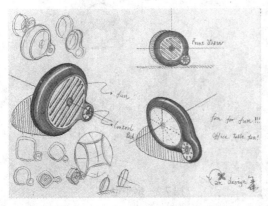 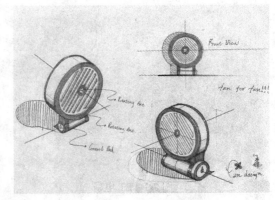

图 7-5　几何形态的风扇设计 1　　　　　　　　图 7-6　几何形态的风扇设计 2

如图 7-7 所示的设计不同于以上几个设计，将几何形融会在一起，整个风扇就是一个简单的几何形体，没有多余的线条。但是颜色上的搭配使得整个风扇并不呆板，使人觉得舒服自然。

如图 7-8 所示的风扇外形采用了单纯的方形结构，将扇页设计在方体的正面，方形的风扇主体用转轴和支座连接在一起，虽然风扇较为方正，但是运用了黄色和绿色、蓝色等色调，使风扇的风格变得活泼起来，加上扇页的外罩是斜方条，打破了都是方形的沉闷，为风扇增添了动感。

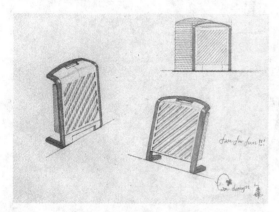 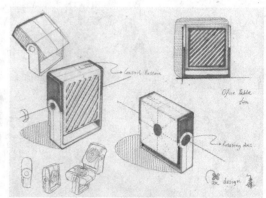

图 7-7　几何形态的风扇设计 3　　　　　图 7-8　几何形态的风扇设计 4

7.3　用 Photoshop 绘制平面效果图

7.3.1　导入参考草图

打开 Photoshop 软件，单击主菜单栏的"文件"→"新建"命令（快捷键 Ctrl+N），创建一个新的文件，在名称栏中将新文件的名字改为"电风扇平面图"，在预设栏中将画面的大小设置为 A4 纸的大小，"颜色模式"选择默认的 RGB 颜色，"背景内容"选择默认的白色，如图 7-9 所示。在设置完成之后，单击"好"按钮，创建一个新的空白文件。

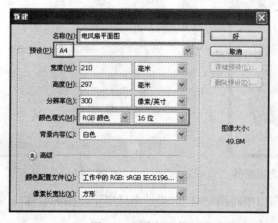

图 7-9　创建新文件

单击主菜单栏中的"图像"→"旋转画布"命令，选择将画布旋转 90°。

在主菜单栏中单击"文件"→"打开"命令，在附赠资料中选择绘制好的小猪电风扇的草图，将它打开，如图 7-10 所示。

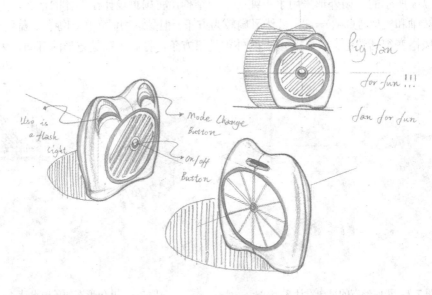

图 7-10　打开设计草图

在工具栏中单击 （裁切）工具，将电风扇的草图裁切到只剩下电风扇的正视图，如图 7-11 所示。在工具栏中单击 （移动）工具，通过裁切得到电风扇的正视图，拖拽到新创建的"电风扇平面图"文件上。

激活"电风扇平面图"文件，按快捷键 Ctrl+T 激活自由变换工具，按住 Shift 键，将电风扇的正视图等比例放大一些，如图 7-12 所示。

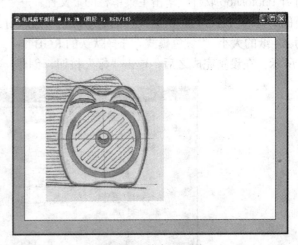

图 7-11　电风扇正视图　　　　　　　　图 7-12　放大正视图

在图层面板浮动窗口中将图层 1 也就是电风扇正视图的名称修改为"电风扇正视图"，如图 7-13 所示。

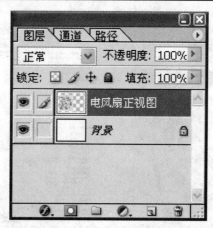

图 7-13 更改图层名称

7.3.2 绘制风扇轮廓

按快捷键 Ctrl+R 打开标尺工具，从左侧的标尺上拖拽出一条垂直的辅助线到正视图的中心位置，从顶部的标尺上拖拽出两条平行的辅助线，分别放置在电风扇的顶部和底部，如图 7-14 所示。

在图层面板中激活背景图层，单击图层面板下方的 □（创建新图层）按钮，在背景图层的上方创建出一个新图层。由于要绘制的电风扇是白色的塑料材质，画布的背景也是白色的，因此要将新创建的图层填充为深灰色以方便绘图，如图 7-15 所示。

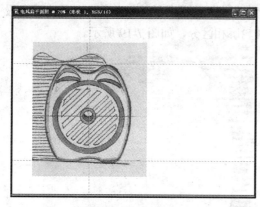

图 7-14 创建辅助线

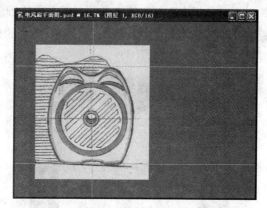

图 7-15 将背景填充为深灰色

在工具栏中选择钢笔工具，参照电风扇的正视图绘制电风扇一半的外轮廓，在绘制过程中经常会对设计进行一定的修改。这里对小猪风扇底部的设计进行一些修改。在图层面板中将形状的不透明度设置为 50%，如图 7-16 所示。

在图层面板中激活"电风扇正视图"图层，单击图层面板下方的 □（创建新图层）按钮，在正视图的上方创建出一个新图层，命名为"电风扇轮廓"。

进入路径面板，单击下方的 ○（将路径作为选区载入）按钮，将刚才使用钢笔工具绘制出的外轮廓转化为选区。在图层面板上激活刚创建出的"电风扇轮廓"图层，按快捷键 Shift+F5 打开填充命令，使用默认的白色的前景色填充选区，如图 7-17 所示。

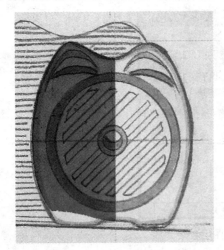
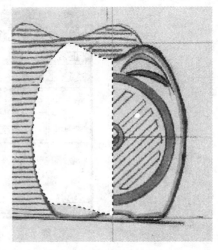

图 7-16　修改不透明度　　　　　　　　　　图 7-17　填充选区

在图层面板中，将刚完成填充操作的"电风扇外轮廓"图层拖拽到"创建新图层"按钮上，创建出一个"电风扇外轮廓 副本"图层。

在图层面板中选择新创建出的"电风扇外轮廓 副本"图层，在菜单栏中单击"编辑"→"变换"→"水平翻转"命令，将"电风扇外轮廓 副本"图层进行一个水平翻转，并将它移动到垂直辅助线的右侧，如图 7-18 所示。

在图层面板中激活"电风扇外轮廓 副本"图层，按快捷键 Ctrl+E 使用"向下合并"命令，将该图层与其下的"电风扇外轮廓"图层合并为一个图层。

在工具栏中选择钢笔工具，在画布中绘制出电扇支撑脚的外轮廓，将图形的填充颜色设置为 R/G/B 值均为 130 的浅灰色，以与风扇的外轮廓相区分，如图 7-19 所示。

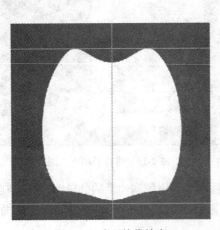
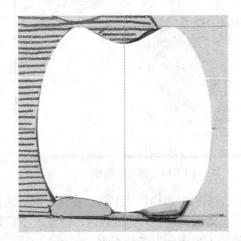

图 7-18　水平镜像轮廓　　　　　　　　　图 7-19　绘制电扇支撑轮廓

进入图层面板，在"电风扇外轮廓"图层的下方创建出一个新图层，命名为"电风扇支撑"。在图层面板中选择刚绘制出来的电风扇支撑的轮廓线，进入图层面板，单击下方的"将路径转化为选区"按钮，将绘制好的路径转化为选区，使用 R/G/B 值均为 220 的浅灰色填充"电风扇支撑"图层，完成后的效果如图 7-20 所示。

在图层面板中将"电风扇支撑"图层拖拽到"创建新图层"按钮上,创建出一个"电风扇支撑 副本"图层。使用刚才使用过的"水平翻转"命令将"电风扇支撑 副本"图层镜像,并使用移动工具将它移动到电风扇的另一侧,如图 7-21 所示。

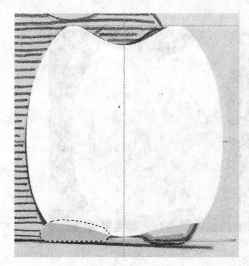

图 7-20 填充图层

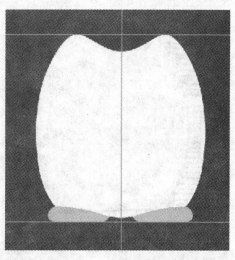

图 7-21 水平镜像电扇支撑

在图层面板中激活"电风扇外轮廓"图层,将该图层的"不透明度"设置为 60%,如图 7-22 所示。

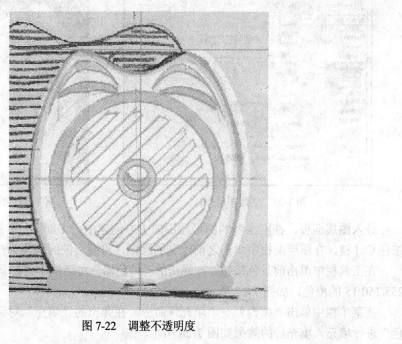

图 7-22 调整不透明度

7.3.3 绘制风扇转盘

从画布上方拖拽出一条水平的辅助线,放到电风扇扇叶的中轴上,如图 7-23 所示。

将"电风扇外轮廓"图层的"不透明度"恢复为100%，在工具栏中选择◎（椭圆）工具，将鼠标移动到电风扇中部辅助线的交点上，当鼠标变为红色时，按住 Alt+Shift 键，在画布中绘制出一个正圆，如图 7-24 所示。

图 7-23　创建辅助线

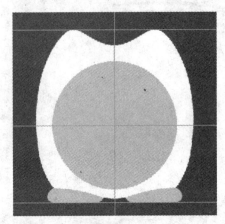

图 7-24　绘制圆

在图层面板中双击刚才绘制的正圆图形右侧的空白区域，在弹出的"图层样式"对话框中选择"斜面和浮雕"样式，如图 7-25 所示设置样式效果，完成后的效果如图 7-26 所示。

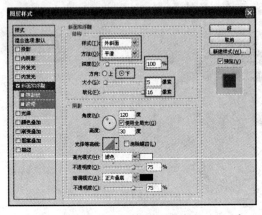

图 7-25　创建图层样式

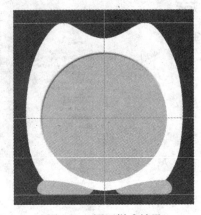

图 7-26　图层样式效果

进入图层面板，在刚绘制的圆形图层的上方创建出一个新图层，命名为"风扇转盘"。按住 Ctrl 键，在图层面板中单击之前绘制的圆形，将圆形的区域作为选区载入。

在工具栏中单击前景色按钮，在弹出的"拾色器"对话框中将前景色调整为 R/G/B 值为255/150/15 的橙色，如图 7-27 所示。

在菜单栏中单击"编辑"→"填充"命令，在弹出的"填充"对话框中选择使用"前景色"进行填充，填充后的效果如图 7-28 所示。

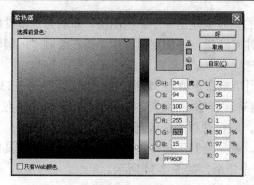

图 7-27 调整前景色

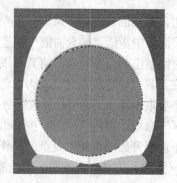

图 7-28 填充颜色

在图层面板中激活刚完成填充操作的"风扇转盘"图层，按住 Ctrl 键在图层面板中单击"风扇转盘"图层，将图层的范围作为选区载入，在菜单栏中单击"选择"→"修改"→"收缩"命令，在弹出的"收缩选区"对话框中将"收缩值"设定为 50 像素，单击"好"按钮完成收缩选区操作，如图 7-29 所示。

在完成收缩选区操作之后，按 Delete 键将选区内的图形删除，生成一个如图 7-30 所示的环状图形。

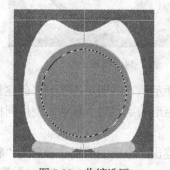

图 7-29 收缩选区

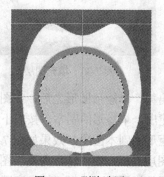

图 7-30 删除选区

在完成删除选区操作之后，按快捷键 Ctrl+D 将选区删除。双击"风扇转盘"图层右侧的空白区域，在弹出的"图层样式"对话框中设置"斜面和浮雕"效果的参数，如图 7-31 所示，完成后的图层效果如图 7-32 所示。

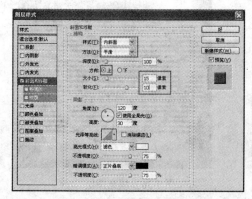

图 7-31 设置图层样式参数

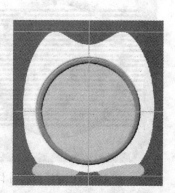

图 7-32 完成后的图层效果

　　进入图层面板，在"风扇转盘"图层的下方创建出一个新的图层，命名为"转盘内圈"。在图层面板中激活"转盘内圈"图层，按住 Ctrl 键，在图层面板中单击在绘制"风扇转盘"图层时绘制出的圆形轮廓，将其范围作为选区载入。

　　在工具栏中将前景色设置为白色，使用填充命令填充"转盘内圈"图层，如图 7-33 所示。

　　不要取消选区，使用收缩选区命令，将选区收缩 50 像素。按快捷键 Ctrl+Shift+I 使用"反选选区"命令，将选区反选，按 Delete 键，将反选后的选区删除掉。

　　下面要开始一个相对复杂的操作过程，就是绘制风扇转盘上的空隙部分。在工具栏中选择 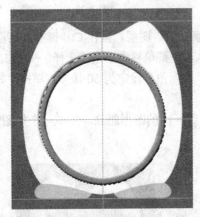（矩形）工具，在绘图区中绘制出一个矩形，如图 7-34 所示。

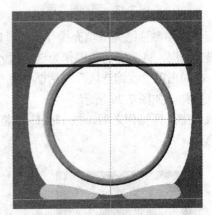

　　图 7-33　填充图层　　　　　　　　　　图 7-34　创建矩形

　　绘制出第一个矩形图形之后，在图层面板中将矩形所在的图层拖拽到"创建新图层"按钮上，创建出一个矩形的副本，按向下的方向键将矩形的副本向下移动。使用同样的方法制作出多个矩形的副本图层，效果如图 7-35 所示。

　　进入图层面板，在"转盘内圈"图层的上方创建出一个新的图层，命名为"转盘空隙"。将前景色调整为黑色，选择"转盘空隙"图层，按住 Ctrl 键依次选择矩形区域填充图层，完成后的效果如图 7-36 所示。

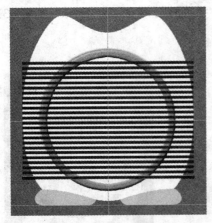
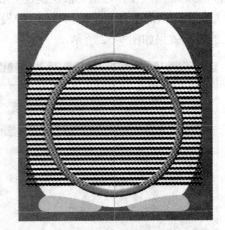

　　图 7-35　创建矩形的副本　　　　　　　图 7-36　填充图层

保持"转盘空隙"图层为激活状态，在工具栏中选择 （椭圆选框）工具，在辅助线的帮助下绘制出一个风扇转盘的同心圆，但离橙色的边框有一定的距离，如图 7-37 所示。

　　按快捷键 Ctrl+Shift+I，使用"反选选区"命令，按 Delete 键，将反选后的选区删除掉，如图 7-38 所示。

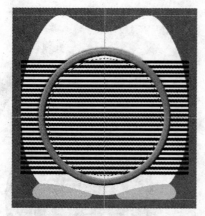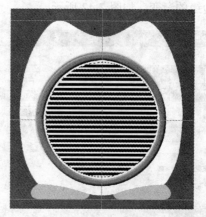

　　图 7-37　创建同心圆选区　　　　　　　　　图 7-38　删除选区

　　按住 Ctrl 键，在图层面板中单击"转盘空隙"图层，将"转盘空隙"图层的范围作为选区载入。在工具栏中单击前景色按钮，将前景色调整为与背景色相同的灰色，填充选区，如图 7-39 所示。

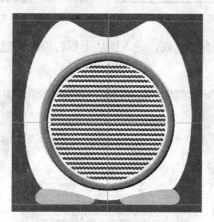

图 7-39　填充选区

　　在图层面板中激活"转盘内圈"图层，单击 ▣（创建新图层）按钮，在"转盘内圈"图层的上方创建出一个新图层。

　　激活新创建的图层，按住 Ctrl 键，在图层面板中单击"转盘内圈"图层，将该图层的范围作为选区载入。在工具栏中选择 ▣（渐变）工具，在渐变类型中选择径向渐变（第二种），如图 7-40 所示。

图 7-40　径向渐变

双击渐变颜色条，在弹出的渐变编辑器中，编辑出一个从 R/G/B 值均为 130 的灰色到透明的渐变，如图 7-41 所示。

在渐变设置栏中保持默认设置，勾选"反向"选项。进入绘图区域，创建出一个从风扇中心到边缘的渐变，如图 7-42 所示。

图 7-41　调节渐变颜色

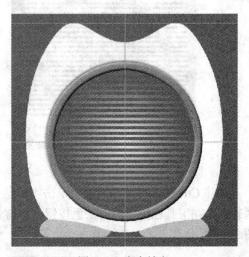

图 7-42　渐变填充

这时会发现渐变的颜色有些太深，进入图层面板，将新创建图层的"不透明度"调整为30%，如图 7-43 所示。

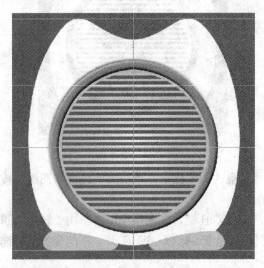

图 7-43　调整不透明度

按快捷键 Ctrl+E，将刚填充好的图层与其下方的"转盘内圈"图层合并为一个图层。

在完成合并操作之后双击"转盘内圈"图层右侧的空白区域，在弹出的"图层样式"对话框中选择"斜面和浮雕"选项，如图 7-44 所示设置参数，完成后的效果如图 7-45 所示。

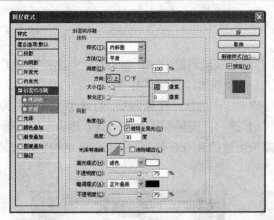

图 7-44　添加图层样式　　　　　　　图 7-45　添加内斜面效果

在图层面板中激活"转盘空隙"图层，双击"转盘空隙"图层右侧的空白区域，在弹出的"图层样式"对话框中勾选"斜面和浮雕"选项，如图 7-46 所示设置参数，完成后的效果如图 7-47 所示。

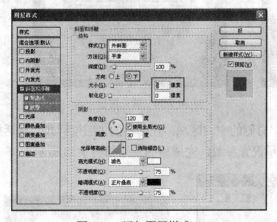
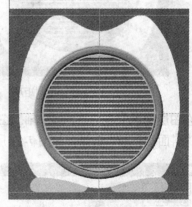

图 7-46　添加图层样式·　　　　　　　图 7-47　添加外斜面效果

现在的一个问题是风扇转盘的空隙和转盘边缘的距离有点太近了，在图层面板中选择"转盘空隙"图层，按快捷键 Ctrl+T，激活自由变形工具，按住 Alt+Shift 键，将"转盘空隙"图层在原位置缩小一些，如图 7-48 所示。

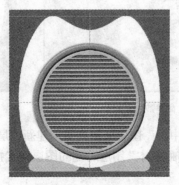

图 7-48　在原位缩小

7.3.4 绘制风扇中轴

到这里完成了风扇转盘的绘制，现在开始绘制风扇的中轴。在工具栏中选择椭圆工具，按住 Alt+Shift 键，在风扇转盘的中心绘制出一个圆形，如图 7-49 所示。

进入图层面板中，在"风扇转盘"图层的上方创建出一个新图层，将这个图层命名为"风扇中轴"。激活"风扇中轴"图层，按住 Ctrl 键，在图层面板上单击新创建出来的圆形，将其范围作为选区载入，将前景色设置为之前使用过的 R/G/B 值为 255/150/15 的橙色填充选区，如图 7-50 所示。

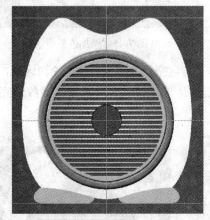 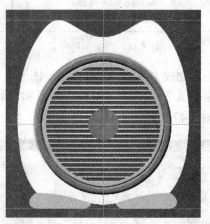

图 7-49　绘制矩形　　　　　　　　图 7-50　填充图层

在图层面板中双击"风扇中轴"图层右侧的空白区域，在弹出的"图层样式"对话框中勾选"斜面和浮雕"效果，如图 7-51 所示设置参数，完成后的效果如图 7-52 所示。

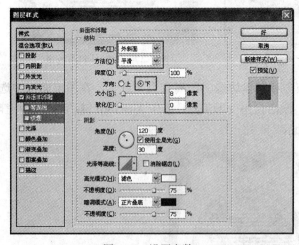 

图 7-51　设置参数　　　　　　　　图 7-52　图层效果

进入图层面板，将"风扇中轴"图层拖拽到"创建新图层"按钮上创建出一个"风扇中轴 副本"图层。双击"风扇中轴 副本"图层右侧的图层样式按钮，如图 7-53 所示设置参数，完成后的效果如图 7-54 所示。

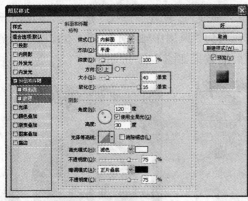

图 7-53　设置参数　　　　　　　　　　　　图 7-54　图层效果

进入图层面板，将"风扇中轴 副本"图层拖拽到"创建新图层"按钮上创建出一个"风扇中轴 副本 2"图层。使用填充工具将"风扇中轴 副本 2"图层填充为 R/G/B 值均为 220 的灰色，按快捷键 Ctrl+T 使用"变形"工具，将该图层等比例缩小一些，如图 7-55 所示。

图 7-55　等比例缩放图层

双击"风扇中轴 副本 2"图层右侧的图层样式按钮，如图 7-56 所示设置参数，完成后的效果如图 7-57 所示。

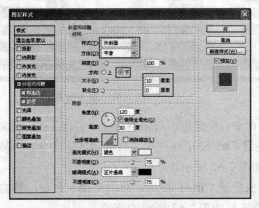

图 7-56　设置参数　　　　　　　　　　　　图 7-57　图层效果

　　在图层面板上将"风扇中轴 副本 2"图层拖拽到"创建新图层"按钮上，创建出一个"风扇中轴 副本 2 副本"图层，将这个图层重命名为"风扇中轴 副本 3"。双击图层右侧的图层样式按钮，如图 7-58 所示设置参数，完成后的效果如图 7-59 所示。

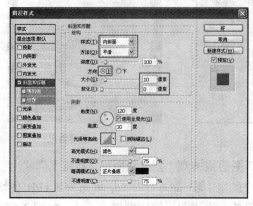

图 7-58　设置参数

图 7-59　图层效果

　　到这里已基本上将风扇的转盘部分绘制完了，现在为转盘添加反光效果。进入图层面板，在"风扇中轴 副本 3"图层的上方创建出一个新图层，命名为"风扇中轴 副本 3 反光"图层。

　　选择新创建的图层，按住 Ctrl 键，在图层面板中单击"风扇中轴 副本 3"图层，将该图层的范围作为选区载入。在工具栏中选择 ▢（矩形选区）工具，在选区工具属性栏中选择 ▣（从选区减去）选项，将选区的上半部分减去，如图 7-60 所示。

　　在工具栏中选择 ▣（渐变）工具，编辑出一个从白色到透明的渐变效果。编辑完成后，按住 Shift 键，从上到下填充选区，填充完的效果如图 7-61 所示。

图 7-60　修整选区

图 7-61　渐变填充

　　在菜单栏中单击"选择"→"羽化"命令，在弹出的对话框中将"羽化半径"设定为 10，单击"好"按钮，完成羽化操作。按快捷键 Ctrl+Shift+I 使用"反选选区"命令，再按 Delete 键将反选后的选区删除，完成后的效果如图 7-62 所示。

　　按快捷键 Ctrl+D 将选区删除。再按快捷键 Ctrl+T 使用"自由变换"命令，将物体的旋转轴心移动到风扇转轴的中心，将图层旋转到如图 7-63 所示的位置。

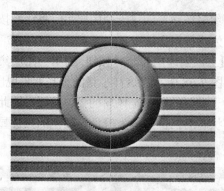

图 7-62　删除选区

图 7-63　旋转图层

　　按回车键，完成旋转操作。进入图层面板，将"风扇中轴副本 3 反光"图层的不透明度修改为 70%，完成后的效果如图 7-64 所示。

　　可以使用同样的方法绘制出风扇转盘上的反光，完成后的效果如图 7-65 所示。

图 7-64　调整不透明度

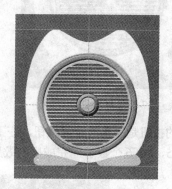

图 7-65　添加反光效果

　　下面绘制这只小猪的鼻孔，也就是这个风扇的控制装置。在工具栏中选择椭圆工具，按住 Alt+Shift 键，在风扇的中心位置绘制出一个较小的正圆，如图 7-66 所示。

　　进入到图层面板，在新创建的圆形的下方创建出一个新图层，命名为"按钮 1"图层。将刚绘制好的小圆形的范围作为选区载入，使用之前用过的 R/G/B 值为 255/150/15 的橙色填充新图层。

　　使用绘制风扇中轴时用过的方法，可以轻松地绘制出按钮的形态，如图 7-67 所示。

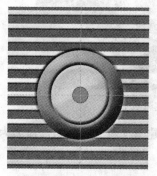

图 7-66　绘制圆形

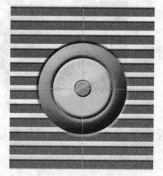

图 7-67　绘制按钮

在图层面板中单击右下角的 ▭（创建图层组）按钮，创建一个图层组。将绘制按钮时需要的三个图层拖拽到图层集中去，并将它命名为"按钮"。

将按钮图层集拖拽到"创建新图层"按钮上，创建出一个"按钮 副本"图层集，将这两个图层集对称地放置在风扇中心的两侧，如图 7-68 所示，这样小猪的鼻孔就表现出来了。

在工具栏中选择 **T.**（文本输入）工具，由于左侧的按钮是风扇的挡位按钮，因此在左侧的按钮周围输入 1，2，3 三个数字，处于工作状态的挡位显示为橙色，其他的挡位显示为灰色，如图 7-69 所示。

图 7-68　复制图层组

图 7-69　输入挡位数字

右侧的按钮是风扇的定时按钮，在工具栏中选择文字工具，在定时按钮的周围输入 0，15，30，45，60 五个数字，完成后的效果如图 7-70 所示。

图 7-70　输入定时数字

在图层面板中单击"创建图层组"按钮，创建一个新的图层组，命名为"数字"，将刚才输入的数字放置在这个图层组中。

7.3.5 绘制风扇外轮廓

风扇的转盘部分已经绘制完了，现在开始绘制风扇的外轮廓部分。通过观察可以发现，现在风扇的外轮廓还仅是一个白色的平面，缺少立体感。进入图层面板，按住 Ctrl 键，单击电风扇"外轮廓"图层，将图层的范围作为选区载入，如图 7-71 所示。

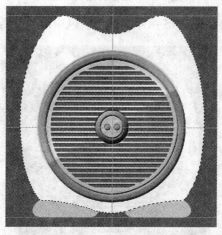

图 7-71 外轮廓

在工具栏中选择 ▦（渐变）工具，单击"渐变对话框"按钮，在弹出的"渐变编辑器"对话框中编辑出如图 7-72 所示的渐变效果。

由于在添加斜面和浮雕效果时假设光线是从物体的左上方照射过来的，所以按住 Shift 键，创建一个从左到右逐渐加深的渐变效果，如图 7-73 所示。

图 7-72 编辑渐变效果

图 7-73 创建渐变填充

由于电风扇表面的曲面层次变化非常丰富，所以仅仅使用一次渐变填充是不可能将电风扇表面的变化表现出来的，要使用工具栏中的加深和减淡工具对当前的填充效果进行修改，才能让曲面的效果逐渐丰满起来。

在工具栏中选择（减淡）工具，在减淡工具的属性栏中将画笔的宽度设置为 300，将曝光度设置为 15%，如图 7-74 所示。

图 7-74　设定减淡工具参数

将电风扇的顶部修改为如图 7-75 所示的效果，风扇顶部右侧应该比左侧更亮一些。

图 7-75　添加减淡修改

在工具栏中选择（加深）工具，在加深工具的属性栏中将"画笔"的宽度设置为 300，将"范围"设定为"中间调"，将"曝光度"设置为 50％，如图 7-76 所示。

图 7-76　设定加深工具参数

对电风扇的右侧添加加深修改，完成后的效果如图 7-77 所示。

再次使用加深工具对风扇底部与支撑脚衔接的部分添加加深修改，如图 7-78 所示。

图 7-77　对右侧添加加深修改

图 7-78　对底部添加加深修改

使用加深和减淡工具时，经验非常重要。在使用加深和减淡工具完成初步的工作之后，再使用加深和减淡工具进行深入的调整，完成后的效果如图 7-79 所示。

在工具栏中选择钢笔工具，参考电风扇的设计草图，绘制出如图 7-80 所示的猪耳朵的耳蜗部分。

图 7-79 深入调整

图 7-80 绘制耳蜗

在刚绘制出的耳蜗的下方创建出一个新的图层，命名为"耳蜗"。按住 Ctrl 键，在图层面板中单击刚绘制出的耳蜗的轮廓，将其范围作为选区载入。在工具栏中将前景色调整为 R/G/B 值均为 185 的灰色，并使用前景色填充新图层，如图 7-81 所示。

按快捷键 Ctrl+D 取消选区，在工具栏中选择 （减淡）工具，将耳蜗图层左右两侧稍微减淡一些，如图 7-82 所示。

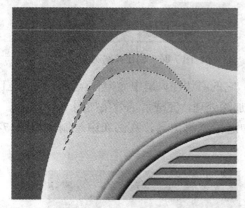
图 7-81 填充耳蜗区域

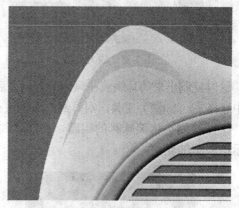
图 7-82 添加减淡修改

按住 Ctrl 键，在图层面板中单击"耳蜗"图层，将其范围作为选区载入。在菜单栏中单击"选择"→"羽化"命令，将"羽化半径"设置为 5，单击"好"按钮，完成羽化修改。

在完成羽化修改之后，按快捷键 Ctrl+Shift+I 使用"反选选区"命令将选区反选，按向下的方向键将选区向下移动一些，按 Delete 键将选区的边缘删除，这样耳蜗轮廓的边缘就变得比较平滑了，如图 7-83 所示。

按向上的方向键将选区向上移动一些，再按 Delete 键将耳蜗图层下方的边缘也添加一个平滑的修改，如图 7-84 所示。

图 7-83　使图层的上边缘平滑

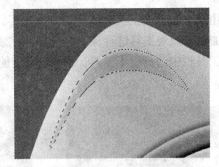

图 7-84　使图层的下边缘平滑

按快捷键 Ctrl+D 取消选区，由于刚才使用了羽化工具，同时删除了一些图层的边缘，因此图层总体变小了一些。按快捷键 Ctrl+T 使用"自由变换"命令，按住 Ctrl 键，将图层等比例放大一些，如图 7-85 所示。

将"耳蜗"图层拖拽到"创建新图层"按钮上，创建出一个"耳蜗 副本"图层，将该图层移动到电风扇的另一侧，完成后的效果如图 7-86 所示。

图 7-85　放大图层

图 7-86　创建耳蜗副本

这时复制出来的耳蜗放在风扇的右侧之后，它的右边在风扇中显得有点太亮了。在工具栏中选择 （加深）工具，对耳蜗的右侧进行加深处理，完成后的效果如图 7-87 所示。

下面绘制小猪笑眯眯的眼睛，在工具栏中选择钢笔工具，在画布中绘制出如图 7-88 所示的眼睛的轮廓。

图 7-87　添加加深修改

图 7-88　创建眼睛轮廓

进入图层面板中，在眼睛轮廓的下方创建出一个新图层，命名为"眼睛"。激活"眼睛"图层，按住 Ctrl 键，再单击刚创建出的眼睛的轮廓路径，将其范围作为选区载入。

在工具栏中选择 （渐变）工具，在渐变工具的属性栏中单击"可编辑渐变"按钮，在弹出的渐变编辑器中编辑出如图 7-89 所示的渐变效果。

用刚编辑好的渐变效果填充眼睛图层，完成的效果如图 7-90 所示。

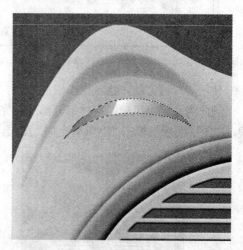

图 7-89　编辑渐变效果　　　　　　　　图 7-90　使用渐变填充

双击"眼睛"图层右侧的空白区域，在弹出的"图层样式"对话框中勾选"斜面和浮雕"选项，如图 7-91 所示设置斜面和浮雕效果的参数，完成后的效果如图 7-92 所示。

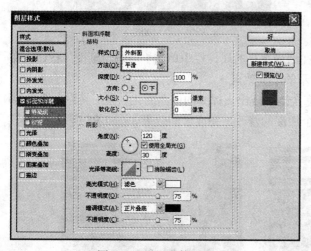

图 7-91　设置参数　　　　　　　　　　图 7-92　图层效果

进入图层面板，将眼睛图层拖拽到"创建新图层"按钮上，创建出一个"眼睛 副本"图层。双击"眼睛 副本"图层右侧的空白区域，在弹出的"图层样式"对话框中勾选"斜面和浮雕"选项，如图 7-93 所示设置斜面和浮雕效果的参数，完成后的效果如图 7-94 所示。

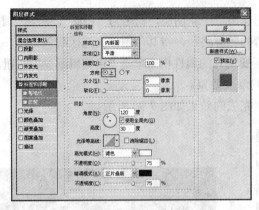

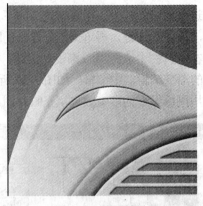

图 7-93　设置参数　　　　　　　　　　　　　图 7-94　图层效果

使用同样的方法，绘制出小猪的右眼，完成后的效果如图 7-95 所示。

到此为止把电风扇的主体部分都绘制完了，现在开始绘制电风扇的两个支撑脚。按住 Ctrl 键，在图层面板上单击"电风扇支撑"图层，将该图层的范围作为选区载入，如图 7-96 所示。

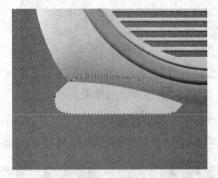

图 7-95　创建右眼　　　　　　　　　　　　　图 7-96　载入选区

在工具栏中选择 ▦（渐变）工具，在渐变工具的属性栏中单击"可编辑渐变"按钮，在弹出的渐变编辑器中编辑出如图 7-97 所示的渐变效果。

虽然使用了渐变工具，可是还无法完全地表现出支撑脚的曲面变化。在工具栏中选择 ◉（加深）工具，对支撑脚的右侧添加一个加深的修改，完成后的效果如图 7-98 所示。

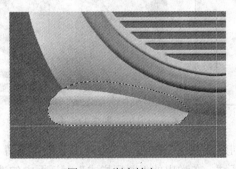

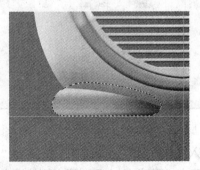

图 7-97　渐变填充　　　　　　　　　　　　　图 7-98　增加深度

在完成加深的修改之后，再在工具栏中选择 ◉（减淡）工具，对支撑脚的左侧添加一个减淡的修改，完成后的效果如图 7-99 所示。

使用同样的方法绘制出电风扇右侧的支撑脚，完成后的效果如图 7-100 所示。

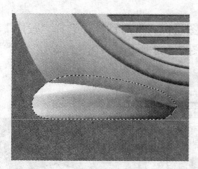

图 7-99　添加减淡修改

图 7-100　绘制右侧的支撑脚

将画布缩小，目前绘制的效果还是不错的，只是总体画面有些偏暗，如图 7-101 所示。

在工具栏中选择曲线工具，将部分图层调整得亮一些，完成后的效果如图 7-102 所示。

图 7-101　当前的绘制效果

图 7-102　调整亮度

7.3.6　添加阴影和背景

在工具栏中选择自带的渐变效果，填充出如图 7-103 所示的背景效果。

图 7-103　填充背景

　　进入图层面板，为"电风扇外轮廓"、"电风扇左侧支撑脚"和"电风扇右侧支撑脚"三个图层创建一个副本，将这三个副本合并为一个图层，并将合并后的图层移动到背景图层的上方。

　　双击背景图层右侧的空白区域，在弹出的"图层样式"对话框中选择"投影"选项，如图 7-104 所示设置投影的参数，完成后的效果如图 7-105 所示。

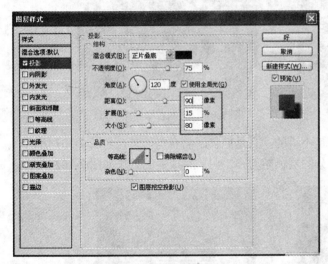

图 7-104　设置参数　　　　　　　　　　　　　　　图 7-105　图层效果

　　在工具栏中选择 **T.**（文字输入）工具，在画布中输入一些简要的设计说明，完成后的效果如图 7-106 所示。

图 7-106　完成的电风扇正面效果

7.4　用 Rhino 制作三维模型

7.4.1　导入建模参考

打开 Rhino 软件，将绘制好的电风扇的正视图放置在前视图中，如图 7-107 所示。

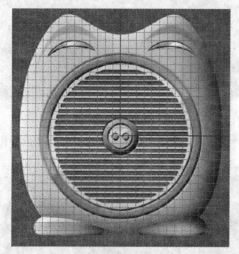

图 7-107　放置参考图片

7.4.2　制作风扇的外壳

首先使用 Rhino 软件中的 🔲Surface from Network Curves（通过网络曲线生成曲面）工具生成电风扇的外轮廓，意思是通过多条曲线构成的网络来生成曲面。

因此先绘制出构成曲线网络的多条曲线。将背景参考图转化为灰度模式，在工具栏中选择 ⊙（圆形）工具，在前视图中绘制出电风扇转盘的外轮廓，如图 7-108 所示。

在工具栏中选择 🖊（控制点曲线）工具，在前视图中根据背景参考图绘制出电风扇的外轮廓，如图 7-109 所示。

图 7-108　绘制转盘的外轮廓　　　　　　　　图 7-109　绘制电风扇的外轮廓

切换到右视图中，将之前绘制出的电风扇转盘的外轮廓向前移动一些，移动的距离相当于一半电风扇的宽度，如图 7-110 所示。

图 7-110　移动曲线

在工具栏选择 ✎（控制点曲线）工具，切换到右视图中绘制出如图 7-111 所示的曲线。

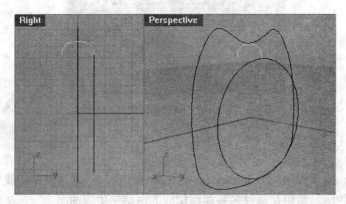

图 7-111　绘制曲线

在工具栏中选择 ✎（控制点曲线）工具，在电风扇的顶部绘制出一条如图 7-112 所示的曲线。

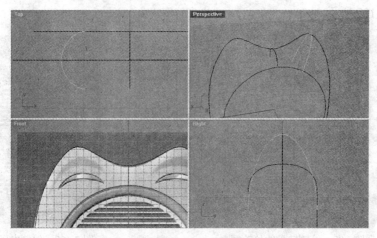

图 7-112　绘制曲线

选择刚绘制出的曲线，在工具栏中选择变形工具箱中的 （镜像）工具，将绘制出的曲线在电风扇的右侧再复制出来一个，如图 7-113 所示。

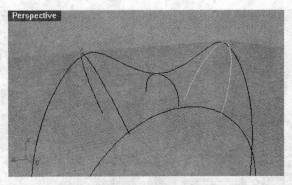

图 7-113　镜像复制曲线

在工具栏中选择 （控制点曲线）工具，在电风扇的中部绘制出如图 7-114 所示的曲线。

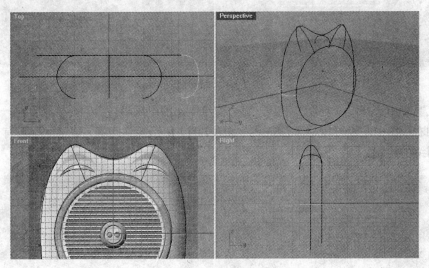

图 7-114　绘制曲线

在工具栏中选择 （镜像）工具，将刚绘制出的曲线镜像复制在电风扇的另一侧，如图 7-115 所示。

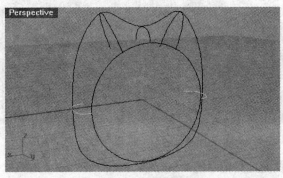

图 7-115　镜像复制曲线

在工具栏中选择 ✍ （控制点曲线）工具，在电风扇的底部绘制出一条如图 7-116 所示的曲线。

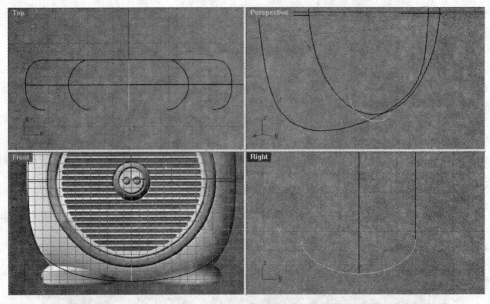

图 7-116 绘制曲线

在工具栏中选择 ⁙ （复制）工具，将之前绘制出的电风扇转盘的外轮廓复制一个，并将其移动到右视图中左侧与其对称的位置，如图 7-117 所示，到此就完成了一个含有 9 条曲线的曲线网络的绘制。

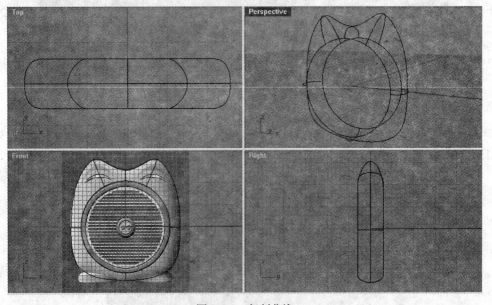

图 7-117 复制曲线

在工具栏中选择曲面工具箱中的 ⁂ Surface from Network Curves（通过网络曲线生成曲面）工具，按照如图 7-118 所示的顺序依次选取视图中的曲线。

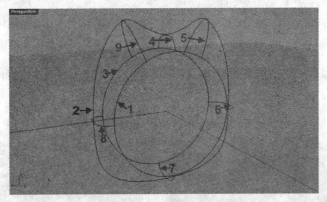

图 7-118　按顺序选择曲线

在根据上图的顺序完成曲线的选择之后，右击生成曲面，在弹出的 Surface From Curve Network（通过网络曲线生成曲面）对话框中保持默认设置，如图 7-119 所示。

单击 OK 按钮，生成的曲面效果如图 7-120 所示。

图 7-119　保持默认参数

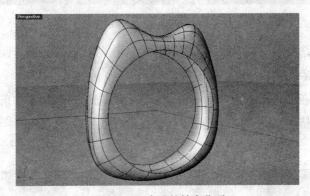

图 7-120　生成外轮廓曲面

在工具栏中选择 （矩形平面）工具，在前视图中绘制出一个大于风扇轮廓的矩形平面，如图 7-121 所示。

在工具栏中选择 （分割）工具，在视图中先选择电风扇的外轮廓，右击，再选择刚绘制出来的矩形平面，右击完成分割操作，将电风扇的外壳分割为两半，将矩形曲面隐藏起来，如图 7-122 所示。

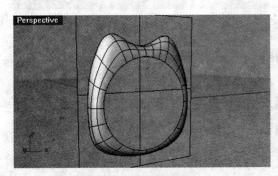

图 7-121　创建矩形平面

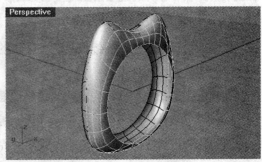

图 7-122　分割风扇外壳

选择电风扇外壳的后半部分，单击 ᴴᴵᴰᴱ 按钮，将其隐藏起来，在视图中仅剩下电风扇外壳的前半部分。

在工具栏中选择 ✎（控制点曲线）工具，在前视图中沿着小猪耳部的外轮廓绘制出如图 7-123 所示的曲线。

再次使用 ✎（控制点曲线）工具，在前视图中绘制出如图 7-124 所示的曲线。

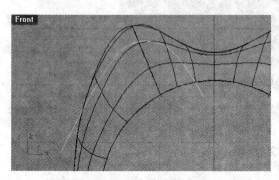
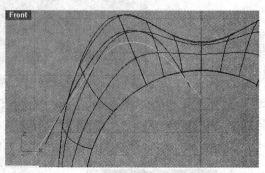

图 7-123　绘制曲线　　　　　　　　　　　　　图 7-124　绘制曲线

选择刚绘制的曲线，在工具栏中选择 ▨（挤压）工具，右击挤压曲面，将曲面挤压得超过一半风扇的高度，如图 7-125 所示。

在工具栏中选择 ⊥（分割）工具，先选择电风扇的前半部分，右击，再选择刚生成的两个挤压曲面，右击完成分割操作，将电风扇外壳的前半部分分割为 3 个部分，如图 7-126 所示。

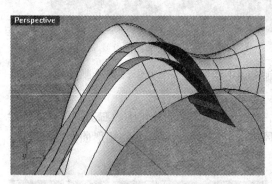
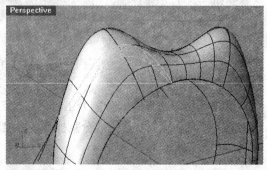

图 7-125　挤压曲面　　　　　　　　　　　　　图 7-126　分割曲面

将刚才挤压出来的曲面镜像复制到风扇的右侧，同样用它分割电风扇轮廓的右侧，如图 7-127 所示。

在视图中选择电风扇外壳上的两块小曲面，单击 ᴴᴵᴰᴱ 按钮，将其隐藏起来。

选择电风扇外壳的下部，单击 ⬚（显示控制点）按钮，显示外轮廓的控制点。此时会发现曲面的控制点仍然保留了原来整体风扇外壳的控制点特征，如图 7-128 所示。

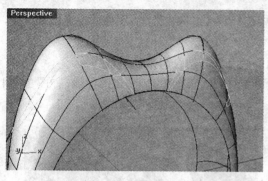

图 7-127　分割曲面

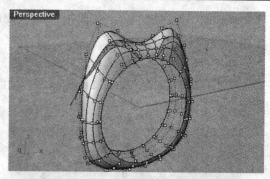

图 7-128　显示控制点

在视图中选择风扇外壳的下部，在菜单栏中单击 Surface（曲面）按钮，在弹出的下拉菜单中选择 Surface Edit Tools（曲面编辑工具）中的 Shrink Trimmed Surface（收缩剪切曲面）工具，右击完成收缩操作。再次单击 （显示控制点）按钮显示控制点，现在发现曲面的控制点已经只剩下一半了，如图 7-129 所示。

选择电风扇顶端的部分控制点向后移动，将曲面的顶端修改为如图 7-130 所示的形态。

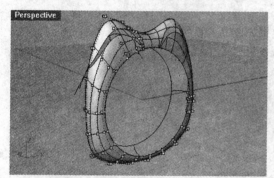

图 7-129　收缩曲面的控制点

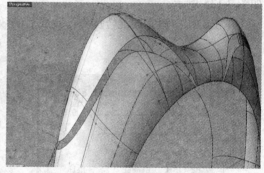

图 7-130　调整曲面形态

在工具栏中选择 （矩形平面）工具，在前视图中绘制出一个大于风扇轮廓的矩形平面，如图 7-131 所示。

在工具栏中选择 （剪切）工具，将右半部分剪切掉，如图 7-132 所示。

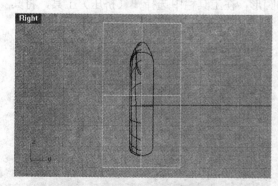

图 7-131　绘制矩形平面

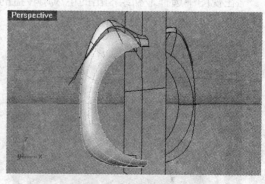

图 7-132　剪切曲面

在视图中选择剩下的一半曲面,在工具栏中选择 ⟨镜像⟩工具,将曲面镜像出来一个,如图.7-133 所示。

在工具栏中选择 ⟨结合⟩工具,将曲面的两个部分结合起来。

在工具栏中选择 Blend Surface(混合曲面)工具,依次选择空隙边缘的曲线,如图 7-134 所示。

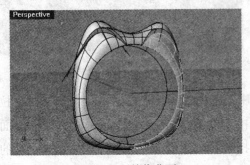

图 7-133 镜像曲面

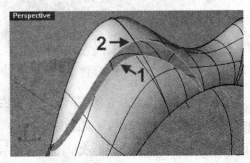

图 7-134 选择曲线

在选择完曲线之后,右击,在弹出的 Adjust Blend Bulge 对话框中将值的大小调整为 0.5,如图 7-135 所示。

单击 OK 按钮完成混合操作,完成后的效果如图 7-136 所示。

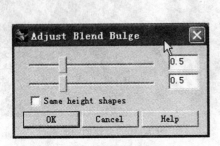

图 7-135 调整混合参数

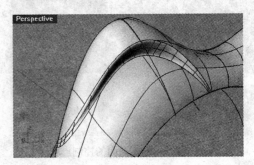

图 7-136 生成混合曲面

使用同样的方法生成右侧的曲面,完成后的效果如图 7-137 所示。

在工具栏中选择 ⟨结合⟩工具,将构成电风扇外壳前部的曲面结合在一起。

在视图中选择最初绘制出的电风扇转盘的圆形,在工具栏中选择 ⟨挤压⟩工具,将其挤压出 6 个网格的高度,如图 7-138 所示。

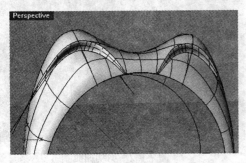

图 7-137 生成混合曲面

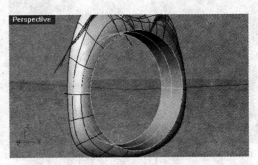

图 7-138 挤压生成曲面

在工具栏中选择▣（结合）工具，将电风扇外壳前部和刚生成的挤压曲面结合在一起。

在工具栏中选择✎（管）工具，选择风扇转盘的轮廓曲线，将半径值设置为 0.2，右击生成管子，如图 7-139 所示。

在工具栏中选择▱（分割）工具，先选择结合在一起的电风扇的前半部分，右击，再选择刚生成的管状曲面，右击完成分割操作。

选择管状曲面，按 Delete 键将其删除掉。在视图中选择刚分割出来的小曲面，按 Delete 键将其删除掉，在曲面上留下如图 7-140 所示的空隙。

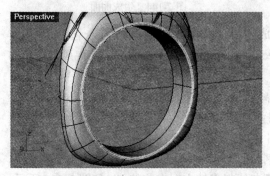 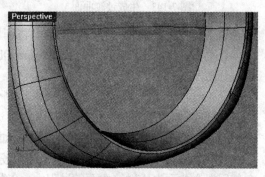

图 7-139　生成管子　　　　　　　　　　图 7-140　曲面上的空隙

在工具栏中选择✤（混合曲面）工具，依次选择空隙边缘的曲线，如图 7-141 所示。

在按顺序选择完曲线之后，右击，在弹出的 Adjust Blend Bulge 对话框中将值的大小都调整为 1.0，如图 7-142 所示。

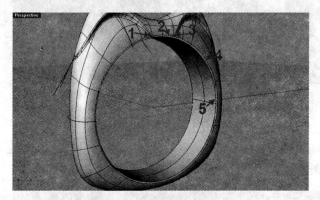 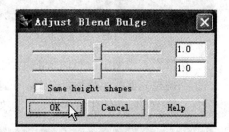

图 7-141　依次选择曲线　　　　　　　　图 7-142　调整混合参数

完成后的效果如图 7-143 所示，可以发现在曲面上空隙的部分生成了圆滑过渡的曲面。在工具栏中选择▣（结合）工具，将过渡曲面和电风扇外壳结合在一起。

在工具栏中选择▱ Surface from Planar Curves（通过平面曲线生成曲面）工具，在透视图中依次选择电风扇外壳背部的轮廓曲线，在全部选择后右击生成如图 7-144 所示的曲面。

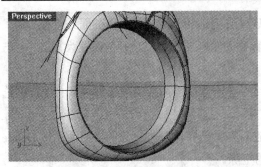

图 7-143 生成过渡曲面

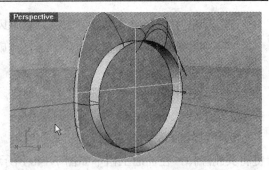

图 7-144 生成曲面

在工具栏中选择 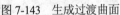（结合）工具，将刚生成的曲面和电风扇外壳结合在一起。

在菜单栏中单击 Curve→ Curve From Objects → Duplicate Edge 命令，将电风扇背部的曲线分离出来。

在工具栏中选择 （结合）工具，将刚分离出来的曲线结合在一起。

选择刚结合在一起的曲线，在工具栏中选择 （管）工具，在命令栏中将管子的半径值调整为 0.1，右击完成生成管状体的操作，如图 7-145 所示。

使用之前使用过的方法，先使用管状体分割曲面，然后使用混合曲面工具生成过渡曲面。在使用混合曲面生成过渡曲面的过程中，会发现曲线起点的方向有些偏移，如图 7-146 所示。

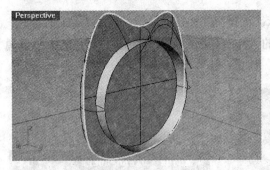

图 7-145 生成管状体

图 7-146 起点偏移

切换到右视图中，将曲线的起点位置调整为水平，如图 7-147 所示。

在调整完曲线起点后，右击，在弹出的 Adjust Blend Bulge 对话框中保持默认的 1.0 参数不变，单击 OK 按钮生成混合曲面，如图 7-148 所示。

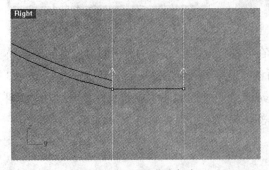

图 7-147 调整曲线起点

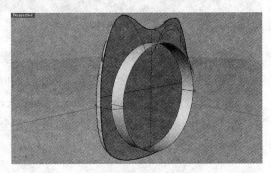

图 7-148 生成混合曲面

　　在工具栏中右击 按钮，使用 Extract Surfaces（分离曲面）命令，在视图中选择风扇背部的曲面，右击将它分离出来。选择刚分离出来的曲面，按 Delete 键，将其删除掉，如图 7-149 所示。

　　到此为止，已经完成了电风扇前部的编辑，接下来编辑电风扇的背部。再次使用分离曲面工具，将圆筒状的曲面分离出来。选择电风扇的前部，单击 按钮，将其隐藏起来。

　　在操作界面中单击 按钮，在弹出的 Visibility（可视性）菜单中单击 （显示选择物体）按钮，将电风扇的背面显示出来，如图 7-150 所示。

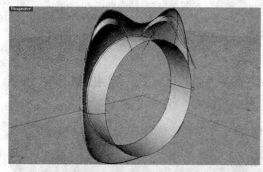

图 7-149　分离曲面

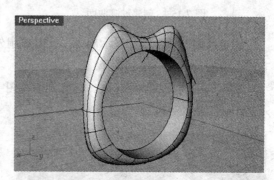

图 7-150　隐藏和显示曲面

　　在工具栏中选择 （结合）工具，将圆筒状的曲面和电风扇的背部结合在一起。使用之前使用过的用管状体分割曲面，再使用混合曲面工具生成过渡曲面的方法，生成电风扇背部和风扇转盘的圆滑过渡，管子的半径和刚才一样选择 0.2，如图 7-151 所示。

　　将圆筒状的曲面分离出来，并将其隐藏起来。在工具栏中选择 Surface from Planar Curves（通过平面曲线生成曲面）工具，选择电风扇背部的曲线，生成一个平面，如图 7-152 所示。

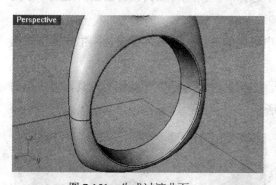

图 7-151　生成过渡曲面

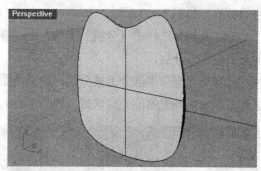

图 7-152　生成平面

　　使用管状体分割曲面，再使用混合曲面工具生成过渡曲面的方法，制作出如图 7-153 所示的过渡曲面，将管子的半径设置为 0.1。

　　在工具栏中选择分离工具，将电风扇的背部分离出来，并将其删除掉。在工具栏中选择 （结合）工具，将视图中所有的曲面结合为一体，如图 7-154 所示。

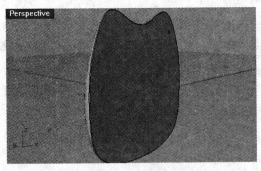

图 7-153　创建过渡曲面

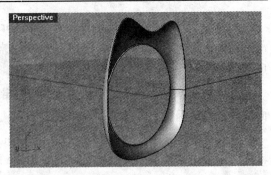

图 7-154　结合曲面

将电风扇的前半部分显示出来，此时风扇外壳的形态已经基本形成了，当前的效果还是非常不错的，如图 7-155 所示。

将电风扇的背部隐藏起来。切换到前视图中，在参考图的帮助下，绘制出如图 7-156 所示的小猪眼睛的外轮廓。

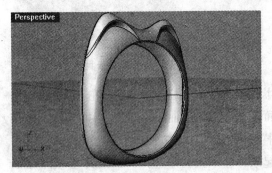

图 7-155　当前完成的效果

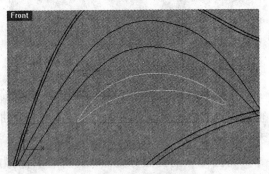

图 7-156　绘制眼睛轮廓

选择刚绘制出来的眼睛的轮廓，在工具栏中选择▉（挤压）工具，将曲面挤压成 4 个网格的高度，如图 7-157 所示。

在工具栏中选择▢（分割）工具，先选择电风扇的前部，右击，再选择刚生成的挤压曲面，右击完成分割。

选择电风扇前半部分上被分割出的小曲面，在工具栏中选择▢（剪切）工具，将挤压曲面超出电风扇外壳的部分剪切掉，如图 7-158 所示。

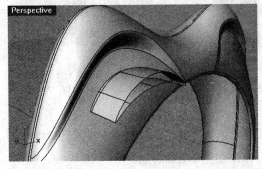

图 7-157　挤压曲面

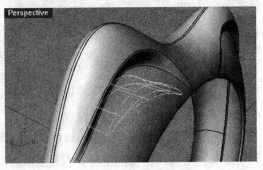

图 7-158　剪切曲面

选择完成剪切操作之后剩下的曲面，在工具栏中选择 ⊞（复制）工具，将其在原位置再复制一份，先将其中的一个曲面隐藏起来。

在视图中选择刚被分割出来的电风扇前部的小曲面，单击 ^{HIDE} 按钮将其隐藏起来，如图 7-159 所示。

在工具栏中选择 ▣（结合）工具，将视图中的曲面结合在一起。在工具栏中选择 Solid Tools（实体工具）中的 ▢（边缘倒角）按钮，选择眼部的边界，将倒角值设定为 0.05，右击完成倒角操作，如图 7-160 所示。

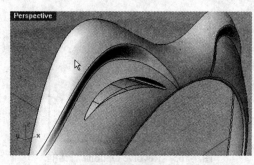

图 7-159　隐藏曲面

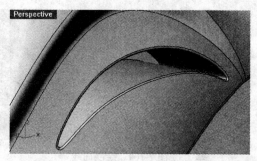

图 7-160　创建倒角

将电风扇的前半部分隐藏起来，将之前隐藏的两个曲面显示出来。在工具栏中选择 ▣（结合）工具，将这两个曲面结合在一起，如图 7-161 所示。

在视图中选择结合在一起的曲面，切换到顶视图中，将其稍微向后移动一些，如图 7-162 所示，这样就完成了一只眼睛的制作。

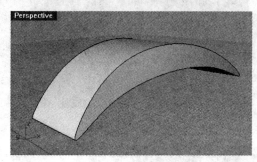

图 7-161　结合曲面

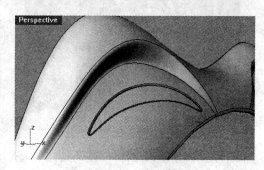

图 7-162　移动曲面

使用同样的方法，制作出电风扇右侧的眼睛，如图 7-163 所示。

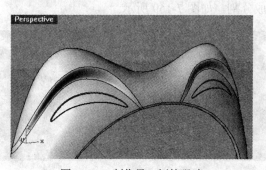

图 7-163　制作另一侧的眼睛

7.4.3 制作风扇的转盘

在工具栏中选择 （控制点曲线）工具，切换到顶视图中绘制出一条从风扇的外轮廓到风扇的中心逐渐变高的曲线，如图 7-164 所示。

在视图中选择刚绘制出的曲线，在工具栏中选择 Revolve（旋转）命令。切换到顶视图中，沿着电风扇的中心绘制一条中轴，右击完成转轴的绘制。在弹出的 Revolve Options 对话框中保持默认设置，如图 7-165 所示。

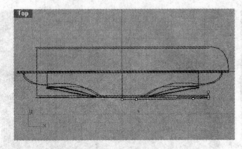

图 7-164   绘制曲线   图 7-165   Revolve Options 对话框

单击 OK 按钮生成旋转曲面，如图 7-166 所示。

切换到前视图中，在工具栏中选择 （圆形）工具，以风扇转盘的中心为圆心绘制出一个半径略小于风扇转盘的圆形，如图 7-167 所示。

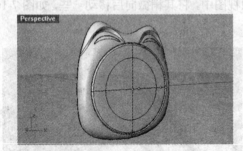
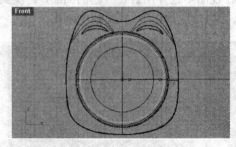

图 7-166   生成旋转曲面   图 7-167   绘制圆形

选择刚绘制出来的圆形，在工具栏中选择 （挤压）工具，将曲面挤压出一定的高度，如图 7-168 所示。

在工具栏中选择 （分割）工具，先选择旋转生成的风扇转盘部分，右击，再选择刚生成的挤压曲面，右击完成分割，如图 7-169 所示。

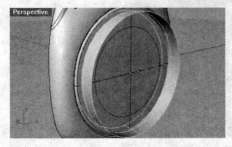
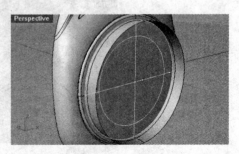

图 7-168   挤压生成曲面   图 7-169   分割曲面

　　在视图中选择从风扇转盘上分割出来的较小的曲面，在工具栏中选择 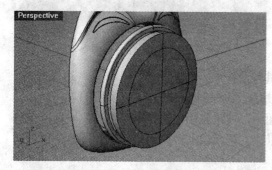 （剪切）工具，将挤压曲面超出风扇转盘的部分剪切掉。

　　选择挤压曲面被剪切后剩下的部分，在工具栏中选择 （复制）工具，将其在原位置上再复制出来一个。

　　在工具栏中选择 （结合）工具，将挤压曲面和风扇转盘被分割后的部分结合为如图 7-170 所示的两个部分。

　　在视图中选择风扇转盘的中心部分，单击 ᴴᴵᴰᴱ 按钮将其隐藏起来。在工具栏中选择实体工具栏中的 （边缘倒角）工具，将倒角值设定为 0.1，选择风扇转盘外缘内侧的边，右击完成倒角操作，如图 7-171 所示。

图 7-170　结合曲面

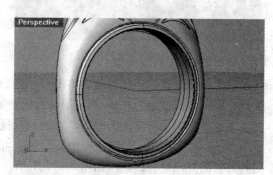

图 7-171　创建倒角面

　　再次使用 （边缘倒角）工具，为风扇转盘中心的边缘添加一个倒角修改，如图 7-172 所示。

　　切换到前视图中，在工具栏中选择 （圆形）工具，以风扇转盘的中心为圆心绘制出一个如图 7-173 所示的圆形。

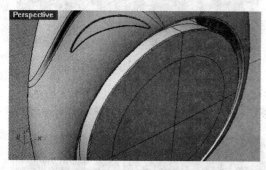

图 7-172　创建倒角曲面

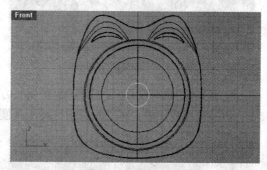

图 7-173　绘制圆形

　　在视图中选择刚绘制出来的小圆，在工具栏中选择 （挤压）工具，将曲面挤压出一定的高度，如图 7-174 所示。

　　在工具栏中选择 （分割）工具，用刚生成的挤压曲面将电风扇转盘的中部分割为两个部分。

　　选择风扇转盘中部被分割出来的较小的部分，在工具栏中选择 （剪切）工具，将挤压生成的曲面超出风扇转盘的部分剪切掉。

　　选择挤压曲面被剪切后剩下的部分，在工具栏中选择 （复制）工具，将其在原位置上再复制出来一个。

　　在工具栏中选择▣（结合）工具，将挤压曲面和风扇转盘被分割后的部分结合为如图 7-175 所示的两个部分。

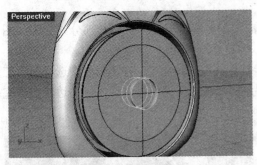

图 7-174　创建挤压曲面

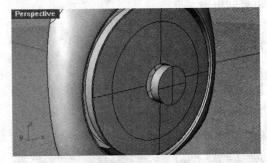

图 7-175　结合曲面

　　选择风扇转盘的中轴部分，单击 HIDE 按钮将其隐藏起来。在工具栏中选择▣（边缘倒角）工具，将倒角值设定为 0.1，为风扇转盘内侧的边缘添加一个倒角修改，如图 7-176 所示。

　　下面绘制风扇转盘上的空隙。切换到前视图中，在工具栏中选择矩形工具，根据风扇转盘的大小，在前视图中绘制出一个长方形，可以让它稍微超出转盘一些，等会还要使用剪切工具对它的外形进行调整，如图 7-177 所示。

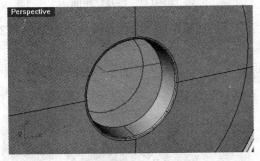

图 7-176　创建倒角曲面

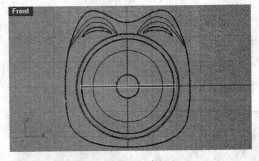

图 7-177　创建长方形

　　在工具栏中选择▦（复制）工具，将长方形在前视图中绘制出多个，如图 7-178 所示。

　　切换到前视图中，在工具栏中选择⊙（圆形）工具，绘制出如图 7-179 所示的两个圆形。

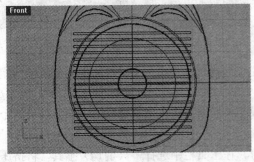

图 7-178　复制矩形

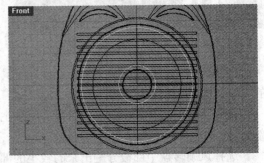

图 7-179　绘制圆形

　　在工具栏中选择▱（剪切）工具，用刚绘制出来的圆形剪切矩形，如图 7-180 所示。

在工具栏中选择 ⬚（剪切）工具，使用视图中剩下来的直线将不需要的圆形部分剪切掉，如图 7-181 所示。

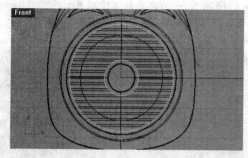
图 7-180　剪切图形

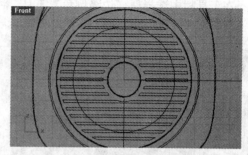
图 7-181　剪切曲线

在工具栏中选择 ⬚（结合）工具，将视图中闭合的线段结合在一起。

全选视图中闭合的线框，在工具栏中选择 ⬚（挤压）工具，将曲面挤压出一定的高度，并将这些曲面移动到刚刚超出风扇转盘的位置，如图 7-182 所示。

在工具栏中选择 ⬚（分割）工具，使用刚挤压出来的曲面，分割出风扇转盘表面的凹槽，将分割出来的较小的曲面删除掉，完成后的效果如图 7-183 所示。

图 7-182　挤压曲面

图 7-183　删除凹槽曲面

在工具栏中选择 ⬚（剪切）工具，用风扇的转盘将挤压曲面超出风扇转盘的部分剪切掉，如图 7-184 所示。

在工具栏中选择 ⬚（结合）工具，将视图中构成风扇转盘部分的曲面结合在一起，完成后的风扇转盘如图 7-185 所示。

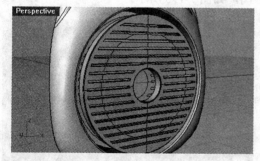
图 7-184　剪切曲面

图 7-185　完成的风扇转盘

　　将风扇的转轴解除隐藏显示在视图中。使用移动工具，将它移动到超出风扇转盘一个网格的位置，如图 7-186 所示。

　　在工具栏中选择 （边缘倒角）工具，将倒角值设定为 0.6，为风扇转盘中轴的边缘添加一个倒角修改，如图 7-187 所示。

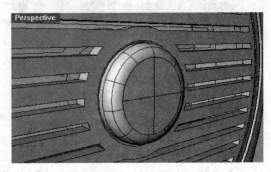

图 7-186　显示曲面　　　　　　　　　　　　　图 7-187　添加倒角修改

　　到此已经知道如何制作出风扇中轴上两个可爱的按钮，希望大家自己制作出来，完成后的效果如图 7-188 所示。

图 7-188　制作中轴上的按钮

7.4.4　制作风扇的支撑脚

　　风扇的主体部分已经制作完，现在制作风扇的支撑脚。在工具栏中选择 （控制点曲线）工具，切换到顶视图中，绘制出如图 7-189 所示的三条闭合曲线。

　　切换到右视图中，将三个曲线拉开一定的距离，如图 7-190 所示。

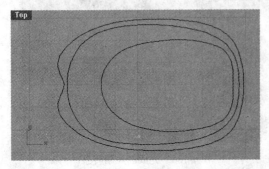
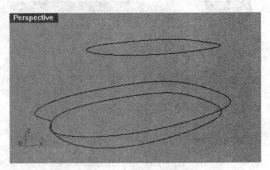

图 7-189　绘制闭合曲线　　　　　　　　　　　图 7-190　拉开曲线的距离

在工具栏中选择 Loft（放样）工具，从上到下依次选择刚绘制出的三条曲线。右击完成选择，这时可以看到曲线的起始点，会发现曲线的三个起始点不在一条直线上，如图 7-191 所示。

将曲线的起始点调整到一条直线上，如图 7-192 所示。

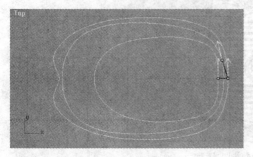

图 7-191 曲线起始点

图 7-192 调整曲线起始点

在调整完曲线的起始点之后，右击，完成放样曲面的生成，完成后的效果如图 7-193 所示。

在工具栏中选择 Patch（补丁）工具，选择支撑脚顶部的边缘，右击完成曲线的选择，在弹出的对话框中保持默认设置，单击 OK 按钮生成曲面，如图 7-194 所示。

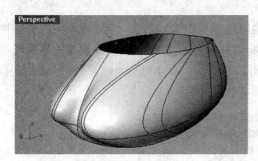

图 7-193 生成放样曲面

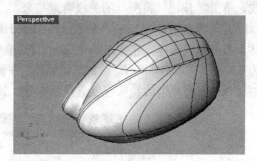

图 7-194 生成曲面

在工具栏中选择 Surface from Planar Curves（通过平面曲线生成曲面）工具，选择支撑脚底部的曲线，右击生成一个平面，如图 7-195 所示。

在工具栏中选择 （结合）工具，将构成支撑脚的三个曲面结合在一起。在工具栏中选择 （边缘倒角）工具，将倒角值设置为 0.3，为支撑脚的底部添加一个倒角修改，如图 7-196 所示。

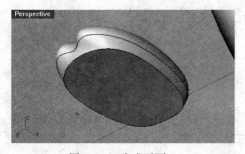

图 7-195 生成平面

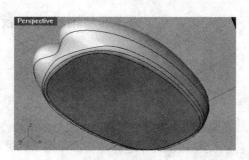

图 7-196 添加倒角修改

将电风扇的支撑脚移动到合适的位置，并镜像到电风扇的另一侧，到此就完成了电风扇模型的制作，效果如图 7-197 所示。

图 7-197　镜像复制支撑脚

7.4.5　导出模型

现在将从 Rhino 中输出模型用来渲染。右击 ⁿⁱᵈᵉHide（隐藏）按钮，将所有的部件解除隐藏。在 Select（选择）工具栏中选择 ©Select Curves（选择曲线）命令，选择视图中所有的曲线，单击 ⁿⁱᵈᵉ 按钮，将所有的曲线隐藏起来。

在菜单栏中单击 File →Export Selected（输出选择的物体）命令，全选视图中所有的物体，右击完成选择。在弹出的 Export 对话框中将文件命名为"电风扇"，将模型的格式选择为 3ds 格式，单击"保存"按钮开始输出，在弹出的 Polygon Mesh Options（多边形网格选项）对话框中，将模型的精细程度选择为中等，如图 7-198 所示。

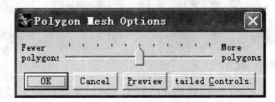

图 7-198　调整输出精度

单击 OK 按钮，开始输出模型，等待一段时间，在完成模型的输出之后，就可以关闭 Rhino 软件了。

7.5　用 3ds max 完成模型的渲染

下面将在 3ds max 中完成模型的渲染。

7.5.1　导入模型

在菜单栏中单击"文件"→"导入"命令，选择附赠资料中提供的"电风扇.3ds"文件，将它导入到 3d max 中进行渲染，如图 7-199 所示。

这时模型有些地方是黑色的，没关系，只要选中黑色部分，然后进入修改命令面板，在修改器列表中选择"法线"修改器，将黑色部分的法线翻转，就可以将模型恢复过来了，如图 7-200 所示。

图 7-199　导入风扇模型

图 7-200　使用"法线"修改器

7.5.2　设置场景和灯光

在创建面板中选择"图形"面板下的"NURBS 曲线"命令，单击"CV 曲线"按钮，在左视图中创建如图 7-201 所示的曲线。

选择曲线，在修改器列表中选中"挤出"命令，创建一个平面作为背景。选中电风扇所有部件并对其进行拖动复制，使用旋转及移动工具将复制出的电风扇模型调整到如图 7-202 所示的状态，这样初步的场景就建立完成了，如果想省略建立场景的步骤，可以直接打开本书附赠资料中提供的场景文件。

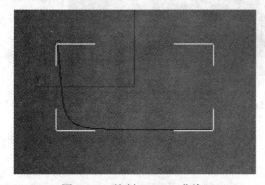

图 7-201　绘制 NURBS 曲线

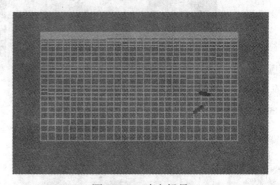

图 7-202　建立场景

在工具栏中单击渲染按钮或者按快捷键 F10 打开渲染控制面板，在"公用面板"的"指定渲染器"栏中单击"产品级"右侧的按钮，在弹出的菜单中选中 VRay 渲染器并单击"确定"按钮，将当前的渲染器指定为 VRay 渲染器。

在主工具栏中单击材质编辑按钮或者按 M 键打开材质编辑器。选择一个材质球，单击 Standard 按钮，在弹出的菜单中双击 VRayMtl 材质，选中电风扇所有部件及地面，单击"指定材质"按钮将当前材质指定给选中的物体。

在创建命令面板的灯光面板下拉菜单中选择 VRay，单击 VRayLight 按钮，如图 7-203 所示设置灯光的参数。

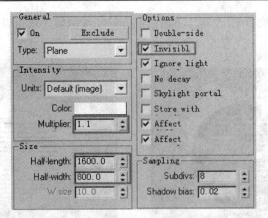

图 7-203　设置 VRay 灯光参数

在工具栏中选择"移动工具"和"旋转工具"，将 VRay 平面灯光调节到如图 7-204 所示的状态。

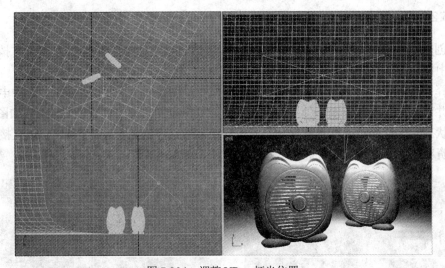

图 7-204　调整 VRay 灯光位置

单击 VRayLight 按钮，如图 7-205 所示设置灯光的参数。

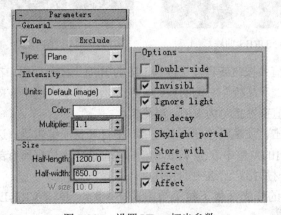

图 7-205　设置 VRay 灯光参数

在工具栏中选择"移动工具"和"旋转工具"，将 VRay 平面灯光调节到如图 7-206 所示的状态。

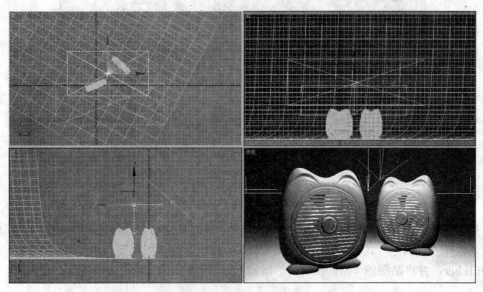

图 7-206　调整 VRay 灯光位置

在完成场景与灯光的设置之后，对渲染的参数进行调整。在工具栏中单击渲染按钮或按 F10 键打开渲染控制面板，在公用面板中将"输出大小"设置为宽 1280、高 960。单击渲染器面板，勾选 V-Ray: Frame buffer（帧缓存器）下拉菜单的 Enable built-in Frame（启用内置帧缓冲区）复选框。

在"Indirect illumination（GI）间接照明（全局光）"卷展栏中打开全局照明，如图 7-207 所示设置参数。

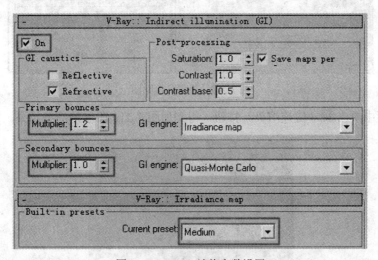

图 7-207　VRay 渲染参数设置

在 Environment（环境）卷展栏中打开天光照明，颜色为淡蓝色，倍增值为 0.8。单击贴图按钮，在弹出的材质/贴图浏览器中选择 VRayHDRI 贴图，如图 7-208 所示。

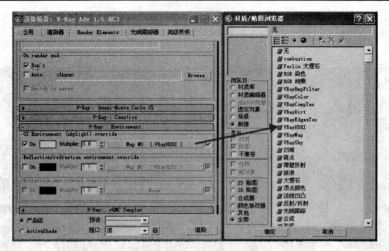

图 7-208　设置环境光

按 M 键打开材质编辑器，选择一个空白材质，通过拖拽的方式将环境贴图拖拽到该材质球上，选择"实例"方式。单击 Browse（查找）按钮，选择附赠资料中提供的 HDRI 文件 b209LB.hdr，并将贴图的"Muliplier（倍增）"值设置为 0.8，如图 7-209 所示。

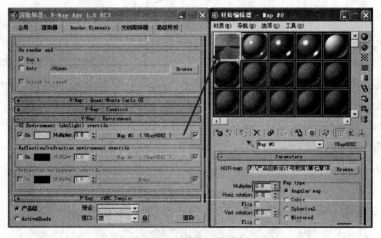

图 7-209　设置环境贴图

在工具栏中单击 （快速渲染）按钮，得到如图 7-210 所示的渲染结果。

图 7-210　渲染效果

7.5.3　编辑材质

下面制作电风扇各部分的材质，首先制作电风扇外壳的白色高光塑料材质。

打开材质编辑器，选择一个空白材质球赋给电风扇的外壳部分，单击 Standard 按钮，在弹出的材质列表中双击选择 VRayMtl 材质。

在基本参数卷展栏中将"Diffuse（漫反射）"颜色设置为 R/G/B 值均为 220 的深灰色，将"Reflect（反射）"颜色设置为 R/G/B 值均为 140 的深灰色，勾选 Fresnel 选项，将 Ref lglossiness 值设置为 0.8，如图 7-211 所示。

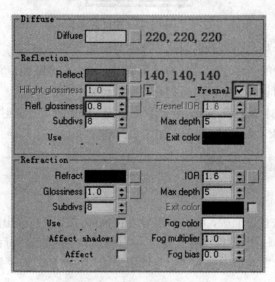

图 7-211　设置材质基本参数

单击 Maps 卷展栏中 Bump 右侧的 None 按钮，在弹出的"材质/贴图浏览器"中选择"Noise（噪波）"贴图，将数量值设置为 3，如图 7-212 所示。

Translucent	100.0	✓	None
Bump	3.0	✓	Map #17　（Noise）
Displace	100.0	✓	None

图 7-212　贴图通道设置

如图 7-213 所示设置噪波贴图的参数。

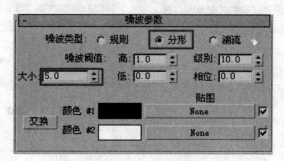

图 7-213　噪波参数设置

双击材质样本球，编辑完成的材质效果如图 7-214 所示。

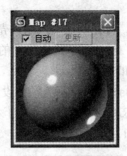

图 7-214　白色塑料材质

下面编辑电风扇中轴的白色塑料材质。这部分材质的基础部分与上面编辑的白色塑料材质是一样的，这里要做的是在已编辑好的材质基础上加个刻度贴图。首先复制上面的白色塑料材质到另外一个空白材质球上，然后把材质赋给风扇中轴的模型。

选择刚复制过来的材质，在 Maps 卷展栏中单击"Diffuse（漫反射）"右边的 None 按钮，为材质加上一个"Mask（遮罩）"贴图，如图 7-215 所示。

图 7-215　添加遮罩贴图

进入遮罩贴图参数设置面板，单击贴图旁边的 None 按钮，在弹出的下拉菜单中选择"位图"，紧接着弹出"选择位图图像文件"窗口，在附赠资料中找到"标盘贴图"图片，然后打开；同样的道理，在遮罩通道中加入"标盘遮罩"图片，然后勾选"反转遮罩"复选框，如图 7-216 所示。

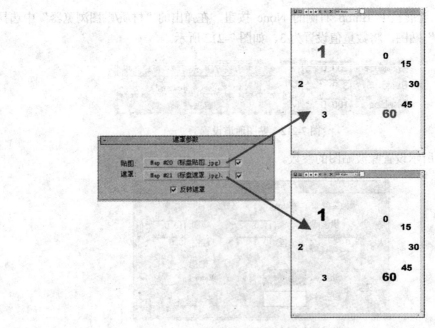

图 7-216　设置遮罩贴图

　　下面编辑橙色塑料材质。选择一个空白的材质球，并将其改为 VRayMtl 材质。在基本参数卷展栏中将"Diffuse（漫反射）"颜色设置为 R/G/B 值为 225/145/0 的橙色，在 Reflection 选项组中将"Reflect（反射）"颜色设置为 R/G/B 值均为 80 的灰色，将 Hilight glossiness 值设置为 0.7，在 Refraction 选项组中将"Refract（折射）"颜色设置为 R/G/B 值均为 60 的灰色，将 Glossiness 值设置为 0.7，在 Translucency 选项组中将 Type 设置为"Hard（wax）model"，并将 Back-side color 设置为与漫反射颜色相同的橙色，如图 7-217 所示。

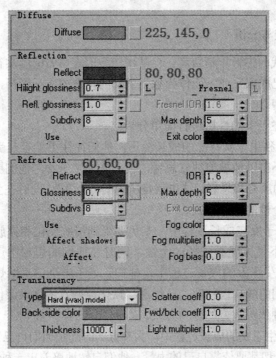

图 7-217　设置材质基本参数

　　到这里就已经完成了所有渲染前的准备工作，在主工具栏中单击 ⊙（快速渲染）按钮渲染场景，得到如图 7-218 所示的渲染效果。

图 7-218　电风扇的最终渲染效果

第8章　概念汽车设计

8.1　概念汽车设计分析

8.1.1　前期调查与分析

设计对象：新一代的中青年消费者。自从中国政府在 1976 年实行计划生育政策以来，第一代的独生子女早已成家立业。而作为独生子女的特殊的成长经历，也在这些独生子女的身上打下了独特的烙印。

下面让我们对独生子女的性格进行简单分析。

（1）个性。由于独生子女特殊的成长经历，他们往往更加容易受到自己父母的影响，同时由于成长过程中不得以地被迫独立思考，较之非独生子女，他们更容易形成一种独立的思考模式，形成自己的风格和思想，这也就是所说的"个性"。同时在生活中，这些年青人也在不断寻找能够彰显个性的生活方式。

（2）传统。独生子女在成长过程中，难免要受到传统文化和家族传统的不断浸染，使这些独生子女的身上不仅体现着张扬的个性，同时在他们的思想中还流淌着文化的血液。

（3）优雅。在独生子女的成长过程中，他们正处于一个信息爆炸的社会。他们了解社会的评价机制，在他们的成长过程中，已经潜移默化地融入了这项评价机制中，自觉地纠正自己的言行，形成一种优雅大方的行为方式。

（4）勇气。在独生子女的成长过程中，大部分的时光是他们自己独立度过的，他们没有兄弟姐妹可以依靠，一切都要依靠自己的力量。他们自然地培养出一种独立战胜困难的勇气。

（5）挑战。在 20 世纪这个人口爆炸的时代，更多的人口，更少的资源，只有强者和适合环境的人才能更好地生存下来。

（6）理性。20 世纪 80 年代出生的独生子女，受过良好的教育，同时具有一种独立思考的习惯，所以在遇到问题的时候他们都会经过思考，再提出自己的见解。

（7）沟通。21 世纪是一个信息爆炸的时代，相互之间的沟通是获取信息的重要渠道，也可以说是年轻人必备的生存技能之一。

（8）团队。在当今的社会中，想成就一份事业，单独依靠自己的力量是难以想象的，独生子女由于从小独自长大，更要在社会生活中学会相互合作。

（9）自然。从小生活在大都市钢筋水泥森林中的独生子女们，对自然的渴望更加强烈，在享受自然的过程中宣泄对都市的不满。

8.1.2　针对中青年消费者的需要分析

1. 调查总结

从前期分析中，可以发现现在中青年的独生子女有以下一些共同特点：

（1）年轻。第一代的独生子女现在最多是刚 30 岁的年轻人。

（2）文化水平较高。独生子女是父母和长辈的掌上明珠，是一个家庭未来的希望，这一代的独生子女大多受过良好的教育，具有较高的科学文化修养。

（3）张扬的个性。独生子女拥有独立思考的能力，享受着父母和长辈们的无限宠爱。这些年轻人也多形成了张扬、不受约束的性格。

（4）沟通和交流的强烈愿望。在成长的过程中，独生子女缺少玩伴，更加懂得朋友的作用和珍贵。在日常生活中，他们之间少不了经常性的聚餐、聚会。

2. 产品定位

根据为需要而设计的总体原则，通过前期的调查分析，为将要设计的产品进行多方向的定位可以使设计工作更加准确有效。

设计对象：以独生子女为主的年轻一代。

优点：① 年轻；② 文化较高；③ 追求个性。

缺点：① 容易孤独；② 交流不便。

3. 针对设计对象的产品定性

（1）较低的售价。虽然这些年青人都受过良好的教育，但是毕竟年龄太小，社会经验不足，所以一般不会有太多的积蓄，只能承受起售价较为低廉的汽车。

（2）新颖，现代。年轻人喜爱的产品当然是新颖的、美观的。白色、银色以及其他一些鲜艳又协调的色彩都是他们喜欢的。

（3）高科技感。这代年轻人都具有较高的文化水平，他们对新的科学技术也有相对较高的了解，他们当然会喜欢一款代表着最新科技的新产品。

（4）追求个性。拥有很多自由，选择面也会很宽，他们不希望看到自己的东西和其他人的一样。他们渴望与众不同，希望自己带着一款奇特的新鲜玩意儿，吸引众人的眼球。

8.2　绘制设计草图

8.2.1　外观设计草图

外观设计草图如图 8-1 至图 8-8 所示。

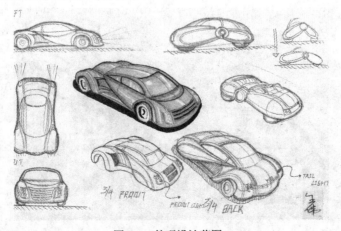

图 8-1　外观设计草图 1

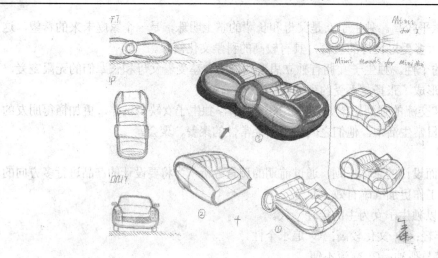

图 8-2　外观设计草图 2

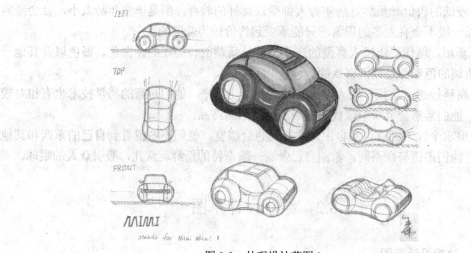

图 8-3　外观设计草图 3

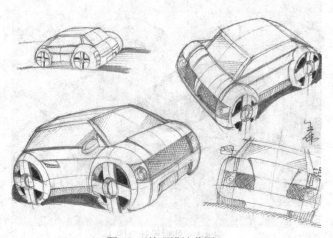

图 8-4　外观设计草图 4

图 8-5　外观设计草图 5

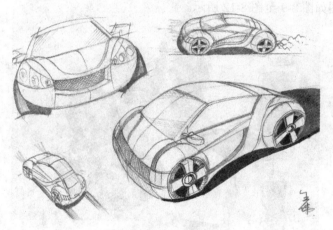

图 8-6　外观设计草图 6

图 8-7　外观设计草图 7

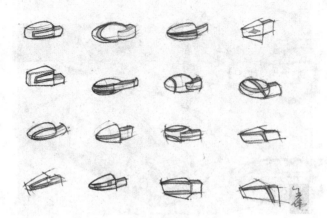

图 8-8　后视镜设计草图

8.2.2　内饰设计草图

内饰设计草图如图 8-9 至图 8-12 所示。

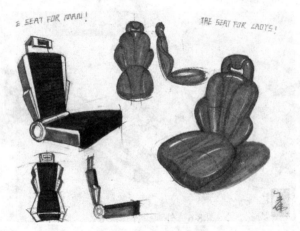

图 8-9　座椅设计草图 1

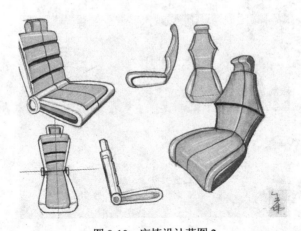

图 8-10　座椅设计草图 2

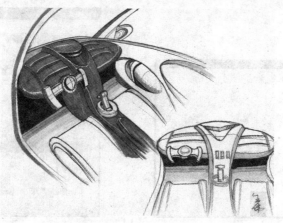

图 8-11　内饰设计草图 1

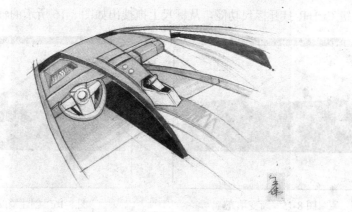

图 8-12　内饰设计草图 2

8.3　用 Photoshop 绘制平面效果图

8.3.1　制作车体轮廓

打开 Photoshop 软件，在菜单栏中单击"文件"→"新建"命令（快捷键 Ctrl+N），创建一个新的文件，在名称栏中将新文件的名字改为"汽车效果图"，在预设栏中将画面的大小设置为 A4，"颜色模式"选择默认的 RGB 颜色，"背景内容"选择默认的白色。在设置完成之后，单击"好"按钮，创建一个新的空白文件。

单击主菜单栏中的"图像"→"旋转画布"命令，选择将画布旋转 90°。

在工具栏中选择 ◊（钢笔）工具，在视图中绘制出汽车的轮廓，如图 8-13 所示。

按住 Ctrl 键，在图层面板中单击已经绘制好的矢量轮廓，将轮廓的范围作为选区载入。在图层面板中单击 ◙（创建新图层）按钮，创建一个新图层，命名为"汽车轮廓"。

保持选区不变，激活新创建的图层。在工具栏中选择渐变工具，编辑出如图 8-14 所示的渐变。

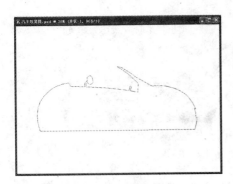

图 8-13　绘制汽车轮廓

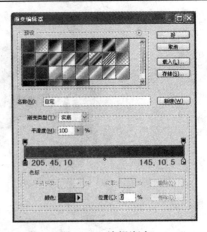

图 8-14　编辑渐变

按住 Shift 键，创建出一个从上到下的渐变，如图 8-15 所示。

按快捷键 Ctrl+R 打开标尺功能，从标尺上拖拽出如图 8-16 所示的辅助线。

图 8-15　渐变填充

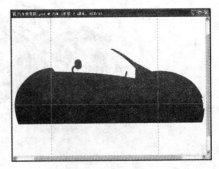

图 8-16　创建辅助线

在工具栏中选择矢量图形工具中的 （椭圆）工具，在画布中根据车轮的位置绘制出两个圆形，如图 8-17 所示。

在工具栏中选择 （减淡）工具，根据车身的曲面形态对车身的曲面进行减淡修改，如图 8-18 所示。

图 8-17　创建车轮

图 8-18　添加减淡修改

在工具栏中选择 （加深）工具，根据车身的形态对车身添加加深修改，如图 8-19 所示。

在工具栏中选择 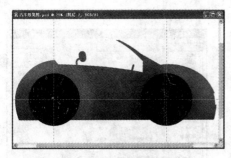（钢笔路径）工具，在车身前部的曲面处绘制出如图 8-20 所示的矢量图形。

图 8-19　添加加深修改

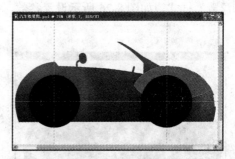

图 8-20　绘制矢量图形

按住 Ctrl 键，在图层面板中单击刚创建的矢量图形，将它的范围作为选区载入。在图层面板中单击"创建新图层"按钮，将其命名为"前部反光"。

保持选区不变，在图层面板中激活新创建的"前部反光"图层。在工具栏中单击 （渐变）按钮，编辑出如图 8-21 所示的渐变。

使用刚编辑出来的渐变填充选区，并在图层面板中将"不透明度"调整为 60%。使用同样的方法，编辑出车身后部的反光，如图 8-22 所示。

图 8-21　渐变编辑器

图 8-22　编辑后部的反光

在工具栏中选择 （矩形选区）工具，在选区属性栏中将"羽化半径"调整为 10，在车身的底部绘制出如图 8-23 所示的选区。

在菜单栏中单击"图像"→"调整"→"曲线"命令，将曲线调整为如图 8-24 所示的形态。

图 8-23　绘制矩形选区

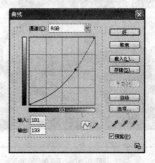

图 8-24　调整曲线形态

按快捷键 Ctrl+D 取消选区，如图 8-25 所示，可以发现车身的底部已经变暗了。

在图层面板中，双击车轮图形右侧的空白区域，在弹出的"图层样式"对话框中选择"斜面和浮雕"样式，如图 8-26 所示设置参数。

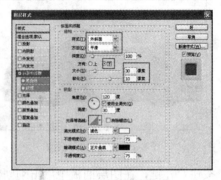

图 8-25　将车身底部变暗　　　　　　　　　图 8-26　设置图层样式

编辑完成的图层样式效果如图 8-27 所示，使用同样的方法编辑出后部车轮的图层样式。

创建一个新图层，在工具栏中选择 ⬚ （矩形选区）工具，在画布中创建出如图 8-28 所示的选区，并将选区填充为白色。

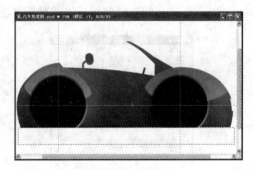

图 8-27　添加图层样式　　　　　　　　　　图 8-28　填充选区

下面绘制车门部分的曲面，在工具栏中选择 ✒ （钢笔路径）工具，在车身的侧面绘制如图 8-29 所示的图形。

创建一个新图层，将刚创建出的钢笔路径转化为选区，使用之前编辑出来的渐变效果进行填充，如图 8-30 所示。

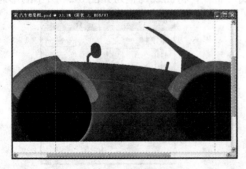

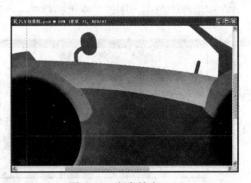

图 8-29　绘制图形　　　　　　　　　　　　图 8-30　渐变填充

在工具栏中选择 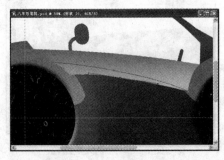（钢笔路径）工具，在车身的侧面绘制出如图 8-31 所示的图形。

创建一个新图层并将路径转化为选区，在工具栏中选择填充工具，使用之前编辑出来的车身的渐变效果进行填充，如图 8-32 所示。

图 8-31　绘制矢量图形　　　　　　　　　图 8-32　渐变填充

在工具栏中选择 （加深）工具，对图层进行加深修改，完成后的效果如图 8-33 所示。

按住 Ctrl 键，在图层面板上单击刚完成渐变填充的图层，将它的范围作为选区载入。在菜单栏中单击"选择"→"修改"→"扩展"命令，将"扩展值"设置为 10 像素，单击"好"按钮完成扩展操作，如图 8-34 所示。

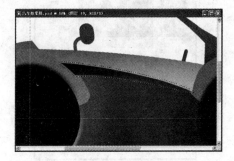

图 8-33　添加加深修改　　　　　　　　　图 8-34　扩展选区

在工具栏中激活选区选项，按向下的方向键将选区向下移动到如图 8-35 所示的位置。

保持选区不变，在菜单栏中单击"选择"→"羽化"命令，将"羽化半径"设置为 10 像素，单击"好"按钮，完成羽化操作。

按快捷键 Ctrl+Shift+I，使用"反选选区"命令。按 Delete 键，将图层的边缘删除，完成后的效果如图 8-36 所示。

图 8-35　移动选区　　　　　　　　　　　图 8-36　删除图层边缘

使用同样的方法对该图层的底部添加加深修改，完成后的效果如图 8-37 所示。

在工具栏中选择 （钢笔路径）工具，在车身的侧面绘制出如图 8-38 所示的矢量路径。

图 8-37　添加加深修改　　　　　　　　　　图 8-38　绘制矢量路径

创建一个新图层，将刚创建出的钢笔路径转化为选区。在工具栏中单击 （渐变）按钮，编辑出如图 8-39 所示的渐变效果。

保持选区不变，使用刚编辑出来的渐变效果填充新图层，完成后的效果如图 8-40 所示。

图 8-39　编辑渐变效果　　　　　　　　　　图 8-40　渐变填充

进入图层面板，将刚完成填充的图层拖拽到 （创建新图层）按钮上，创建一个图层的副本。按住 Ctrl 键，在图层面板中单击刚创建出来的副本图层，将副本的区域作为选区载入，如图 8-41 所示。

将前景色调整为 R/G/B 值均为 125 的灰色，按快捷键 Shift+F5 使用填充命令，选择使用前景色填充，单击"好"按钮完成填充，如图 8-42 所示。

图 8-41　载入选区　　　　　　　　　　　　图 8-42　填充选区

在菜单栏中单击"选择"→"修改"→"扩展"命令，将"扩展值"设置为 10 像素，单击"好"按钮完成扩展操作，如图 8-43 所示。

在菜单栏中单击"选择"→"羽化"命令，将羽化值设置为 3 像素，单击"好"按钮完成羽化操作。

在菜单栏中单击选区按钮，按向下的方向键将选区向下移动，如图 8-44 所示。

图 8-43　扩展选区　　　　　　　　　　图 8-44　移动选区

按 Delete 键将选区内的图形删除掉，图层的边缘已经出现了很好的羽化效果，如图 8-45 所示。

使用同样的方法，制作出车窗下部的反光，如图 8-46 所示。

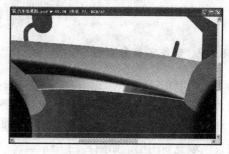

图 8-45　删除选区　　　　　　　　　　图 8-46　创建反光区域

在工具栏中选择 （钢笔路径）工具，在车身的侧面绘制出如图 8-47 所示的矢量路径。

在工具栏中将前景色调整为 R/G/B 值为 108/5/1 的深红色。在图层面板中创建一个新图层，将刚绘制出的路径转化为选区，使用前景色填充新图层，如图 8-48 所示。

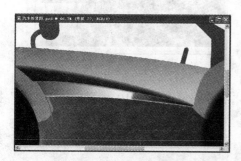
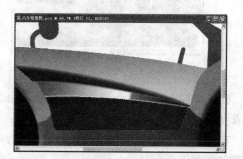

图 8-47　绘制矢量路径　　　　　　　　图 8-48　填充新图层

使用之前用过的方法创建出车门的暗部和反光，如图 8-49 所示。

使用同样的方法绘制出车身下半部分的反光，如图 8-50 所示。

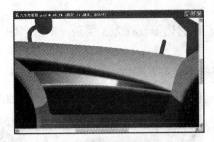

图 8-49　绘制车门

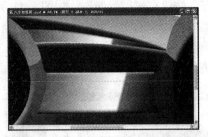

图 8-50　绘制车身下部玻璃

使用同样的方法绘制出车身下部的车门的组成部分，如图 8-51 所示。

图 8-51　绘制车身下部的组成部分

8.3.2　制作车身分割线

下面绘制车身的分割线。在工具栏中选择 工具，在车身的分割处绘制出如图 8-52 所示的矢量图形，注意一定要对路径进行调整，使路径的边缘圆滑。

将前景色调整为黑色。在图层面板中创建一个新图层，将刚创建的路径转化为选区，使用前景色填充新图层，如图 8-53 所示。

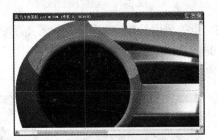

图 8-52　绘制矢量图形

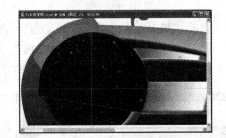

图 8-53　填充选区

在菜单栏中单击"选择"→"收缩"命令，将收缩值设置为 10 像素，单击"好"按钮完成收缩命令。

在菜单栏中单击"选择"→"羽化"命令，将"羽化半径"设置为 5 像素，单击"好"按钮完成羽化命令。

按两次 Delete 键，将选区内的图像删除，如图 8-54 所示。

在工具栏中选择 工具，将下部的直线区域擦除掉，如图 8-55 所示。

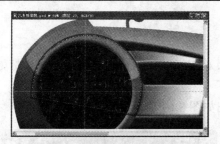
图 8-54 删除选区

图 8-55 删除图形

此时这个分割区域还是显得比较深，在图层面板中将图层的不透明度调整为 50%，如图 8-56 所示。

使用类似的方法制作出车身分割处白色的反光区域，如图 8-57 所示。

图 8-56 调整不透明度

图 8-57 创建白色反光

使用同样的方法绘制出车身上其他位置的分割线，如图 8-58 所示。

绘制出如图 8-59 所示的两个黑色的图层，当作车身上的镂空区域。

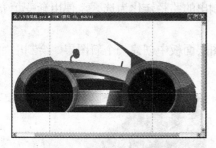
图 8-58 绘制车身分割线

图 8-59 绘制镂空区域

绘制填充选区，然后使用加深、减淡工具修改出镂空区域的边缘，如图 8-60 所示。

使用同样的方法绘制出车身前部上车身镂空部位的边缘，如图 8-61 所示。

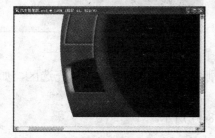
图 8-60 绘制边缘

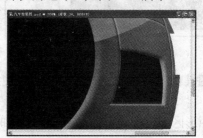
图 8-61 绘制边缘

8.3.3　制作车灯

下面绘制前后的车灯。在工具栏中选择（钢笔路径）工具，在车身前部车灯处绘制出如图 8-62 所示的闭合路径。

在工具栏中选择（渐变）工具，编辑出如图 8-63 所示的渐变效果。

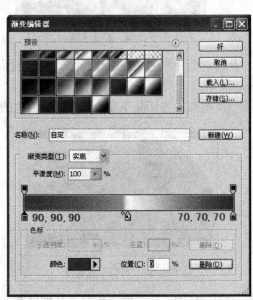

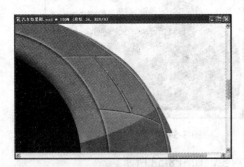

图 8-62　绘制路径　　　　　　　　　　图 8-63　编辑渐变效果

在图层面板中创建出一个新图层，将刚绘制出的路径转化为选区，使用渐变填充图层，如图 8-64 所示。

在工具栏中选择（矩形选区）工具，在图层面板中创建一个新图层，绘制出如图 8-65 所示的选区。

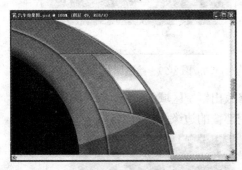
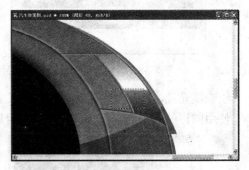

图 8-64　渐变填充　　　　　　　　　　图 8-65　绘制选区

在工具栏中选择（渐变）工具，使用刚编辑出来的渐变效果填充选区，如图 8-66 所示。

将矩形区域超出车灯的区域删除掉，如图 8-67 所示。

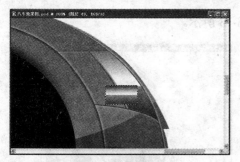

图 8-66　渐变填充

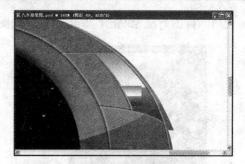

图 8-67　删除选区

使用同样的方法再编辑出上方的两个车灯，如图 8-68 所示。

在工具栏中选择 ![pen](钢笔路径）工具，在车灯处绘制出如图 8-69 所示的闭合路径。

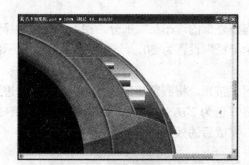

图 8-68　编辑车灯

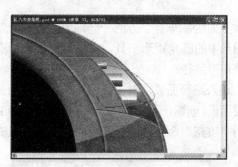

图 8-69　绘制路径

在工具栏中选择 ![gradient](渐变）工具，编辑出一个从白色到透明的渐变效果，如图 8-70 所示。

在图层面板中创建一个新图层，将路径转化为选区，使用刚编辑出来的渐变效果填充图层，如图 8-71 所示。

图 8-70　编辑渐变效果

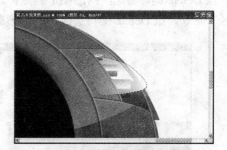

图 8-71　渐变填充

将反光图层超出车灯的区域删除掉，到此就完成了前车灯的编辑，如图 8-72 所示。

使用同样的方法绘制出汽车的尾灯，如图 8-73 所示。

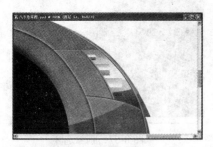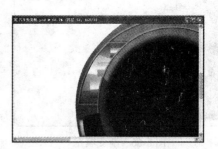

　　　　图 8-72　删除图层　　　　　　　　　　　　　　图 8-73　绘制汽车尾灯

8.3.4　绘制其他车身细节

下面绘制车身上方的一些细节。首先绘制露在外部的汽车头靠部分，在工具栏中选择矢量图形中的圆角矩形工具，在属性栏中将"圆角半径"设置为 50，绘制出如图 8-74 所示的圆角矩形路径。

进入路径面板，单击 ⊙（将路径转化为选区）按钮，将圆角矩形路径转化为选区。进入图层面板，创建一个新图层。将前景色调整为 R/G/B 值为 207/51/14 的红色，按快捷键 Shift+F5 使用"填充"命令，选择使用"前景色"填充，完成后的效果如图 8-75 所示。

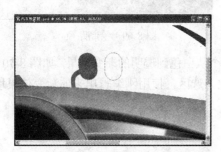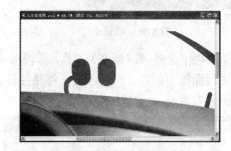

　　　　图 8-74　绘制圆角矩形　　　　　　　　　　　　图 8-75　填充图层

将刚完成填充的图层拖拽到"创建新图层"按钮上，创建一个图层的副本。

在图层面板中选择刚生成的副本图层，在工具栏中选择 ▭（矩形选区）工具，绘制出如图 8-76 所示的矩形选区。

按 Delete 键，将选区内的图形删除掉。再激活原图层，按快捷键 Ctrl+Shft+I 使用"反选选区"命令，按 Delete 键将选区内的图形删除，形成如图 8-77 所示的两个图形。

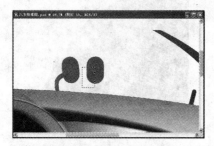

　　　　图 8-76　创建矩形选区　　　　　　　　　　　　图 8-77　分割图层

双击较大的部分右侧的空白区域，如图 8-78 所示，在弹出的"图层样式"对话框中设置图层样式的参数。

完成后的图层样式效果如图 8-79 所示。

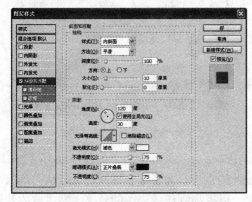

图 8-78　设置图层样式参数　　　　　　　　　图 8-79　图层样式效果

使用之前编辑的玻璃的渐变效果填充较小的部分，并为它添加同样的斜面和浮雕的图层效果，如图 8-80 所示。

在图层面板中勾选"链接"选项，将"头靠"图层和"头靠 副本"图层链接在一起，如图 8-81 所示。

图 8-80　添加图层样式　　　　　　　　　图 8-81　链接图层

在菜单栏中单击"编辑"→"变换"→"旋转"命令，将头靠旋转并移动到如图 8-82 所示的位置。

在工具栏中选择 （橡皮擦）工具，将头靠下方原来的头靠图形删除掉。

下面绘制头靠与座椅连接部分的金属管。在工具栏中选择 （钢笔路径）工具，在钢管处绘制出如图 8-83 所示的闭合路径。

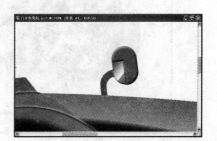

图 8-82　旋转并移动图层　　　　　　　　　图 8-83　绘制闭合路径

　　将路径转化为选区，创建一个新图层，并将其填充为如图 8-84 所示的效果。

　　大家自己编辑出汽车挡风玻璃处的效果，如图 8-85 所示。

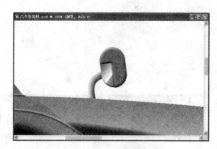 

图 8-84　填充图层　　　　　　　　　图 8-85　绘制挡风玻璃

　　对车身局部进行调整，到此就完成了车身主体部分效果的编辑，如图 8-86 所示。

　　车轮只是汽车的一个部件，并不是汽车设计的重点。为了节省时间，可以从一些汽车的正视图中将车轮部分截取下来，放入效果图中，以提高制作效果图的效率，完成后的效果如图 8-87 所示。

图 8-86　调整局部效果　　　　　　　图 8-87　制作车轮

　　最后在车身的底部添加阴影效果和文字说明，完成后的效果如图 8-88 所示。

图 8-88　最后修饰

8.4 用 Rhino 制作三维模型

8.4.1 制作车身前部

打开 Rhino 软件,将汽车的顶视图、侧视图和前视图分别放置在软件的 Top 视图、Front 视图和 Right 视图中,如图 8-89 所示。

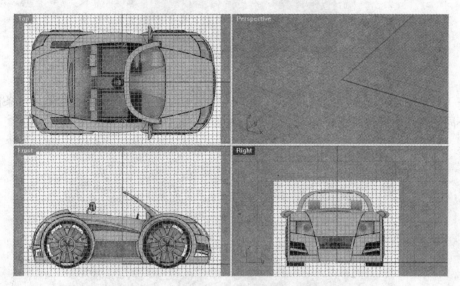

图 8-89 放置参考图

在工具栏中单击 ⊙（圆形）按钮,在前视图中绘制一个半径为 8 个网格宽度的圆形,并在顶视图中将它移动到车身的下部,如图 8-90 所示。

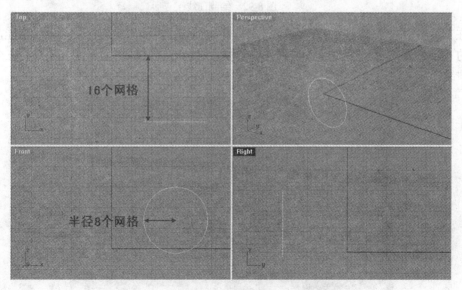

图 8-90 绘制圆形

在工具栏中选择 Polyline（折线）工具，在 Front 视图中沿着红色的轴线绘制一条直线。切换到顶视图中，将直线和圆形移动到一起，利用这条直线将圆形超过红色轴线的部分剪切掉，如图 8-91 所示。

图 8-91　剪切曲线

在工具栏中选择 （控制点曲线）工具，在前视图中沿着车身的曲面绘制出一条曲线，并在不同的视图中调整曲线的形态，如图 8-92 所示。

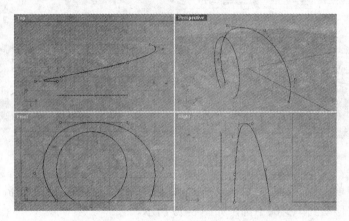

图 8-92　绘制曲线

在工具栏中选择 （控制点曲线）工具，在软件操作界面的底部打开 Osnap 功能，勾选其中的"End（末端）"捕捉功能，捕捉曲线的端点绘制出如图 8-93 所示的三条具有三个控制点的曲线。

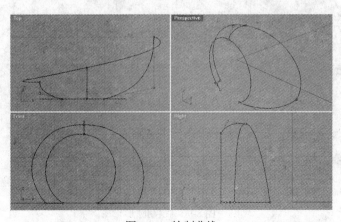

图 8-93　绘制曲线

在视图中选择靠近车身内部的曲线，在工具栏中选择 Transform（变形）菜单中的 Mirror（镜像）命令，在 Top 视图中以 X 轴为中轴，镜像复制出一条曲线，如图 8-94 所示。

在工具栏中选择 ⋰（控制点曲线）工具，在软件操作界面的底部打开 Osnap 功能，勾选其中的"End（末端）"捕捉功能，捕捉曲线的端点绘制出如图 8-95 所示的两条具有三个控制点的曲线。

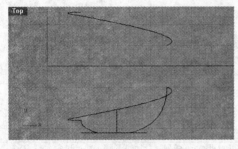

图 8-94　镜像复制曲线

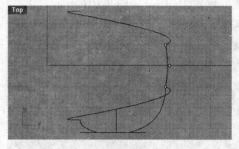

图 8-95　绘制曲线

在工具栏中选择 ⋀（折线）工具，捕捉曲线的端点，绘制出如图 8-96 所示的直线。

在工具栏中选择 Surface（曲面）工具栏中的 ⬙ Sweep 2 Rails（双轨放样）工具，选择曲线 1、2 为放样的轨道，选择曲线 3、4、5 为放样的截面曲线，如图 8-97 所示。

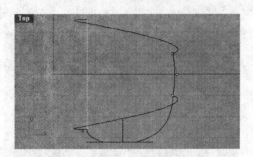

图 8-96　绘制曲线

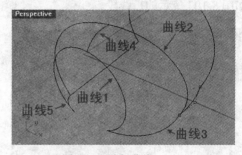

图 8-97　选择曲线

在按顺序完成曲线的选择之后，右击，在弹出的 ⬙ Sweep 2 Rail Options 对话框中选择 Do not simple（不简化），单击 OK 按钮生成双轨放样曲面，如图 8-98 所示。

右击，再次使用双轨放样工具，选择曲线 1、2 为放样的轨道，选择曲线 3、4 为放样的截面曲线，如图 8-99 所示。

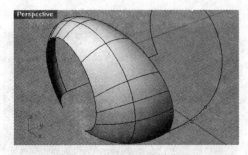

图 8-98　生成双轨放样曲面

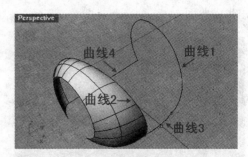

图 8-99　选择曲线

在完成曲线的选择之后，右击，同样在弹出的 Sweep 2 Rail Options 对话框中选择 Do not

simple，单击 OK 按钮生成双轨放样曲面，如图 8-100 所示。

　　车身的表面钢板应该是具有一定厚度的，而刚制作出的曲面只有薄薄的一层，虽然现在看起来效果还可以，但是在渲染时就会露馅，显得非常不真实。接下来就要为曲面添加厚度。

　　将车身中部的曲面隐藏起来，仅留下车身侧面的曲面。选择车身侧面的曲面，在 Surface（曲面）工具栏中选择 Offset Surface（偏移曲面）命令，在命令栏中将 Offset distance（偏移距离）设置为-0.5，如图 8-101 所示。

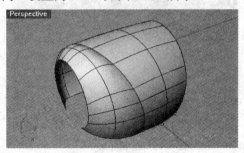

图 8-100　生成双轨放样曲面

```
Select surfaces or polysurfaces to offset. Press Enter when done:
Offset distance <0.500> ( FlipAll Solid Loose Tolerance ) -0.5
```

图 8-101　设置偏移值

　　右击，生成一个向内的偏移曲面，如图 8-102 所示。

　　在工具栏中选择 （折线）工具，打开 End（末端）捕捉功能，捕捉曲线的节点，绘制出如图 8-103 所示的折线段。

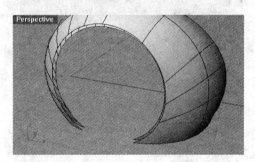

图 8-102　向内生成偏移曲面

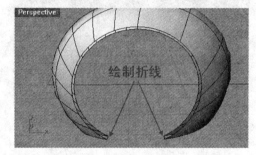

图 8-103　绘制折线

　　旋转透视图，同样使用折线工具，在另一侧也绘制出如图 8-104 所示的两条折线。

　　在工具栏中选择 Surface（曲面）工具栏中的 Surface from 2, 3 or 4 Edge Curves（通过 2、3 或 4 条边或者曲线生成曲面）工具，按如图 8-105 所示的顺序选择曲线，选择完成后，右击生成曲面。

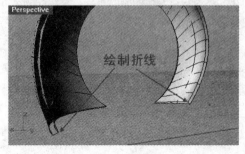

图 8-104　绘制折线

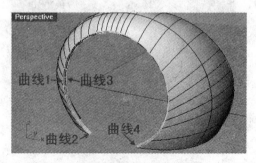

图 8-105　生成曲面

同样使用"通过 2，3 或 4 条边或者曲线生成曲面"工具，生成如图 8-106 所示的曲面。

在工具栏中选择 ▣（结合）工具，选择视图中的三个曲面，将它们结合为一个整体。这时曲面的底部并不平整，如图 8-107 所示。

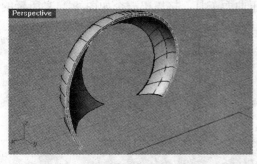

图 8-106　生成曲面

图 8-107　曲面底部不平整

进入 Top（顶）视图，在工具栏中选择 ▦（矩形平面）工具，绘制出一个超过车身大小的矩形平面，如图 8-108 所示。

切换到前视图中，将矩形曲面向上移动，使它与车身前部的曲面相交，如图 8-109 所示。

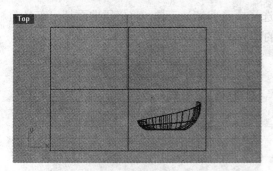

图 8-108　绘制矩形曲面

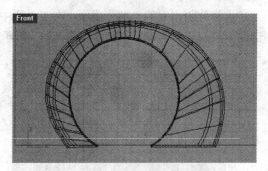

图 8-109　移动曲面

在工具栏中选择 ✂（剪切）工具，使用矩形曲面，将车身前部曲面超出它的部分剪切掉，如图 8-110 所示。

在完成剪切操作之后，将矩形曲面隐藏起来。在工具栏中选择 Surface（曲面）工具箱中的 ▣ Surface from Planar Curves（通过平面曲线生成曲面）工具，将曲面底部的空隙封补起来，如图 8-111 所示。

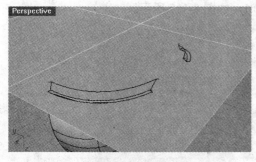

图 8-110　剪切曲面

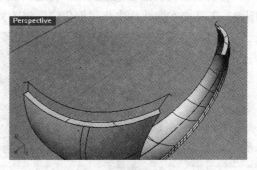

图 8-111　封补曲面

在工具栏中选择 ▣（结合）工具，将视图中的所有曲面结合为一个整体。

切换到 Right（右）视图中，在工具栏中选择 ⋏（折线）工具，绘制出如图 8-112 所示的折线。

选择刚绘制出的折线，在工具栏中选择挤压曲面工具，挤压出一个如图 8-113 所示的曲面。

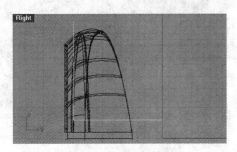
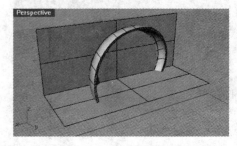

图 8-112　绘制折线　　　　　　　　　　图 8-113　生成挤压曲面

在工具栏中选择 ⊹（分割）工具，用刚生成的挤压曲面将车身前部曲面分割为两部分，如图 8-114 所示。

选择分割出来的一部分曲面，在工具栏中选择 ⊸（剪切）工具，将挤压曲面超出车身前部曲面的部分剪切掉，仅剩下如图 8-115 所示的部分。

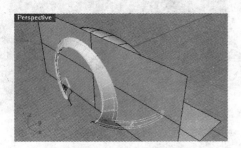

图 8-114　分割曲面　　　　　　　　　　图 8-115　剪切曲面

选择完成剪切操作后剩下的曲面，在工具栏中选择 ⊞（复制）工具，将这个曲面在原位置再复制出来一份。

在工具栏中选择 ▣（结合）工具，将视图中的曲面结合为如图 8-116 所示的两个部分。

将曲面靠内的部分隐藏起来。在工具栏中选择 Solid Tools（实体工具）栏中的 ◲（边缘倒角）工具，在参数栏中将"倒角值"修改为 0.1，如图 8-117 所示。

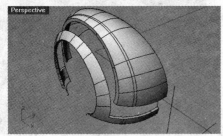

```
Command: _FilletEdge
Select edges to fillet ( Radius=1 ): 0.1
```

图 8-116　结合曲面　　　　　　　　　　图 8-117　修改倒角半径

在视图中选择如图 8-118 所示的曲面的边缘，右击完成倒角操作，完成后的效果如图 8-119 所示，在曲面的边缘出现圆滑的倒角。

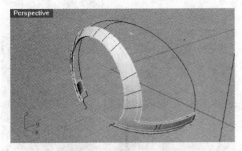

图 8-118　选择边缘倒脚

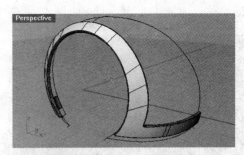

图 8-119　添加倒角修改

将刚完成倒角操作的曲面隐藏起来，将刚才隐藏起来的曲面显示出来。切换到 Front（前）视图中，在工具栏中选择 （折线）工具，绘制出如图 8-120 所示的两条折线。

选择刚绘制出的两条折线，在工具栏中选择 （挤压）工具，挤压曲线生成两个平面，并将它们移动到如图 8-121 所示的位置。

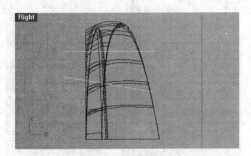

图 8-120　绘制折线

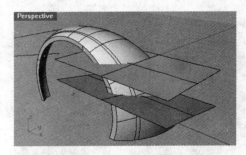

图 8-121　生成挤压曲面

在工具栏中选择 （分割）工具，在 Select Objects to Split（选择被分割物体）时选择车身曲面，在 Select Cutting Surfaces or Polysurfaces（选择剪切曲面）时，选择刚挤压出来的两个平面，将车身曲面分割为如图 8-122 所示的三个部分。

选择位于中部的车身曲面，在工具栏中选择 （剪切）工具，在 Select Object to Trim（选择被剪切对象）时选择两个挤压曲面，将它们超出车身曲面的部分剪切掉，如图 8-123 所示。

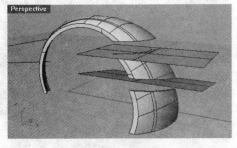

图 8-122　分割曲面

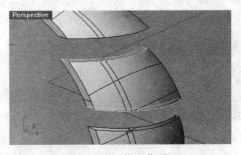

图 8-123　剪切曲面

将完成剪切操作后剩下的两个小曲面在原位置上再复制出来一份，在工具栏中选择 （结合）工具，将视图中的曲面结合为如图 8-124 所示的三个部分，每个部分都是闭合的整体。

在工具栏中选择▦（矩形平面）工具，绘制出一个与车身中部相交的矩形平面，如图 8-125 所示。

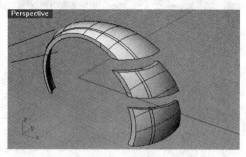
图 8-124　结合曲面

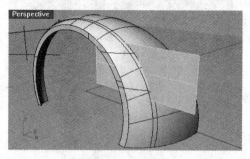
图 8-125　绘制矩形平面

使用之前用过的方法，将中部的曲面修整为如图 8-126 所示的两部分。

切换到 Front（前）视图中，在工具栏中选择⌃（折线）工具，绘制出如图 8-127 所示的四条折线。

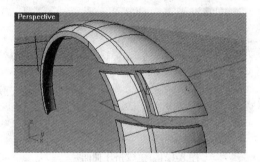
图 8-126　分割曲面

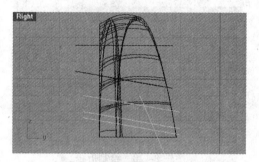
图 8-127　绘制折线

在工具栏中选择⌇（剪切）工具，将图中的四条折线修整为如图 8-128 所示的形态。

在工具栏中选择▣（结合）工具，将前视图中剩下的五条折线结合为两段。

选择已经结合在一起的两段折线，在工具栏中选择▥（挤压）工具，挤压曲线生成两个平面，并将它们移动到如图 8-129 所示的位置。

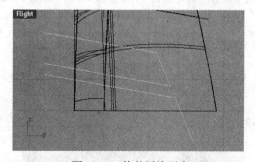
图 8-128　修整折线形态

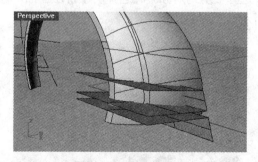
图 8-129　挤压曲面

使用刚挤压出的两个曲面，将车身曲面的底部修整为如图 8-130 所示的形态，相信读者可以自己完成这步操作。

在工具栏中选择 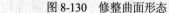（结合）工具，将车身下部的曲面结合为如图 8-131 所示的一个整体。

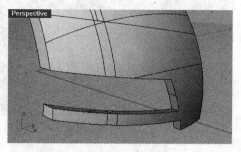

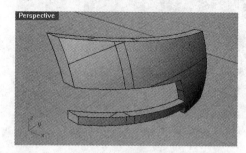

图 8-130　修整曲面形态　　　　　　　　　图 8-131　结合曲面

下面编辑车身前部的车灯，将视图中其他的曲面和曲线隐藏起来，仅留下如图 8-132 所示的曲面。

旋转透视图，在工具栏上右击 图标，使用 Extract Surface（分离曲面）命令，选择如图 8-133 所示的曲面，右击将它分离出来。

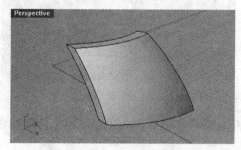

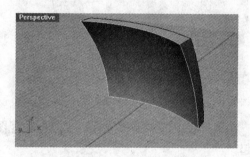

图 8-132　隐藏其他曲面　　　　　　　　　图 8-133　分离曲面

在工具栏中选择 （复制）工具，将刚分离出来的曲面在原位置再复制出来一份。在工具栏中选择 （结合）工具，将其中的一个曲面和之前的曲面结合为一个整体，如图 8-134 所示。

将闭合的实体曲面隐藏起来，仅留下刚分离出来的曲面。在工具栏中选择 （控制点曲线）工具，绘制出如图 8-135 所示的曲线。

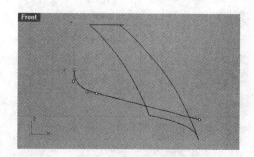

图 8-134　结合曲面　　　　　　　　　　图 8-135　绘制曲线

选择绘制好的曲线，在工具栏中选择 Surface（曲面）工具箱中的 （旋转）命令，根据参数栏中的提示，绘制一条如图 8-136 所示的旋转轴。

在绘制完旋转轴之后，曲线将会自动围绕着转轴旋转生成一个旋转曲面，如图 8-137 所示。

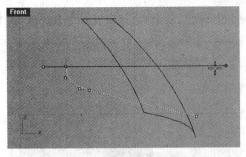

图 8-136　绘制旋转轴

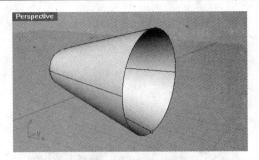

图 8-137　生成旋转曲面

将刚生成的旋转曲面移动到如图 8-138 所示的位置，使它和之前分离出来的曲面相交。在工具栏中选择 （剪切）工具，将两个曲面修剪成如图 8-139 所示的形态。

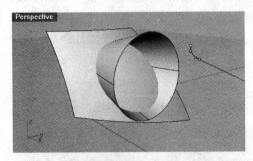

图 8-138　移动曲面

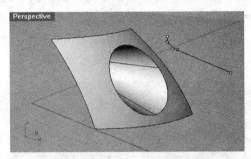

图 8-139　修剪曲面

在工具栏中选择 （结合）工具，在视图中选择两个曲面，右击将这两个曲面结合在一起。

在工具栏中选择 （管）工具，选择曲面上凹槽的边缘，在参数栏中将管子的半径设置为 0.5，右击生成管子，如图 8-140 所示。

在工具栏中选择 （分割）工具，在 Select Objects to Split（选择被分割物体）时选择车灯曲面，在 Select Cutting Surfaces or Polysurfaces（选择剪切曲面）时，选择刚生成的管状体，将车灯曲面分割为三个部分，将管状体和中间的部分删除掉，如图 8-141 所示。

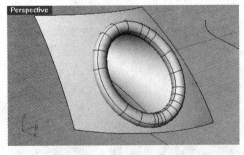

图 8-140　生成管状体

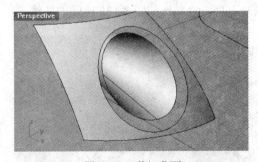

图 8-141　剪切曲面

在工具栏中选择 Surface Tools（曲面工具）栏中的 （混合曲面）工具，选择车灯曲面空隙的边缘，在弹出的 Adjust Blend Bulge 对话框中保持默认设置，单击 OK 按钮生成混合曲面，如图 8-142 所示。

使用同样的方法，在车灯的左上角制作出另一个小灯的凹槽，如图 8-143 所示。

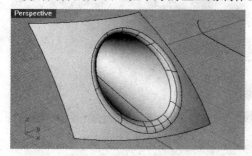

图 8-142　生成混合曲面

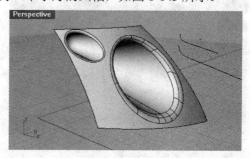

图 8-143　制作凹槽

制作出如图 8-144 所示的两个曲面当作车的灯泡。

将车身前部的曲面解除隐藏。在工具栏中选择 Solid Tools（实体工具）栏中的 （边缘倒角）工具，在参数栏中将"倒角值"修改为 0.1，为曲面的边缘添加倒角修改，完成后的效果如图 8-145 所示。

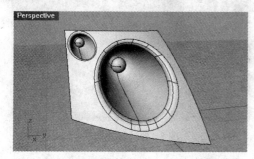

图 8-144　制作灯泡

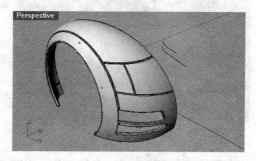

图 8-145　添加倒角

切换到顶视图中，在工具栏中选择 Transform（变形）栏中的 （镜像）工具，以 X 轴为轴心，将车身前部的曲面镜像复制出来一份，如图 8-146 所示。

将车身前部两侧的曲面隐藏起来，将车身前部中间的曲面解除隐藏，如图 8-147 所示。

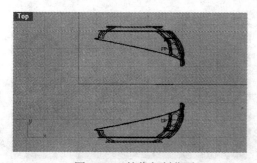

图 8-146　镜像复制曲面

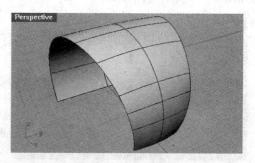

图 8-147　显示曲面

选择刚解除隐藏的曲面，在工具栏中选择 Surface Tools（曲面工具）中的 （轮廓曲面）命令，在参数栏中将"偏移值"设定为-0.5，右击生成一个偏移曲面，如图 8-148 所示。

使用之前用过的方法，在两个曲面之间生成两个小曲面。再使用 （结合）工具，将视图中的四个曲面结合为一个整体，如图 8-149 所示。

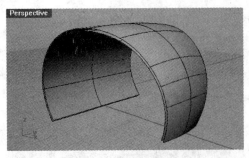

图 8-148　生成偏移曲面

图 8-149　结合曲面

将之前隐藏起来的矩形曲面显示出来，使用它将车身曲面的下部修剪平整，如图 8-150所示。

在工具栏中选择 Surface from Planar Curves（通过平面曲线生成曲面）工具，将曲面底部的空隙封补起来，如图 8-151 所示。

图 8-150　修剪曲面

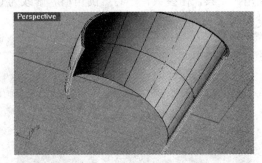

图 8-151　封补曲面

在工具栏中选择 （结合）工具，将视图中的曲面结合为一个整体。

切换到 Right（右）视图中，在工具栏中选择 （折线）工具，绘制出如图 8-152 所示的两条折线。

选择刚绘制出的折线，在工具栏中选择 （挤压）工具，生成两个平面，并将它们移动到如图 8-153 所示的位置上。

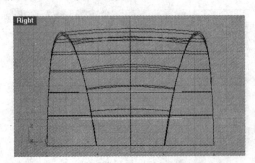

图 8-152　绘制折线

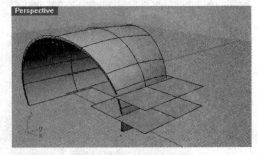

图 8-153　移动曲面

使用之前用过的方法，将车身曲面修整为如图 8-154 所示的三个部分。

切换到 Front（前）视图中，在工具栏中选择 （折线）工具，绘制出如图 8-155 所示的四条直线。

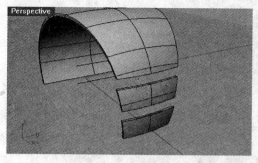

图 8-154　修整曲面

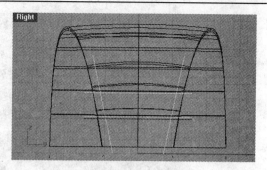

图 8-155　绘制直线

在工具栏中选择 （剪切）工具，将刚绘制出的曲线修整为如图 8-156 所示的闭合线框。在工具栏中选择 ▣（结合）工具，将构成闭合线框的四条线段结合为一个整体。

选择刚生成的闭合线框，在工具栏中选择 ▦（挤压）工具，将其挤压成具有一定高度的闭合曲面，并将它移动到如图 8-157 所示的位置。

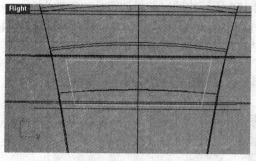

图 8-156　修剪曲线

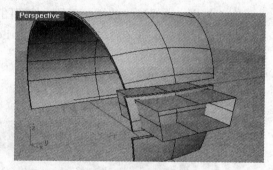

图 8-157　挤压生成曲面

在工具栏中选择 ⬦（剪切）工具，使用相交的两个曲面修剪出如图 8-158 所示的形态，这样就制作完成了车身前部的进气口。在工具栏中选择 ▣（结合）工具，将构成进气口的曲面结合为一个整体。

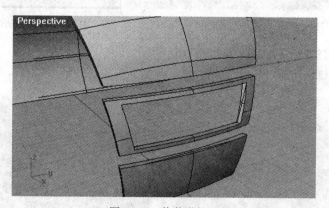

图 8-158　修剪进气口

在工具栏中选择 ⤵（控制点曲线）工具，参照图 8-159，绘制出四条控制点曲线，将使用这四条曲线生成前车窗。

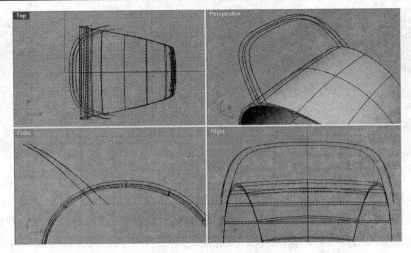

图 8-159　绘制控制点曲线

在工具栏中选择 📎（放样）工具，按照图 8-160 所示的顺序选择曲线，生成曲面。

在完成曲线的选择之后，右击，在弹出的 Loft Options 对话框中保持默认设置，如图 8-161 所示。

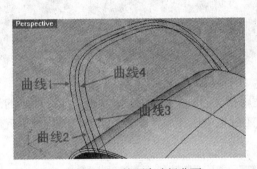

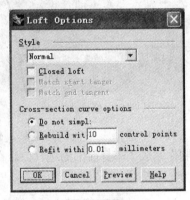

图 8-160　按顺序选择曲面　　　　　　图 8-161　保持默认设置

单击 OK 按钮生成放样曲面，如图 8-162 所示。

再次选择 📎（放样）工具，旋转透视图，选择如图 8-163 所示的曲线，生成放样曲面。

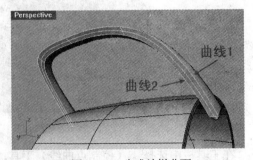

图 8-162　生成放样曲面　　　　　　图 8-163　生成放样曲面

在工具栏中选择 🔲（结合）工具，将视图中刚生成两个放样曲面结合为一个整体。

此时，在两个放样曲面相交的地方的过渡还比较锐利，可以使用 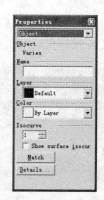（边缘倒角）工具，为两个曲面的边缘添加一个圆角修改，如图 8-164 所示。

切换到顶视图中，在工具栏中选择 （控制点曲线）工具，打开 Osnap 中的 End 捕捉功能，捕捉曲线的端点，绘制出如图 8-165 所示的曲线。

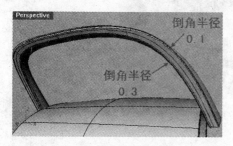

图 8-164　添加边缘倒角

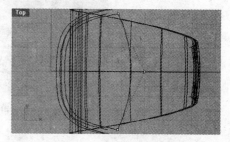

图 8-165　绘制控制点曲线

下面制作汽车的玻璃，在工具栏中选择 （放样）工具，选择如图 8-166 所示的曲线，生成放样曲面。

在工具栏中选择 （剪切）工具，利用车窗玻璃的曲面将如图 8-167 所示的曲面剪切掉。

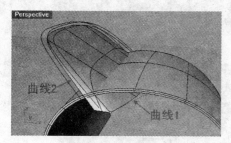

图 8-166　生成车窗玻璃

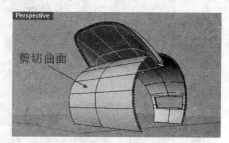

图 8-167　剪切曲面

在工具栏中选择 （边缘倒角）工具，为车身前部曲面的边缘添加一个大小为 0.1 的倒角，如图 8-168 所示。

将编辑好的车身前部的所有曲面显示出来，框选所有的曲面，在工具栏中单击 Object Properties（物体属性）按钮，在弹出的 Propetties 对话框中选择 "Object（物体）"，取消 "Show surface isocur（显示曲面 iso）" 的勾选，如图 8-169 所示。

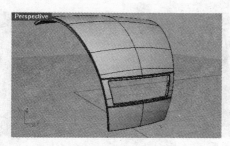

图 8-168　添加倒角

图 8-169　取消 iso 的显示

在取消显示曲面 iso 之后，可以看到已经编辑完成的曲面效果，如图 8-170 所示，一辆车的前部形态已经呈现在我们眼前了。

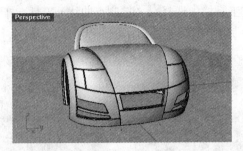

图 8-170　编辑完成的车身效果

8.4.2　制作车身后部

下面制作车身的后半部分，在工具栏中选择 （控制点曲线）工具，与绘制车身前部时使用的方法相同，在视图中绘制出如图 8-171 所示的曲线。

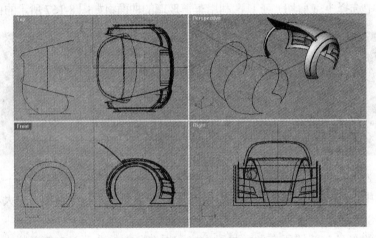

图 8-171　绘制曲线

在工具栏中选择 Surface（曲面）工具栏中的 （双轨放样）工具，选择曲线 1、2 为放样的轨道，选择曲线 3、4 为放样的截面曲线，如图 8-172 所示。

按顺序完成曲线的选择之后，右击，在弹出的 Sweep 2 Rail Options 对话框中选择 Do not simple，单击 OK 按钮生成双轨放样曲面，如图 8-173 所示。

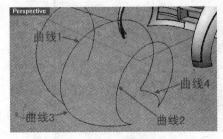

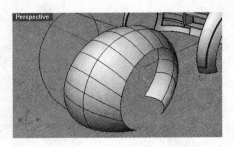

图 8-172　选择放样曲线　　　　　　　　　图 8-173　生成双轨放样曲面

右击，再次使用双轨放样工具，选择曲线 1、2 为放样的轨道，选择曲线 3、4 为放样的截面曲线，如图 8-174 所示。

使用在编辑车身前半部分时用的方法，将汽车的后半部分编辑为具有一定厚度的实体曲面，如图 8-175 所示。

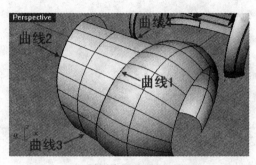

图 8-174　生成放样曲面

图 8-175　生成实体曲面

先将车身后部的中间部分隐藏起来，仅剩下侧面的曲面。将车身侧面的曲面分割为如图 8-176 所示的两个部分。

可以继续在曲面上分割出排气管和尾灯的位置，注意为曲面的边缘添加倒角，如图 8-177 所示。

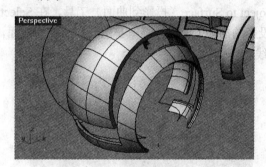

图 8-176　分割曲面

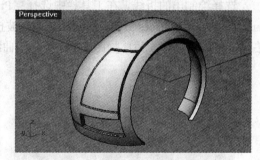

图 8-177　分割出排气管和尾灯

在工具栏中选择 （镜像复制）工具，将刚制作出的车身尾部曲面再镜像复制出一份，如图 8-178 所示。

将汽车尾部中间的曲面解除隐藏，在工具栏中选择分割和剪切工具，将中部的曲面分割为如图 8-179 所示的四个部分。

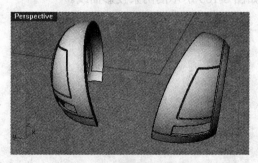

图 8-178　镜像复制曲面

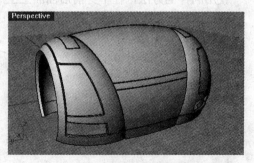

图 8-179　编辑车身后部

可以自己通过绘制矩形线框，添加倒角再使用挤压工具，生成车身尾部的排气管，如图8-180 所示。

最后按照编辑车身前部车灯的方法，编辑出车身后部的尾灯，如图8-181 所示，到此就完成了车身后部的编辑。

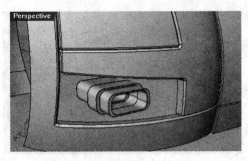

图 8-180　编辑尾部的排气管

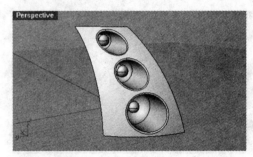

图 8-181　编辑尾灯

8.4.3　制作车门

将车身一侧的曲面显示出来，在工具栏中选择 ∧（折线）工具，切换到 Top 视图中，绘制出如图 8-182 所示的两条折线。

选择绘制出的折线，在工具栏中选择 Project to Surface（投影到曲面）工具，在 Select surfaces or polysurfaces to project onto（选择被投影的曲面）时，选择车身前部和后部的曲面，右击完成投影操作，生成如图 8-183 所示的曲线。

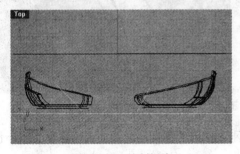

图 8-182　绘制折线

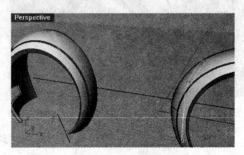

图 8-183　生成投影曲线

将投射在倒角曲面上的曲线删除掉，仅剩下如图 8-184 所示的两段曲线。

使用同样的方法，在车身前后曲面上生成如图 8-185 所示的两条投影曲线。

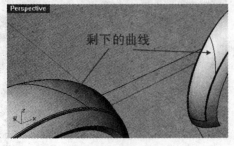

图 8-184　删除曲线

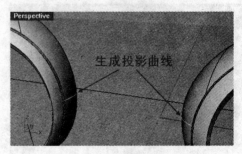

图 8-185　生成投影曲线

选择分离曲线工具和剪切工具制作出如图 8-186 所示的四条曲线。

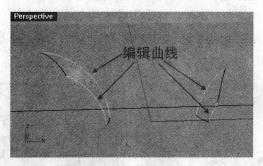

图 8-186　编辑曲线

在工具栏中选择 (控制点曲线) 工具，打开 Osnap 中的 End 捕捉模式，绘制出如图 8-187 所示的两条控制点曲线。

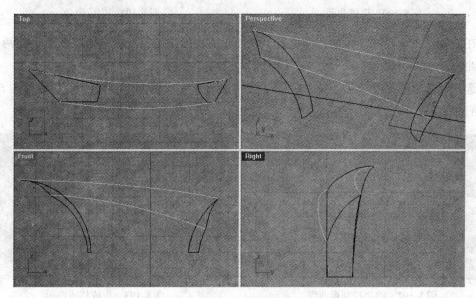

图 8-187　绘制控制点曲线

在工具栏中选择 (折线) 工具，捕捉曲线端点，绘制出如图 8-188 所示的两条折线。

在工具栏中选择 (双轨放样) 工具，生成如图 8-189 所示的曲面。

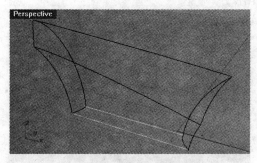

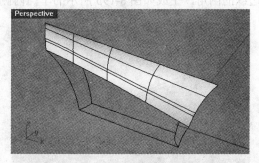

图 8-188　绘制折线　　　　　　　　　　　图 8-189　生成双轨放样曲面

在工具栏中选择 ▨（通过 2、3 或 4 条曲线生成曲面）工具，生成曲面，如图 8-190 所示。

在工具栏中选择 ▨（结合）工具，将刚生成的几个曲面结合为一个整体。

在工具栏中选择实体边缘倒角工具，在参数栏中将"倒角值"修改为 0.5，选择如图 8-191 所示的曲面的边缘，右击生成倒角。

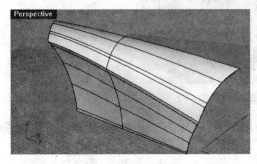

图 8-190　生成曲面

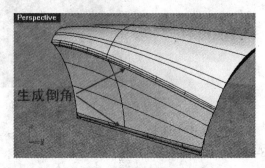

图 8-191　生成倒角

在工具栏中选择 ♋（控制点曲线）工具，在前视图中绘制出如图 8-192 所示的两条控制点曲线。

选择刚绘制出的控制点曲线，在工具栏中选择 ▨（生成挤压曲面）工具，生成如图 8-193 所示的曲面。

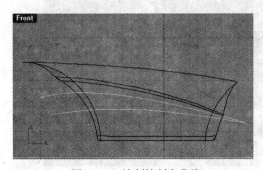

图 8-192　绘制控制点曲线

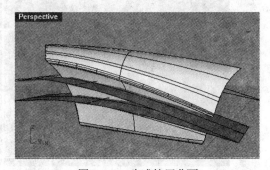

图 8-193　生成挤压曲面

在工具栏中选择剪切和分割工具，在车门曲面上分割出一个凹槽，如图 8-194 所示。

制作车门内侧的凹槽，先创建一个挤压曲面挖出车门内侧的凹槽，再使用倒角工具添加边缘的倒角，生成如图 8-195 所示的车门内侧凹槽。

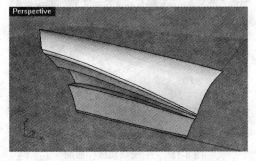

图 8-194　分割出车门表面凹槽

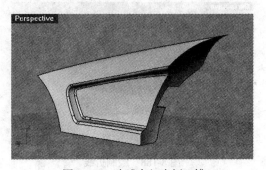

图 8-195　生成车门内侧凹槽

请大家自己制作出如图 8-196 所示的车门内侧的扶手。

先绘制出一个长方体，再使用布尔运算工具和倒角工具制作出如图 8-197 所示的车门下部的边缘。

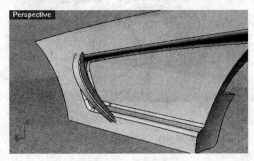

图 8-196　创建扶手

图 8-197　制作车门下部

最后选择 （长方体）工具，绘制一个长方体，放置在车门的下部，在渲染时，将赋予它玻璃材质，如图 8-198 所示，到此就完成了车门的制作。

使用镜像复制工具，将已编辑好的车门镜像复制到车身的另一侧，如图 8-199 所示。

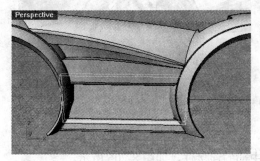

图 8-198　创建长方体

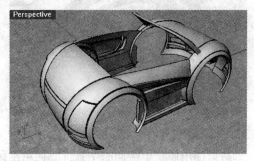

图 8-199　镜像复制车门

8.4.4　制作车轮

先来制作轮胎，切换到顶视图中，选择 （控制点曲线）工具，绘制出如图 8-200 所示的曲线。

在工具栏中选择 （旋转生成曲面）工具，生成如图 8-201 所示的曲面。

图 8-200　绘制曲线

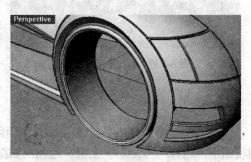

图 8-201　旋转生成曲面

使用旋转生成曲面工具，在轮胎的中部创建出一个如图 8-202 所示的曲面。

使用剪切和分割工具，创建出如图 8-203 所示的曲面上的凹槽。

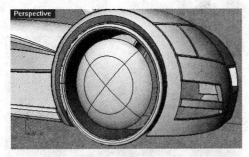

图 8-202　生成曲面

图 8-203　创建表面凹槽

创建出如图 8-204 所示的轮辐单元。

选择刚创建出来的轮辐单元，在工具栏中选择阵列复制工具，以车轮的中心为中心，将轮辐复制出 5 个，如图 8-205 所示。

图 8-204　创建轮辐单元

图 8-205　复制轮辐

最后使用旋转生成曲面工具，制作出车轮中部的连接件，如图 8-206 所示。

将完成好的车轮再复制出来 3 个，放置在合适的位置上，如图 8-207 所示。

图 8-206　制作中部的连接件

图 8-207　复制车轮

8.4.5　制作座椅

到此已经基本上完成了车体的制作，下面制作汽车的内饰，首先制作座椅部分。切换到前视图中，选择 ⬚（矩形）工具，绘制出如图 8-208 所示的矩形线框。

在工具栏中选择 ◪（曲线倒角）工具，在参数栏中将倒角值设置为 1，对矩形的顶部添加倒角修改，如图 8-209 所示。在工具栏中选择 ⊡（结合）工具，将构成闭合线框的曲线结合为一个整体。

图 8-208　绘制矩形线框

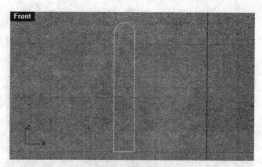

图 8-209　添加倒角修改

在工具栏中分别选择矩形工具和圆形工具，在前视图中绘制出如图 8-210 所示的四个闭合线框。

在工具栏中选择 ⭢（剪切）工具，将椅背轮廓修改为如图 8-211 所示的形态，在工具栏中选择 ⊡（结合）工具，将构成椅背的曲线结合为一个整体。

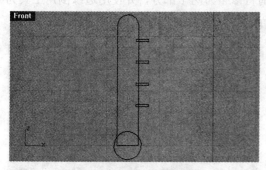

图 8-210　绘制闭合线框

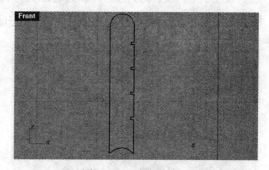

图 8-211　结合曲线

在工具栏中选择 ⌒（曲线倒角）工具，在参数栏中将"倒角值"设置为 0.1，对刚完成剪切操作锐利的边缘添加一个倒角修改，如图 8-212 所示。

选择椅背的轮廓曲线，在工具栏中选择 ▣（挤压生成曲面）工具，将椅背挤压出一定的高度，如图 8-213 所示。

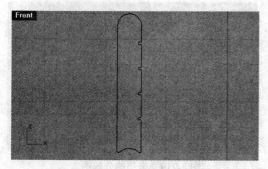

图 8-212　添加倒角修改

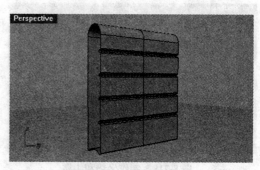

图 8-213　生成挤压曲面

在工具栏中选择 🔳（封平面洞）工具，选择刚生成的挤压曲面，右击完成补洞操作，如图 8-214 所示。

在工具栏中选择 🔲（矩形）工具，绘制出如图 8-215 所示的矩形线框。

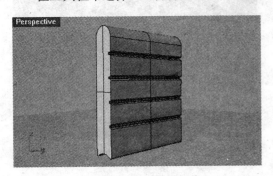

图 8-214　完成补洞操作

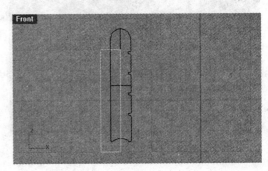

图 8-215　绘制矩形

在工具栏中选择 🔳（挤压生成曲面）工具，将矩形线框的高度挤压得超过椅背曲面，如图 8-216 所示。

在工具栏中选择分割工具和剪切工具，将椅背修整为两个部分，并使用边缘倒角工具为椅背的边缘添加一个大小为 0.05 的倒角，完成的效果如图 8-217 所示。

图 8-216　生成挤压曲面

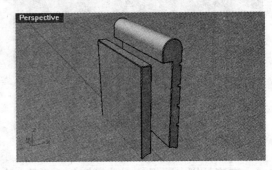

图 8-217　分割椅背

使用与制作椅背类似的方法制作出坐垫和头靠部分，如图 8-218 所示。

如图 8-219 所示为坐垫的分解图，大家可以参照制作。

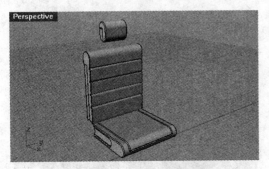

图 8-218　制作坐垫和头靠

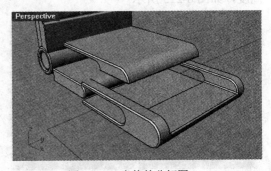

图 8-219　坐垫的分解图

请大家自己制作出座椅中部的转轴和头靠与椅背之间的连接杆，如图 8-220 所示。

全选椅子的组成部件，在工具栏中选择 Rotate（旋转）工具，将座椅逆时针旋转一个小角度，如图 8-221 所示。

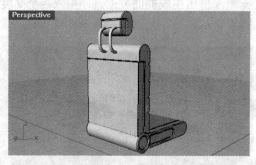

图 8-220　创建连接件

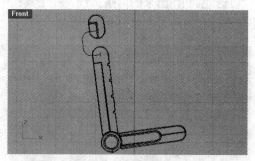

图 8-221　旋转座椅

请大家自己编辑出座椅下部的储物盒，如图 8-222 所示。

将编辑好的座椅再复制出一个，放置在车内，如图 8-223 所示。

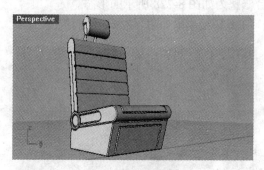

图 8-222　编辑储物盒

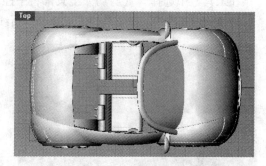

图 8-223　复制座椅

8.4.6　制作内饰

最后制作汽车的内饰部分，首先制作汽车的中控台部分。切换到前视图中，在工具栏中选择 （控制点曲线）工具，绘制出如图 8-224 所示的闭合线框。

选择刚绘制出的闭合线框，在工具栏中选择 （生成挤压曲面）工具，将曲面挤压出一定的高度，如图 8-225 所示。

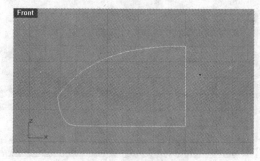

图 8-224　绘制闭合线框

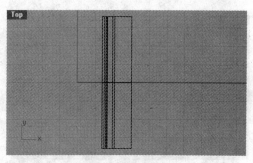

图 8-225　生成挤压曲面

在工具栏中选择︿（折线）工具，绘制出如图 8-226 所示的折线。

在工具栏中选择︴（镜像复制）工具，以红色的轴线为中轴，将折线复制到红色轴线的另一侧。

选择刚制作出来的两条折线，在工具栏中选择▣（挤压生成曲面）工具，生成两个高度超过中控台的曲面，如图 8-227 所示。

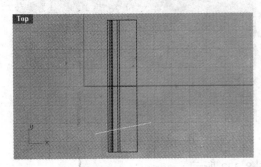

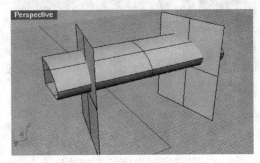

图 8-226　绘制折线　　　　　　　　　　图 8-227　生成挤压曲面

在工具栏中选择⬍（剪切）工具，将中控台修整为如图 8-228 所示的形态。

切换到顶视图中，在工具栏中选择︿（折线）工具，绘制出如图 8-229 所示的折线。

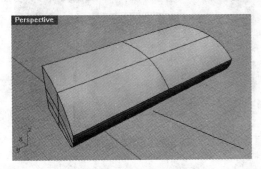

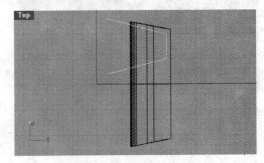

图 8-228　修整中控台　　　　　　　　　图 8-229　绘制折线

在工具栏中选择︴（镜像）复制工具，以红色的轴线为中轴，将折线复制到红色轴线的另一侧。

选择刚制作出来的两条折线，在工具栏中选择▣（挤压生成曲面）工具，生成两个高度超过中控台的曲面，如图 8-230 所示。

在工具栏中选择剪切工具和分割工具，将汽车的中控台修整为如图 8-231 所示的三个部分。

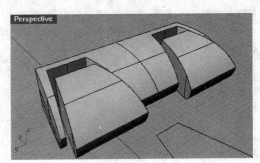

图 8-230　生成挤压曲面　　　　　　　　图 8-231　修整中控台

在已经完成的中控台基础上继续制作出信息显示屏以及方向盘的安装槽，如图 8-232 所示。

大家可以自己制作出方向盘，如图 8-233 所示。方向盘的制作方法并不复杂，可以参照模型独立完成。

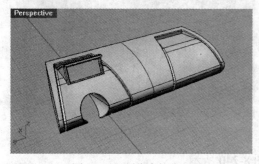

图 8-232 制作中控台细节

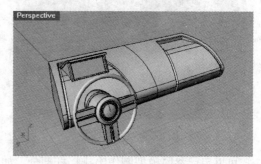

图 8-233 制作方向盘

在工具栏中选择 (控制点曲线) 工具，绘制出如图 8-234 所示的两条曲线。

在工具栏中选择 (折线) 工具，绘制出如图 8-235 所示的 10 条折线。

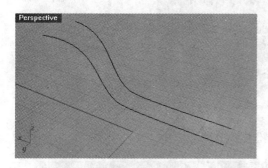

图 8-234 绘制线形

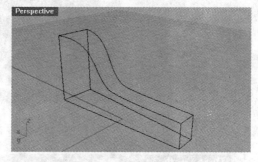

图 8-235 绘制折线

在工具栏中选择 (通过 2、3 或 4 条曲线生成曲面) 工具，选择曲线生成如图 8-236 所示的平面。

由于两侧的曲面具有一定的弧度，在使用"通过 2、3 或 4 条曲线生成曲面"工具时容易出错，可以使用 (双轨放样) 工具完成曲面的创建，如图 8-237 所示。

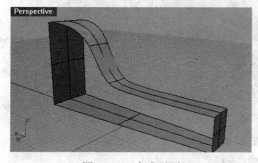

图 8-236 生成平面

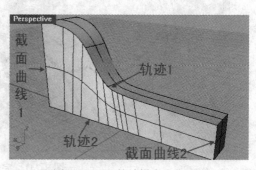

图 8-237 双轨放样生成曲面

在工具栏中选择 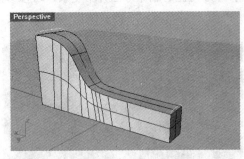（控制点曲线）工具，打开 Osnap 中的 End 捕捉功能，绘制出如图 8-238 所示的两条曲线。

在工具栏中选择 （双轨放样）工具，创建出如图 8-239 所示的曲面。

图 8-238　绘制曲线

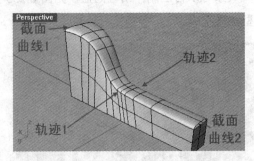

图 8-239　双轨放样生成曲面

可以自己参照模型制作出排挡杆部分，如图 8-240 所示。

到此基本上就完成了整车模型的创建，如图 8-241 所示。

图 8-240　制作排挡杆

图 8-241　完成的汽车模型

8.4.7　导出模型

现在将从 Rhino 中输出模型来渲染。右击 ^{HIDE} Hide（隐藏）按钮，将所有的部件解除隐藏。在 Select（选择）工具栏中选择 ^C Select Curves（选择曲线）命令，选择视图中所有的曲线，单击隐藏按钮，将所有的曲线隐藏起来。

在菜单栏中单击 File→ "Export Selected（输出选择的物体）" 命令，全选视图中所有的物体，右击完成选择。在弹出的 Export 对话框中将文件命名为 "汽车"，将模型的格式选择为 3ds 格式，单击 "保存" 按钮开始输出，在弹出的 "Polygon Mesh Options（多边形网格选项）" 对话框中，将模型的精细程度选择为中等，如图 8-242 所示。

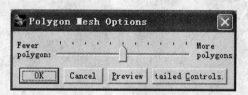

图 8-242　设置导出精度

单击 OK 按钮，开始输出模型，在完成模型的输出之后，就可以关闭 Rhino 软件了。

8.5　用 3ds max 完成模型的渲染

下面将在 3ds max 中完成汽车模型的渲染。

8.5.1　导入模型

打开 3ds max 软件，在菜单栏中单击 "文件" → "导入" 命令，在弹出的 "导入" 对话框中选择 "汽车.3ds" 文件，将它导入到场景中。在弹出的 3DS File Import 对话框中，单击 OK 按钮，导入的效果如图 8-243 所示。

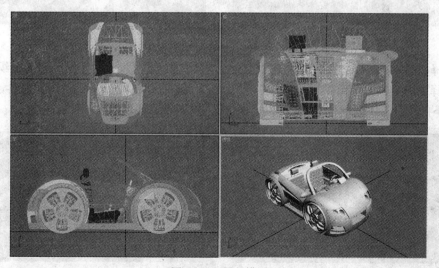

图 8-243　导入模型

8.5.2　对模型进行分组

由于这个汽车模型的部件比较多，为了能够更好地完成对汽车模型的渲染，先对模型进行分组。首先选择汽车外壳部分，并在菜单栏中单击"组"→"成组"命令，将这个组命名为"汽车外壳"，如图 8-244 所示。

将"汽车外壳"组隐藏起来，然后在汽车部件中选择如图 8-245 所示的部分，将这个组命名为"车身金属件"，将为这一组部件赋金属材质。

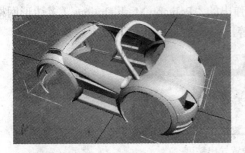 

图 8-244　选择外壳部分　　　　　　　　图 8-245　选择金属材质部分

将车身的金属材质部分也隐藏出来，在剩余的车身部件中选择如图 8-246 所示的部分，将这一组命名为"车身玻璃件"，将为这一组部件赋玻璃材质。

选择如图 8-247 所示的部分，将这一组命名为"车身橡胶件"，将为这一组部件赋黑色橡胶材质。

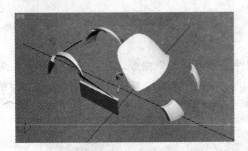 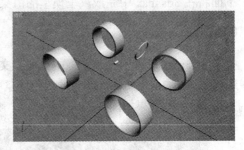

图 8-246　选择玻璃材质部分　　　　　　　图 8-247　选择橡胶材质部分

选择如图 8-248 所示的部分，将这一组命名为"车身织物件"，将为这一组部件赋织物材质。

选择如图 8-249 所示的部分，将这一组命名为"车身塑料件"，将为这一组部件赋塑料材质。剩下的车身部件已经不多了，可以根据自己的想法为剩下的车身部件赋材质。

 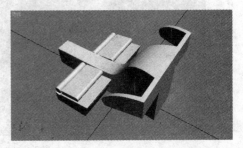

图 8-248　选择织物材质部分　　　　　　　图 8-249　选择塑料材质部分

8.5.3 设置场景和灯光

进入创建命令面板，单击 ▭平面▭ 按钮，在顶视图中绘制出一个平面，如图 8-250 所示，这个平面将作为场景的地面。

单击 ▱ 按钮，进入修改命令面板，将平面的长和宽设置为 300，将长度分段和宽度分段设置为 1，如图 8-251 所示。

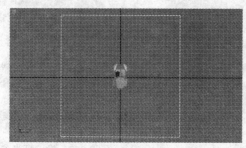

图 8-250　创建平面　　　　　　　图 8-251　设置平面参数

进入创建命令面板，单击 ▦ 按钮，进入摄像机创建面板。单击 ▭目标▭ 按钮，在顶视图中创建出一架目标摄影机，如图 8-252 所示。

将透视图切换为摄影机视图，利用操作界面右下角的摄影机调整工具，将摄影机视图调整为如图 8-253 所示的角度。

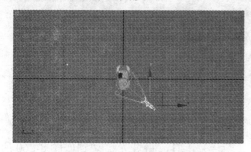

图 8-252　创建目标摄影机　　　　　图 8-253　调整摄影机视图

进入创建命令面板，单击 ▭平面▭ 按钮，在左视图中绘制出一个长 100、宽 200 的平面，如图 8-254 所示，这个平面将作为汽车背后的墙面。

切换到顶视图中，在工具栏中选择 ↻（旋转）工具，将刚创建的平面旋转到与摄影机垂直的位置，如图 8-255 所示。

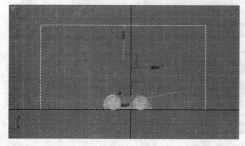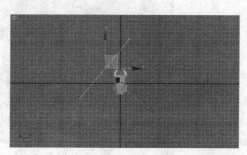

图 8-254　创建平面　　　　　　　图 8-255　旋转平面

到此已经基本上完成了渲染场景的设置，下面进行场景灯光的设置。进入创建命令面板，单击 按钮，进入灯光创建命令面板。在灯光类型卷展栏中选择 VRay 灯光，单击 `VRayLight` 按钮，切换到顶视图中创建一盏面积超过汽车模型的 VRayLight，如图 8-256 所示。

选择刚创建出来的 VRayLight，单击 按钮，进入修改命令面板，如图 8-257 所示设置灯光的参数。

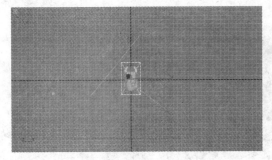
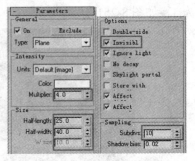

图 8-256　创建灯光　　　　　　　　　　　图 8-257　设置灯光参数

切换到左视图中，将 VRayLight 沿 Y 轴向上移动到如图 8-258 所示的位置。

再创建一盏 VRayLight，如图 8-259 所示设置灯光的参数。

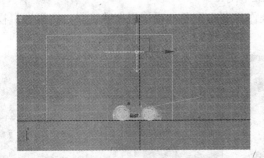
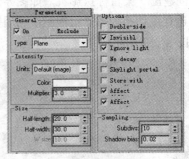

图 8-258　移动灯光　　　　　　　　　　　图 8-259　设置灯光参数

在工具栏中分别选择 （移动）工具和 （旋转）工具，将灯光移动到如图 8-260 所示的位置上。

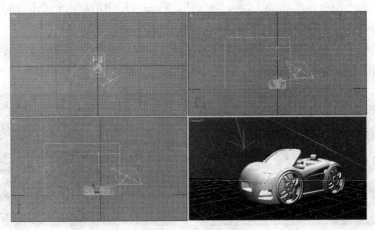

图 8-260　移动灯光位置

将刚创建出的 VRayLight 灯光再复制出来一个，并将它的 "Multiplier（倍增）" 值设置为 1.5。使用 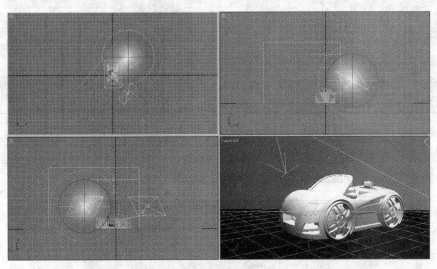（移动）工具和 （旋转）工具，将灯光移动到如图 8-261 所示的位置上，它将用来对汽车的后部产生照明效果。

图 8-261　创建灯光

再创建一盏 VRayLight，将它的 Multiplier 值设置为 1.0，并使用旋转工具将它的照明方向与墙面垂直，如图 8-262 所示。

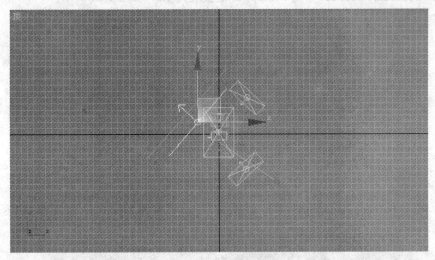

图 8-262　创建灯光

刚创建出来的这盏灯主要用来对墙面产生照明效果，不希望它影响场景中的其他物体。选择刚创建出来的 VRayLight，单击 按钮进入修改命令面板，在 Parameters 卷展栏中单击 General 栏中的 Exclude 按钮，在弹出的 "排除/包含" 对话框中，将不需要接受照明效果的物体移动到对话框的右侧，如图 8-263 所示。

同样不希望作为墙体的 Plane02 物体接受场景中其他灯光的照明效果，因此，选择场景中的其他灯光，将 Plane02 物体从受光物体中排除出去，如图 8-264 所示。

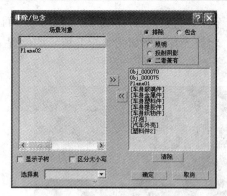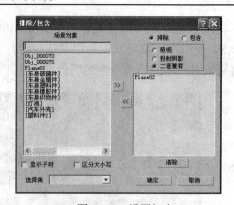

图 8-263　设置灯光　　　　　　　　　　　　　图 8-264　设置灯光

将渲染器设置为 VRay 渲染器，在 V-Ray:: Adaptive subdivision image sampler 卷展栏中将 Min. rate 设置为 0，将 Max. rate 设置为 2，如图 8-265 所示。

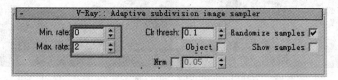

图 8-265　设置渲染参数

在 V-Ray:: Indirect illumination（GI）卷展栏中勾选 On 选项，打开间接照明，并将 Primary bounces 和 Secondary bounces 中的 Multiplier 值设置为 0.5，如图 8-266 所示。

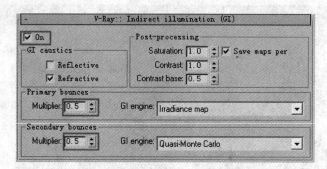

图 8-266　设置间接照明

在 V-Ray:: Indirect map 卷展栏中将 Current preset 设置为 Medium，如图 8-267 所示。

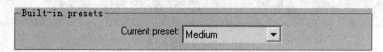

图 8-267　设置渲染参数

在 V-Ray:: Environment 卷展栏中勾选 " GI Environment（skylight）override " 和 Reflection/refraction environment override 中的 On 选项。

单击 GI Environment（skylight）override 栏右边的 None 按钮，为环境添加一张 VRayHDRI 贴图。然后将 VRayHDRI 贴图拖拽到 Reflection/refraction environment override 选项组的 None 按钮上，在弹出的 "实例（副本）贴图" 对话框中选择 "实例" 选项，如图 8-268 所示。

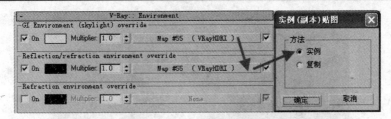

图 8-268　添加 HDRI 贴图

按 M 键打开材质编辑器，选择一个空白材质，通过拖拽的方式将环境贴图拖拽到该材质球上，选择"实例"方式。然后单击"Browse（查找）"按钮，选择配套光盘中提供的 HDRI 文件 b203LB.hdr，如图 8-269 所示。

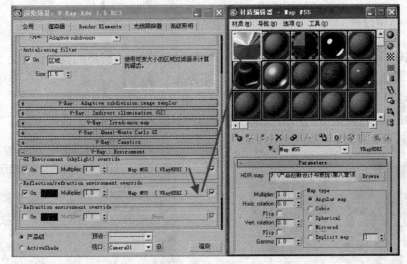

图 8-269　设置 HDRI 贴图

进入 V-Ray:: rQMC Sampler 卷展栏中将 Noise threshold 值设置为 0.005，如图 8-270 所示。

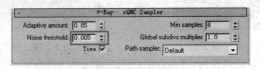

图 8-270　设置渲染参数

选择摄影机，单击 按钮进入渲染参数设置对话框中。将输出大小设置为"35mm 1.66:1（电影）"模式，在预览阶段将尺寸设置为宽 500、高 300，如图 8-271 所示。

图 8-271　设置摄影机

切换到摄影机视图，按快捷键 Shift+F 打开镜头安全帧，如图 8-272 所示。到此就完成了场景和灯光的设置，下面进行材质的编辑。

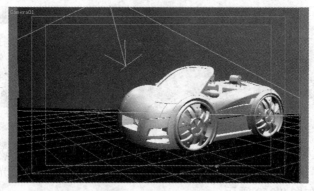

图 8-272   锁定镜头位置

8.5.4   编辑材质

首先编辑最为重要的车漆材质。选择一个新的材质球，将材质的类型设置为 VRayMtl，并命名为"车漆"，将"车漆"材质赋予"汽车外壳"组。

如图 8-273 所示，在材质的基本参数卷展栏中设置车漆材质的参数。

单击 Diffuse 色块后方的贴图按钮，在弹出的材质/贴图浏览器中选择"衰减"贴图，如图 8-274 所示设置衰减贴图的参数。

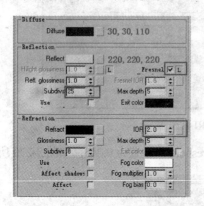

图 8-273   设置车漆材质参数

图 8-274   设置衰减贴图参数

在 BRDF 栏中选择 Ward 选项，如图 8-275 所示。

到此完成了车漆材质的编辑，双击材质球，可以看到编辑完成的材质效果如图 8-276 所示。

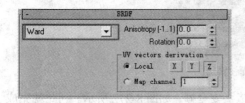

图 8-275   设置车漆材质参数

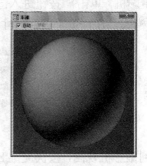

图 8-276   车漆材质效果

下面编辑车身的玻璃材质。选择一个新的材质球，将材质的类型设置为 VRayMtl，并命名为"玻璃"，将"玻璃"材质赋予"车身玻璃件"组。

如图 8-277 所示，在材质的基本参数卷展栏中设置玻璃材质的参数。

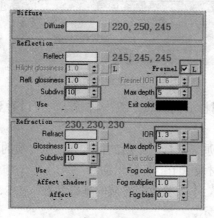

图 8-277　设置玻璃材质参数

接下来设置车身的金属材质。选择一个新的材质球，将材质的类型设置为 VRayMtl，并命名为"金属"，将"金属"材质赋予"车身金属件"组。

如图 8-278 所示，在材质的基本参数卷展栏中设置金属材质的参数。

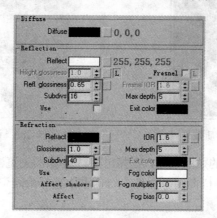

图 8-278　设置金属材质参数

在 BRDF 栏中将材质的类型选择为 Phong，如图 8-279 所示。

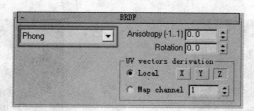

图 8-279　设置金属材质参数

在 Reflect interpolation 和 Refract interpolation 卷展栏中将 Min rate 值设置为-2，如图 8-280 所示。

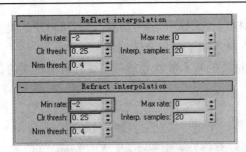

图 8-280　设置金属材质参数

　　到此就完成了车身金属材质的编辑，双击材质球，可以看到编辑完成的材质效果如图 8-281 所示。

　　下面设置车身的织物材质。选择一个新的材质球，将材质的类型设置为 VRayMtl，并命名为"织物"，将"织物"材质赋予"车身织物件"组。

　　在编辑织物材质的时候，不需要改变材质的基础参数，在 Reflection 卷展栏中将 Subdivs 值设置为 20，如图 8-282 所示。

图 8-281　金属材质效果

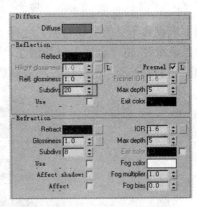

图 8-282　设置织物材质的参数

　　单击 Diffuse 色块后方的贴图按钮，在弹出的材质/贴图浏览器中选择"位图"，单击"确定"按钮，在弹出的"选择位图图像文件"对话框中选择附赠资料中的"织物贴图.jpg"文件，如图 8-283 所示。

　　单击 Reflect 色块后方的贴图按钮，在弹出的材质/贴图浏览器中选择"位图"，单击"确定"按钮，在弹出的"选择位图图像文件"对话框中选择附赠资料中的"织物反射贴图.jpg"文件，如图 8-284 所示。

图 8-283　选择织物贴图

图 8-284　选择织物反射贴图

打开 Maps 卷展栏，将 Reflect 通道的贴图强度调整为 10。

将 Bump 通道的贴图值设置为 20，单击 Bump 贴图通道后方的贴图按钮，选择附赠资料中的"织物凹凸贴图.jpg"文件，如图 8-285 所示。

到此就完成了车身金属材质的编辑，双击材质球，可以看到编辑完成的材质效果如图 8-286 所示。

图 8-285　选择织物凹凸贴图

图 8-286　金属材质效果

下面设置车身的橡胶材质。选择一个新的材质球，将材质的类型设置为 VRayMtl，并命名为"橡胶"，将"橡胶"材质赋予"车身橡胶件"组。

如图 8-287 所示，在材质的基本参数卷展栏中设置橡胶材质的参数。

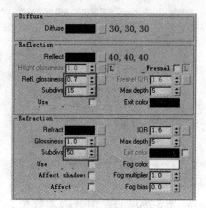
图 8-287　设置橡胶材质参数

在 BRDF 栏中将材质的类型选择为 Ward，并将 Anisotropy 值设置为 0.6，如图 8-288 所示。

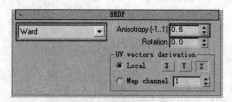
图 8-288　设置橡胶材质参数

接下来编辑塑料材质。选择一个新的材质球，将材质的类型设置为 VRayMtl，并命名为"塑料"，将"塑料"材质赋予"车身塑料件"组。

如图 8-289 所示，在材质的基本参数卷展栏中设置塑料材质的参数。

下面编辑地面的材质。选择一个新的材质球，将材质的类型设置为 VRayMtl，并命名为

"地面"，将"地面"材质赋予用作地面的平面物体。

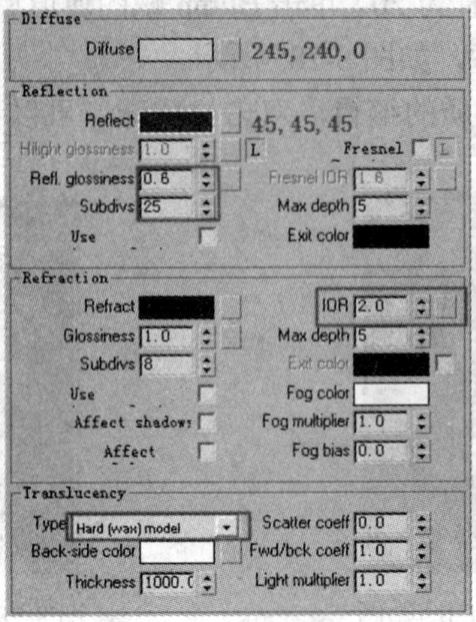

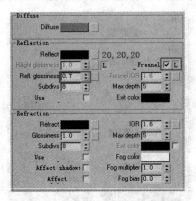

图 8-289　设置塑料材质参数

　　如图 8-290 所示，在材质的基本参数卷展栏中设置地面材质的参数，在 BRDF 栏中将材质的类型选择为 Ward。

图 8-290　设置地面材质参数

　　单击 Diffuse 色块后方的贴图按钮，在弹出的材质/贴图浏览器中选择"位图"，单击"确定"按钮，在弹出的"选择位图图像文件"对话框中选择附赠资料中的"地面贴图.jpg"文件，如图 8-291 所示。

图 8-291　选择地面贴图

进入到贴图设置栏，将贴图 U 向和 V 向的平铺值均设置为 3，如图 8-292 所示。

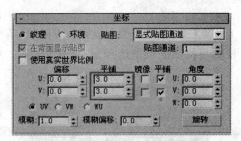

图 8-292 设置贴图的平铺值

单击 Reflect 色块后方的贴图按钮，在弹出的材质/贴图浏览器中选择"位图"，单击"确定"按钮，在弹出的"选择位图图像文件"对话框中选择附赠资料中的"地面贴图.jpg"文件，同样将贴图的平铺值设置为 3。

打开 Maps 卷展栏，将 Reflect 通道的数值设置为 15。

将 Bump 通道的数值设置为 25，单击 Bump 通道后方的贴图按钮，在弹出的材质/贴图浏览器中选择"法线凹凸"贴图，单击"确定"按钮，完成选择。

进入"法线凹凸"贴图的参数设置栏，单击法线后方的贴图按钮，选择附赠资料中的"地面凹凸贴图.jop"文件，如图 8-293 所示，记住将贴图的平铺值设置为 3。

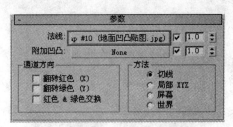

图 8-293 选择"地面凹凸贴图"

到此就完成了车身金属材质的编辑，双击材质球，可以看到编辑完成的材质效果如图 8-294 所示。

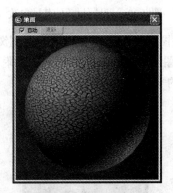

图 8-294 地面材质

最后设置场景背景墙面的材质。选择一个新的材质球，将材质命名为"墙面"，将该材质赋予用作背景墙的平面物体。

　　单击墙面材质的 Standard 按钮，在弹出的材质/贴图浏览器中选择"混合"材质，单击"确定"按钮，完成设置。

　　进入混合材质的材质 1 设置栏，将材质类型设置为 VRayMtl。如图 8-295 所示设置材质的基础参数，并在 BRDF 栏中将材质的类型选择为 Ward。

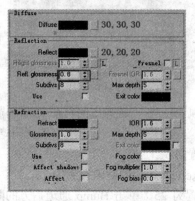

图 8-295　设置材质的参数

　　进入材质 2 设置栏，将材质 2 的材质类型设置为 VRayMtl，如图 8-296 所示设置材质的基本参数。

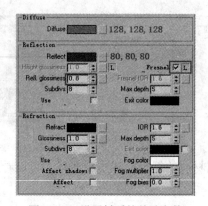

图 8-296　设置材质的基础参数

　　单击 Diffuse 色块后方的贴图按钮，在弹出的材质/贴图浏览器中选择"位图"，单击"确定"按钮。在弹出的"选择位图图像文件"对话框中选择附赠资料中的"地面贴图.jpg"文件，如图 8-297 所示，将贴图的平铺值设置为 2。

图 8-297　选择"墙面贴图"

单击 Reflect 色块后方的贴图按钮，在弹出的材质/贴图浏览器中选择"位图"，单击"确定"按钮，在弹出的"选择位图图像文件"对话框中选择附赠资料中的"墙面反射贴图.jpg"文件，如图 8-298 所示，将贴图的平铺值设置为 2。

图 8-298　选择"墙面反射贴图"

将 Bump 通道的数值设置为 20，单击 Bump 通道后方的贴图按钮，在弹出的材质/贴图浏览器中选择"法线凹凸"贴图，单击"确定"按钮，完成选择。

进入"法线凹凸"贴图的参数设置栏，单击法线后方的贴图按钮，选择附赠资料中的"墙面凹凸贴图"文件，如图 8-299 所示，记住将贴图的平铺值设置为 2。

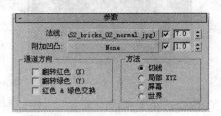

图 8-299　选择"墙面凹凸贴图"

单击遮罩后方的贴图按钮，在弹出的材质/贴图浏览器中选择"位图"，单击"确定"按钮，在弹出的"选择位图图像文件"对话框中选择附赠资料中的"遮罩贴图.jpg"文件，如图 8-300 所示。

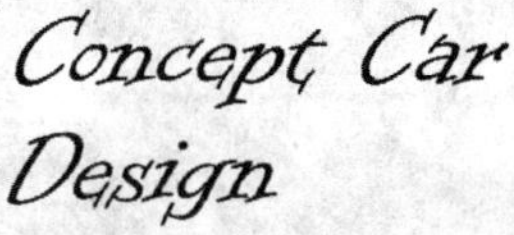

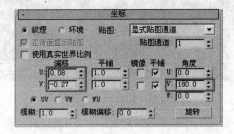

图 8-300　选择"遮罩贴图"

进入贴图设置栏中，如图 8-301 所示设置贴图的平铺值。

图 8-301　设置贴图的平铺值

为了让添加遮罩贴图之后墙面上的字体能够真正与墙壁融为一体，显示出真实的凹凸效果，将墙面的凹凸贴图复制一下，并关联复制给混合材质的材质 1，如图 8-302 所示。

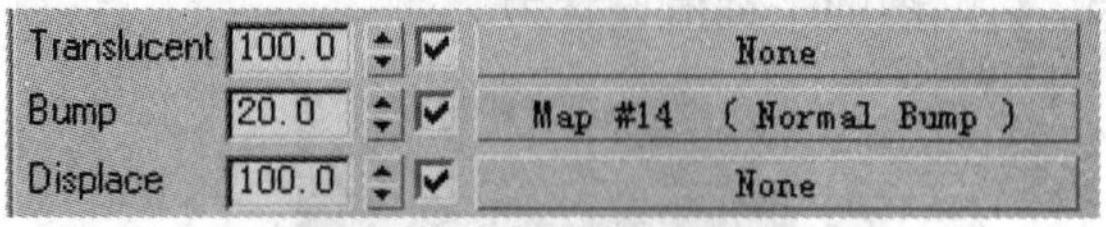

图 8-302　复制凹凸贴图

到此就完成了场景墙面材质的编辑，双击材质球，可以看到编辑完成的材质效果如图 8-303 所示。

图 8-303　墙面材质

到此就完成了所有材质的编辑，在工具栏中单击 （快速渲染）按钮，可以静静地等候渲染的结果了，如图 8-304 所示。

图 8-304　完成的汽车效果图